幻香

Yasuo Uchida
Le parfum d'illusion
げんか

内田康夫

角川書店

幻《げん》香《か》

装丁　鈴木久美（角川書店装丁室）
Sandro Botticelli「春」
The Bridgeman Art Library/Getty Images

幻香＊目次

プロローグ

誰にしたって、生きているあいだには二度や三度、「最悪」の瞬間が訪れるものだ。それにしても、沼田皇奈子《ぬまたみなこ》を襲ったあの不幸な瞬間など、そう滅多《めった》にあるものではない。

その日、皇奈子は西原《にしはら》ジョセフィーヌと一緒に、国井真由子《くにいまゆこ》の運転する車に乗って、グラースからカンヌへ向かっていた。

カンヌ映画祭の本番を控えて、カンヌでは前夜祭のようなイベントがいくつも行なわれるが、その一つとして、香水デザインを発表し、競い合う国際大会が開かれる。

大会にはヨーロッパばかりでなく、アメリカ、カナダ、そしてアジアからも、名だたる調香師が集まってくる。日本人の調香師は数少ないが、真由子の夫、国井和男《かずお》はここ十年ほどの常連で、作品も例年どおり、この大会に出品される。

ジョセフィーヌの夫、西原哲也《てつや》は国井の弟子——というより、すでにパートナーとして香水の創作に力を藉《か》す存在であった。

国井と西原は一昨日からカンヌ入りして、会場の設営に携わっている。大会初日のきょうは、関係者や家族を交えたオープニングセレモニーが開かれる。

ただ、家族といっても大会の性格上、ティーンエージャー——つまり十三歳以上の「おとな」であることが参加資格という定めがある。

その十三歳に、皇奈子は今年、なった。国井家にホームステイして一年目のことだ。

沼田家と国井和男の関係は、皇奈子の祖父の代からのもので、国井がヨーロッパで調香師の修業をするのを、物心両面でバックアップしてきた。

皇奈子は幼稚園の頃から、将来はピアニストになることを夢見て、小学校卒業と同時にフランスにピアノ留学することを決めた。そして、南仏グラースの国井家に寄留して、地元在住のピアノ教師につきながら、フランス語の勉強にも勤《いそ》しんでいた。

国井夫妻の娘由香《ゆか》は今年、八歳。西原夫妻の娘マヤは三歳。まだ甘えたい盛りだが、この日ばかりはベビーシッターに守られながら、お留守番ということになる。二人とも、国井家の門の前で、車に乗り込む皇奈子を羨《うらや》ましそうに見送っていた。

グラースは、コートダジュールの地中海に臨む丘陵地にある町で、香水産業発祥の地として知られる。ここには調香師を養成する学校もある。

南フランスのこの辺り一帯は、グラースの町ばかりでなく、ジャスミンやラベンダーを栽培する周辺の農村地帯に至るまで、世界に誇るフランスの香水産業を担っている。

グラースで開発され、生産された香料は、有名ブランドの名を冠せられた香水として製品化され、市場に出てゆくのである。

世界中から、調香師を目指して優秀な人材がグラースに集まって来る。彼らが切磋琢磨《せっさたくま》する中で、才能を認められるのは、ほとんど幸運と言っていいかもしれない。

調香師として成功する条件の第一は、言うまでもなく鋭敏な嗅覚《きゅうかく》の持ち主であることだ。一説によると、イヌには人間の数千から数万倍の嗅覚が備わっているというが、それほどではないにしろ、人並みはずれた嗅覚がなければならない。そしてそれはほとんど先天的なものである。

国井和男がグラースに住みついてから、四半世紀が過ぎた。早くから「天才」の呼び声が高かった国井でさえ、一人前の調香師になるには十年を要している。

香水をデザインする仕事というのは、一見すると派手で華やかに思えるけれど、実際はファッションの世界のように表舞台に登場することもない、地道な研究者、裏方というべき存在である。

それだけに、カンヌの国際大会は彼らにとって、年に一度の晴れ舞台なのだ。

そのせいもあるのだろうけれど、それだけではないほど、国井夫人の真由子は、出がけからはしゃぎまくっていた。毎日、顔を合わせている皇奈子でさえ――というより、日常を知っている皇奈子だからこそ、真由子の異常にハイな気配は奇妙に感じられた。

それは西原夫人のジョセフィーヌも同様だったようだ。

「真由子さん、いつもとちがいますね」

ジョセフィーヌは流暢《りゅうちょう》な日本語を話す。夫の哲也とは調香師養成学校で知り合って、国井のバックアップもあって結婚に至ったのだが、学生時代から日本語を学んでいたくらい、もともと日本と日本人に興味があったのだそうだ。

「そうかしら」

真由子は照れたように笑って言った。

「もしかすると、香水のせいかもしれないわね。和男に内緒で、新しい香水をつけてみたの。ね、いかが？　いい香りでしょう？　ちょっと、男心をくすぐると思わない？」

「真由子さん……」

ジョセフィーヌは、後部座席の皇奈子のほうに目配せを送って、真由子のハンドルを握る手にそっと触れた。

「あ、いけない。でも、いいでしょう。皇奈ちゃんももうおとなの仲間入りしたんだし、香水の使い方ばかりでなく、香水の効果についての知識も、そろそろ身につけてもいい頃ですよ。皇奈ちゃんだって、この香り、お好きでしょう？」

「ええ、いい香りですけど。でも、私には少し重い感じがします」

「ふーん、重い感じねえ。なかなか鋭いわ。確かにそうかもしれない。皇奈ちゃんは、もしかすると、ピアノの才能よりも、調香師としての才能のほうに恵まれているんじゃないかしら」

それも、ピアニストを志している皇奈子に対しては、いささか失礼な言い種《ぐさ》だが、皇奈子は怒る気にはなれなかった。

（けさのおばさんはおかしいわ——）

何らかの原因で、病的なくらいハイになっているとしか思えなかった。やはり、夫の晴れ舞台という意識が彼女をそうさせているにちがいない。

「真由子さん、運転、代わりましょうか」

ジョセフィーヌが心配そうに言った。そう言えば、確かに真由子の運転はいつもより乱暴な気がする。

「大丈夫よ。こんな真っ直ぐな道」

そんなことはないのだ。かなりカーブが多いし、それに下り坂にかかっている。グラースからカンヌまでは、こういうアップダウンが何カ所かある。

「気をつけて」

ジョセフィーヌはついに叫んだ。

「スピードが速すぎますよ」

「平気、平気。平気ですよー……」

歌うように言いながら、左右に体を揺らしている。ハンドル操作がおろそかになっているのは、傍目《はため》にも明らかだった。

「危ない!……」

ジョセフィーヌが悲鳴を上げた。

車はカーブを曲がりきれず、道路を右にはみ出して、石垣へ突っ込んで行きそうな動きを見せた。

皇奈子は本能的に、前のシートの背もたれにしがみついた。

物凄《ものすご》い衝撃と同時に、ジョセフィーヌの体が浮き上がり、右のドアと一緒に飛んでゆくのが見えた。それを最後に、皇奈子は意識を失った。

第一章　栃木県庁堀殺人事件

1

陽春の候——のことである。

浅見《あさみ》光彦《みつひこ》のところに封書が舞い込んだ。お手伝いの須美子《すみこ》が「坊っちゃま、お手紙です」と、わざわざ浅見の部屋まで届けて、意味ありげな目つきをしたのは、封筒に染みついた香水の匂いのせいだ。香水音痴の浅見にはシャネルも資生堂も区別がつかないけれど、いい匂いであることだけは確かであった。おまけに封筒には差出人の名前も住所も書いてなかった。しかも表書きは明らかに女性文字。須美子がいわくあり——と睨《にら》むのは当然だ。取扱局の消印ははっきりしないが、何とか「4・1」の日付と「栃木」の文字が読み取れた。栃木市内で投函《とうかん》されたものと考えられる。

浅見のところに女性から封書が届くことなど、相当に珍しい。はがきなら年賀状や時候の挨拶など、それなりの数にのぼる。女性編集者や、取材先で世話になったり、逆に何かの事件に巻き込まれて困っているのに、手を貸してあげたりした、そういう付き合いの女性の中にはとおりいっぺんの挨拶だけではなく、かなりの親しみを込めた文面のものもある。しかしそれらのほとんどははがきだ。

女性――とくに若い女性が異性に手紙を出す場合、封書にするのは何か意味ありげに感じられるのかもしれない。少なくともはがきのようにオープンなものではない。本人は特別な意味も感情も抱いていないつもりでも、受け取る側、あるいはその周辺の人間はそうは思わない。何となく秘密めいた匂いをその封書から嗅《か》ぎ取る。

最近はメール万能だから、若い人はもちろん、かなり年配の人でも、そういう親しい関係の交信をメールの中の「闇」の世界だけで行なうケースが多くなった。

ところで、住所や電話番号を教えることにはそれほど深い意図はないのに対して、メールアドレスを伝えるということは、大げさに言うと、ある意味、闇の世界で交流することの黙契になると考えていい。本来はそうでなく、文字通り「郵便」をネット化したにすぎないのかもしれないが、現実にはそういう結果になりがちなものだ。

メールは若干のタイムラグはあるにしても、その即時性は郵便というより会話に近い。会話と違って、相手の姿、声、気配を感じることがないのと、「送信」をクリックするまでに、伝えたい内容を整理し、効果的なレトリックを用いるなど、至極簡単に書き直すこともできるという利点がある。

その簡便さからつい「喋《しゃべ》りすぎる」危険性も内包している。面と向かっての会話では到底、言えないようなきわどいことでも、メールの中でなら、ほかの誰にも知られないという安心感からか、自分の意思を率直に、時として、より過激に伝えてしまうこともある。手紙のように

「現物」が残らないという気安さも作用しているかもしれない。実際は相手の受信記録にちゃんと残っている可能性があるのに、何となく宇宙空間へ雲散霧消してしまうような錯覚がある。浅見はどちらかというと時代遅れのアナログ人間に近いから、いまだにメールよりは手紙に親近感を抱く。まあ、メールアドレスを教える相手は、ほんの僅《わず》か、「旅と歴史」の藤田編集長程度の範囲内にしてある。そうでなく、むやみにオープンにしようものなら、メールと付き合うことで日が暮れてしまいそうだ。

届けられた封書は、封筒も便箋《びんせん》も小型のものを使っている。

〔突然お便りする失礼をお許しください。私は国井由香という者です。〕

書き出しの文章は古風で事務的な印象を与えるが、後につづく本文のほうは、いかにも若い女性らしい、率直でポキポキしたような文体だ。

〔名探偵でいらっしゃる浅見さんにぜひお願いしたいことがあります。もちろん事件――それも殺人事件に関係したことです。でも、警察には知らせないでください。念のために言っておきますが、浅見さんのお兄さんの刑事局長さんにも絶対に秘密です。この事件を解決できるのは、浅見さん以外にはいないのですから。

この手紙には、ご覧のように住所も電話番号も書きません。なぜかというと、こうして浅見さんに手紙で助けを求めたことが他人に知られると困るからです。浅見さんを信用しないわけではありませんが、いまの私はとてもナーバスになっていて、いろいろな悪いことを想像してしまうのです。

四月十日の午前九時に、栃木市の幸来橋の上でお待ちしています。東北自動車道を栃木インターで出て、東南の方角へ向かうとすぐに栃木市内に入ります。幸来橋《こうらい》もすぐ分かると思います。必ず来てください。でないと、私は死ぬことになります。」

読みおえて、浅見は思わず「やれやれ」と年寄りじみた独り言を漏らした。

（どうしようかな――）

浅見は大いに迷った。

手紙の差出人「国井由香」という名前にはもちろん記憶はない。知人にもいないし、何かのニュースで見たこともなさそうだ。封書からは香水の匂いばかりか、偽名の匂いさえ漂ってくる。タチの悪いいたずらの可能性もあった。

この種の手紙は「旅と歴史」の編集部気付で、ときどき舞い込むことがある。軽井沢《かるいざわ》に住んでいる推理作家が、浅見をモデルに、事件簿を流用しては小説もどきに仕上げて売っているから、浅見が名探偵であるかのような評判が流布されている。「旅と歴史」の数少ない読者の中にも、それを参考にしていたずらを仕掛けて来る物好きがいないともかぎらない。そんなわけだから、母親の雪江《ゆきえ》が「ああいう方とのお付き合いは、なるべく早く清算なさい」と諭《さと》すのである。

いくら非常識で軽薄な軽井沢の作家といえども、小説の中に浅見の住所を書くことはしないから、直接、浅見家に届くことはまずない。この手紙の主がどういうルートで住所をキャッチできたのかは知らないが、相当の努力をしたということなのだろう。それとも、浅見のことをよく知っている誰かが、ドッキリカメラよろしく、面白半分に仕掛けたいたずらなのだろうか。

そう思って見ると、最後の「死ぬことになります」というくだりが、いかにも軽く、本当だという気がしない。

かといって、単なるいたずらだと片づけるには、いささか深刻な内容だ。もし知人でなかったとしたら――と仮定すると、こっちの内情についてよく知っていることも無視できなかった。浅見のことを「名探偵」と言っているのはともかく、兄陽一郎《よういちろう》が警察庁刑事局長であることなど、あまり一般の人は知らないだろう。

思案のあげく、とどのつまり、浅見はソアラを駆って出かけることにした。べつに香水つき女性名の手紙に魅《ひ》かれたわけではない。そうしないと、いつまでも気が休まらないからである。以前、冤罪《えんざい》容疑で警察の取調べを受けているので、助けて欲しい――という手紙が届いたのを無視して、その手紙の送り主が殺されるという事件に遭遇した経験がある（『上野谷中殺人事件』角川文庫）。

その事件では犯人を突き止め、仇《かたき》を討ったものの、殺された人は救われない。そのことはいつまでも浅見の胸のうちに後悔の尾を引いた。万に一つでも真実の可能性がある以上は、この手紙を無視するわけにはいかなかった。

2

浅見にとって栃木市は初めて訪れる土地だった。手紙にあったとおり、栃木インターを出るとすぐ、市街地に入る。東京から一時間ちょっとの距離だ。

栃木県栃木市――は県の中央をやや南西にはずれた位置にある。地理音痴の人はここが栃木県の県庁所在地かと誤解するそうだが、栃木県の県庁はもちろん宇都宮市にある。栃木市の人口は十万足らず。人口稠密《ちゅうみつ》の都市が多い関東平野にあっては、地味で目立たない小都市といっていい。

国井由香が指定した幸来橋というのは、市内を流れる巴波川《うずま》にかかる橋だ。巴波川は水量も川幅も小さな、掘割のような川だが、江戸時代から明治の初期頃までは、渡良瀬《わたらせ》川・利根《とね》川と結んで水運が盛んだったそうだ。整然とした石積みの川岸には、当時の面影を偲《しの》ばせる黒い屋根を載せた白壁の土蔵がいくつも建っている。

幸来橋の辺りはとくに観光資源として力を入れているのか、川筋の家並みはよく整備され、倉敷《くらしき》の美観地区と似た風情がある。柳の葉はすっかり青めいて、四月の風に長くなびいている。新品のランドセルを重そうに背負った一年生が、母親に手を引かれ幸来橋を渡ってゆく。穏やかな朝の光が、あまり高い建物のない街に降り注いでいた。

浅見は橋の真ん中辺りに佇《たたず》んで、それらの風景を見るともなしに眺めた。視線を落とすと、ささ濁りの川に鯉が群れているのが見える。真鯉が主だが、緋鯉《ひごい》や白、赤と白の斑《まだら》模様のも少なくない。毎朝の日課なのか、老人が一人、パンをちぎっては橋の下に投げ、そのたびに静かな川面《かわも》が波立ち騒ぐ。

通学や通勤の人の流れが途絶えがちになって、約束の九時を過ぎたが、待ち合わせの相手――国井由香は現れない。餌やりの老人は餌が尽きたのか、胡散《うさん》臭そうにこっちを一瞥《いちべつ》すると、のんびりした足取りで街の中に消えて行った。

九時を三十分も回って、さすがの浅見も諦《あきら》めた。（やられた――）と思った。ひょっとすると電柱の陰かどこかに隠れたいたずらの張本人が、間抜けな被害者の様子を窺《うかが》って笑っているのかもしれない。

そう思って見渡した視線の先で、電柱の陰から男が現れ、真っ直ぐこっちに向かって歩きだした。

浅見は直観的に危険を感じた。男の全身からオーラのような険悪な気配が立ちのぼっている。いかつい顔の、かなりの大男である。浅見も百八十センチ近い長身だが、男もそれくらいはありそうだ。しかも肩幅がやけに広い。腕力では到底、敵《かな》いそうにない。

浅見は回れ右をして、男とは逆の方角へ退散することにした。だが、その先の橋の袂《たもと》に別の男が佇んで、もう一人の男と同じ様な陰険な目でこっちを眺めている。一見して大男と同類であることが分かる。しかし少なくとも外見上はこの男のほうがまだしも小柄で華奢《きゃしゃ》で、それにいくぶん若そうだ。

男はおもむろに姿勢を正し、浅見に向かって歩きだした。小柄なくせにかなり大股《おおまた》だ。狭い歩道上で避《よ》けようがない。浅見は相手と向かいあう位置で身を脇に寄せ、すり抜けようとしたのだが、案の定、男はそこで足を停め、柔道の自然体のような恰好《かっこう》で浅見を睨んでいる。背後からは大男の鈍重な足音が接近してくる。

「ちょっといいですか」

正面の男が言った。華奢な印象に似合わぬドスのきいた掠《かす》れ声だ。体型は華奢だが、俊敏そうな、鍛え上げた筋肉がスーツの下に隠されていて、むしろ大男より手ごわそうにも思えてきた。

「何でしょう？」

浅見は小首をかしげ、さり気ない風を装った。神経の半分は、背後の大男に向けられている。

「ここで何をしてるんです？」

「何って……橋の下の鯉を見ていました」

「ふーん、鯉をねえ……」

男は鼻を鳴らすように言って、チラッと橋の下に視線を送ったが、浅見の話を信じてはいないらしい。わずかにねじった首筋に赤いミミズ腫《ば》れが見えた。柔道着の襟でできる、典型的な痕跡《こんせき》だ。

（刑事か――）

浅見はほっとするのと同時に、不吉な予感に襲われ、思わず口走るように言った。

「国井さんは殺されたのですか？」

「なにっ？……」

男はギョッとして身構えた。

「あんた」と、背後から声がかかった。

「どうして知っているんだ？」

「いや、知っていたわけじゃありませんよ」

浅見はゆっくり振り向いた。大男の顔が目の前にあった。やはり身長は浅見に匹敵するし、いかつい顔つきで、髭《ひげ》の剃《そ》り跡も濃く、東欧出身の黒海という力士をいくぶんスリムにしたような精悍《せいかん》なタイプだ。

しかし、その顔よりも、浅見は自分の直感が的中したことのほうが恐ろしかった。

「じゃあ、やっぱり国井さんは殺されたんですね？」

「ん？　いや……」

黒海はあいまいに首を振って、おもむろに胸のポケットに手を突っ込むと、「こういう者です」と黒い警察手帳を示した。本来なら迫力満点の自己紹介になるはずだが、浅見のほうは彼が刑事であることを見抜いているから、「はあ、分かってます」と少しも驚かない。出した側も拍子抜けしたことだろう。

「おたくさんの住所氏名を聞かせていただきましょうか」

活字にすると言葉つきは丁寧だが、有無を言わせない高圧的な口調だ。

浅見は言われるまま名刺を出した。例によって肩書も重みもない名刺に、黒海は目を近づけたり遠ざけたりしている。四十歳そこそこに見えるが、すでに老眼が始まっているのだろうか。

「職業は何です？」

「フリーのルポライターです」

「ふーん……というと、マスコミさんみたいなもんですか」

「まあそんなようなものです。それより、国井さんのことをお聞きしたいのですが、彼女はどうしたのですか？　殺されたのじゃないのですか？」

とたんに黒海は妙な顔をして、仲間と目を見交わした。

「ところで浅見さん、その国井とかいうのは誰のことです？」

しらっとした顔で訊《き》いた。これには浅見が意表を衝《つ》かれた。何か重大な勘違いを犯しているらしい。二人の刑事は国井由香とは無関係に、単なる職務質問を仕掛けただけなのだろうか。

浅見のその様子を見定めて、黒海はにわかに居丈高になった。

「申し訳ないが、ちょっと署までご同行願いましょうかね」

背後に回った小柄の刑事と、前後から間合いを狭めて、完全に挟撃の態勢だ。

浅見は観念するというより、好奇心をかき立てられた。

「そうですね、行きましょう」

むしろ弾んだ口ぶりで言うと、二人の刑事を従えるように歩きだした。

3

浅見はソアラごと「連行」された。幸来橋から東へ少し行くと、広い通りにぶつかる。ガイドブックで仕入れた知識によると「蔵の町大通り」というのだそうだ。その名のとおり、江戸時代の蔵屋敷そのままの、人形店、家具店、紙屋などが並んで風情がある。こういう状況でなければ、そぞろ歩きでもしてみたいところだ。

そこを右折して二百メートルほどのところに栃木署があった。赤みがかったコンクリート三階建て、なかなか立派なものだ。正面玄関に「締め出せ暴力団、さわやか栃木の合言葉」と書いた垂れ幕が下がっている。ということは、逆に栃木県にも暴力団が跋扈《ばっこ》していることの証明のようにも思える。

刑事は二階の刑事課の前を素通りして、取調室に案内した。取調室に入る時、廊下の突き当たりの、たぶん会議室と思われるドアに「県庁堀殺人事件捜査本部」の貼り紙が出ているのに気がついた。

「殺人事件があったのですか？」

浅見は訊いたが、刑事はそれには答えず、その代わりに自己紹介をした。黒海に似たのが「山北《やまきた》」、小柄なほうが「畑野《はたの》」と名乗った。山北が部長刑事で畑野はその部下といったところらしい。

山北は「畑野くん、お茶をいれてくれ」と横柄《おうへい》に頼んだ。畑野刑事がお盆の上に三人分のお茶を載せてくると、浅見にも勧めて、しばらく雑談してから「さて、じゃあそろそろ事情聴取を始めますかね」と言い、畑野に空になった茶碗《ちゃわん》を下げさせた。明らかに指紋を採取するための猿芝居だ。

「それでは、あらためて訊くけど、あんたの言っている国井とかいうのは、誰のことなんです？」

山北は折り畳み椅子にそっくり返るように坐《すわ》り、尋問を始めた。

（おかしいな？——）

浅見は首をひねった。

さっき橋の上で浅見が「国井さんは殺されたのですか？」と訊いた時、山北は「どうして知っているんだ？」と驚いた。つまり、その様子から言って、実際に国井という人物が殺されたことを肯定したはずである。それなのに「国井とは誰のことか？」などと、とぼけたことを言っている。

これはいったいどういうこと？——と頭を回転させて、「あっ……」と、自分の早トチリに気がついた。

「そうか、そうだったんですか、殺された国井さんというのは、男性だったのですね」

図星だったようだが、山北は浅見の質問は無視して、無表情に尋問を繰り返した。

「あんたの言う国井という人物は誰なのか、あんたとどういう関係があるのか、答えてください」

浅見は困惑した。国井由香の手紙には「警察には知らせないで」と書いてあったのだ。しかし、どういう事情にせよ、国井なる人物が殺されたのだとすると、いつまでもとぼけ通すわけにいかない。国井由香が手紙を出した時点とでは、すでに状況が一変しているのかもしれなかった。

浅見は「じつは……」と、国井由香からの手紙で、今日の午前九時に幸来橋で待つよう指示されたことを話した。しかし、それだけで刑事を納得させることは難しい。

「それじゃ、その手紙なるものを見せてくれませんか」

「いや、それは……」と、浅見はさらに窮地に立つことになった。国井由香の手紙には、浅見の兄が警察庁刑事局長であることが書いてあるのだ。

「手紙は今は持っていません」

「ふーん……」

山北部長刑事は明らかに信用していない目つきで、鼻を鳴らした。「あんたねえ」と、言葉つきまで横柄になった。

「警察としてはなるべく穏便に事情を聞きたかったのだが、あんたが協力してくれないのなら、被疑者として扱うことになるが、それでもいいのかね」

「冗談じゃありませんよ」

浅見は怒るより呆《あき》れた。そんな理不尽が許されるはずがない。しかし、山北の顔を見ると、本気で被疑者にされかねないと思った。指紋も採取されたし、いくら隠しても身元は照会され、素性がばれるのは時間の問題だ。自宅のほうにでも来られた日には、目も当てられない。怒髪天を衝く母親の顔が目に浮かぶようだ。

「分かりました、手紙はお見せしますよ。ただし、その前にお聞きしたいのですが、刑事さんが幸来橋で僕の来るのを張っていたのはどうしてなのですか？」

「ん？　いや、べつにあんたを張っていたわけではないが」

「嘘でしょう。橋の上で三十分ばかり、のどかに川面《かわも》を眺めていただけの男を、いきなり職務質問しておいて、何も理由がないはずがないでしょう。山北さんが話してくれないのなら、僕も協力しませんよ」

「生意気を言うな！」

山北は机を叩いて怒鳴った。浅見よりもむしろ、畑野刑事のほうが驚いて、椅子から腰を浮かせた。

「刑事がどういう理由で職務質問しようと勝手だろう。だいたいおれは、あんたみたいな坊っちゃん面をしたやつが、利いた風な理屈をこねるのが大嫌いなんだ。ガタガタ言わずに手紙を見せたほうが身のためだぞ。とにかく人一人殺されているんだからな」

坊っちゃん面はあまり愉快ではないが、後のほうの「人一人殺されている」というのは説得力がある。

浅見は観念して、ポケットから手紙を出した。中には「名探偵」だの「刑事局長」だのと書いてある。案の定、山北は読みはじめてすぐ顔色を変えた。まるでカミさんとラブホテルで鉢合わせしたようにうろたえた。

「あ、あの、浅見さんは、あの浅見刑事局長さんの弟さんで？……」

「はあ、そうですが、しかしこのことは兄には内緒にしていただけませんか。僕が勝手に動いているだけですから」

相手も相当に具合が悪そうだが、浅見も困りきって懇願した。

「それはまあ……しかし、そうでありましたか。局長さんの……いや、そうとは知らずご無礼しました。ちょっとお待ちください、いま署長を呼んで……いや、署長室のほうへご案内しますので」

直立不動でお辞儀をしてドアへ向かいかける山北を、「待ってください」と、浅見のほうが慌てて押し止《とど》めた。

「いま言ったように、兄には内緒にしておいていただきたいのです。このことはここだけの……つまり、われわれ三人だけの秘密ということにしておいていただけませんか」

「なるほど……しかし、この手紙によると、浅見さんは名探偵だそうではありませんか。そういうことであるならば、警察としてもぜひとも捜査にご協力をお願いしたいと思うのでして」

心底、そう思って言っているわけではないことが、浅見には手に取るように分かる。名探偵だの何だのと言っても、警察官としては素人に何ほどのことができるか——と軽んじているものなのだ。しかし、この際は山北のお世辞に付け込むことにした。

「もちろん、僕もこういう手紙をもらった以上、放ってはおけません。それに、現実に起きているという殺人事件にも関心が生まれてきました。もし差し支えなければ、こっそりとで結構ですので、お二人の捜査に協力させていただけませんか」

「われわれに協力ですか？」

山北は複雑な表情になった。「捜査に協力を」と言ったくせに、いざ相手がその気になると、こんなド素人に何ができるか――というのと、警察庁刑事局長の弟であるという現実との狭間《はざま》で、どう対処すべきか、気持ちが揺れているのが見え見えだ。

「かりに何の役に立たなくても、ダメモトではありませんか」

浅見は悪魔の囁《ささや》きのように言った。これは説得力があったらしい。「そうですなあ」と山北は了承した。

4

「じつは、一週間ほど前の四月二日、県庁堀で男性の他殺と思われる死体が発見されましてね。その死体が着ていた上着の隠しポケットから、こういうメモが出てきたのです」

各捜査員に配られているのだろう、B5サイズの紙にメモをそのままコピーしたと思われるものを広げた。「おもちゃのまち　今市　湯西川　錦着山」そして少しあいだを空けて「4／10／09幸来橋」と書いてある。どういうわけか「4／10／09幸来橋」と、それ以外の文字の筆跡が明らかに違うように見える。

「どういう意味でしょう？」

浅見は素朴に訊いた。

「いや、まださっぱり分かりません。ただ、このメモから、四月十日の午前九時に幸来橋で何かがあるらしいと考えて、とりあえず朝から張り込んでいたらカモが引っ掛かった――いや、浅見さんがおいでになった、というわけです。そしてですね、県庁堀のホトケさんのジャケットには、ローマ字で『Ｋｕｎｉｉ』というネーム刺繍《ししゅう》があったのです。ちょっと見た感じではブランド名かと思うようなイタリック文字でした。だから浅見さんに『国井さんは殺された？』と訊かれた時にはびっくりしましたよ」

山北の説明によると、県庁堀というのは、宇都宮市に県庁が移転する前、明治四年から十七年までの十三年間、栃木市に県庁が置かれていたことを記念する史跡なのだそうだ。旧庁舎は現在、市役所別館として生まれ変わり、また周囲一キロに及ぶ当時の堀も残され、昔ながらの「県庁堀」という名で称《よ》ばれ、市民に親しまれている。

死体の発見者は、毎朝この堀に沿ってジョギングをしている近所の青年だ。いつものように堀に泳ぐ錦鯉の姿を楽しみながら走っていて、うつ伏せになって浮かんでいる死体に気づいたという。

警察で調べたところ、死体には顔面に殴られたような痕跡《こんせき》があるものの、死に到《いた》るほどのものではない。司法解剖によって死因は暴行を受けたことによりショック状態に陥ったのではないかと考えられた。

死亡推定時刻は死体発見前日の深夜から未明にかけてで、周辺に争った形跡がなく、被害者が靴を履いていないことからも、別の場所で殺害し、死体を遺棄したものと考えられた。

「殺された国井さんというのは、どういう人物なのですか？」

「いや、それが違うのですなあ」

山北は少し得意そうに天井を向いた。

「被害者の上着のネームは確かに『Ｋｕｎｉｉ』だったが、所持していた免許証等により、被害者は、栃木市内に住む『戸村浩二《とむらこうじ》』という人物であることが判明しました」

「ほうっ。ということは、他人の上着を着ていたのですか」

「そういうことです。殺されたのは戸村浩二、三十歳、職業は『Ａ』という外資系の化粧品会社の日本支社で、もっぱら香水の研究開発に携わっていました。会社に訊いたら、調香師という専門職だったそうです」

「ほう、調香師ですか」

浅見は反射的に、国井由香の手紙に染みついていた、香水の匂いを思い浮かべた。

「そう、珍しい職業です。自分など、チョーコーシと聞いて、すぐには何なのか分かりませんでしたからね」

「そうですよねえ。僕も名前ぐらいは知ってましたが、知り合いに調香師は一人もいません。資生堂とか、そういう大きな化粧品メーカーなんかにはいるのでしょうけど、栃木市にもいるのですねえ。いや、栃木市を田舎だとか、そういう失礼な意味で言っているわけではありません。調香師などという職業の需要がこの辺りにもあるのですか」

「それがあるのですなあ。自分はまだ詳しいことは知らないが、香料を研究したり作ったりしている会社が一つか二つはあるみたいですよ。被害者の戸村さんは、東京生まれで、T大学農学部の大学院を卒業後、アメリカで調香師の勉強をして、アメリカの化粧品メーカーA社に入社……」

山北は手帳を見て、解説している。

「今年の二月に帰国して、栃木市郊外にあるA社の日本支社香料研究所に勤務していました。会社側は将来性を嘱望していたのでしょうな。この若さで自分の研究室を与えられ、バリバリ働いていたそうです。近くにあるマンションに住んでいましたが、実家は東京の世田谷《せたがや》区にあります」

「ご家族などへの事情聴取は、もう終わったのですか？」

「終わりました。実家のほうで葬儀が営まれた際に、捜査員が手分けして、家族のほか、親戚や会社の上司・同僚など参会した関係者からも話を聞いてきました。家族はもちろんですが、知人も職場の人間も、誰もが口を揃えて、戸村さんが殺されるような理由は思いつかないと言っております。一般的に言って、故人の悪口を言う者はおりませんがね。それにしても、とにかく温厚で誠実な人柄だったというだけで、他人に恨まれたりするようなことは、到底、考えられないそうです」

「婚約者とか恋人のような存在はなかったのですか？」

「いるかもしれませんが、葬儀の席でもそういう話は出てきていません。三十歳という年齢からいって、当然、いてもおかしくないでしょうなあ。もしかするとアメリカにいるのかもしれませんがね」

山北が「当然」と言った三十歳を三つも通りすぎて、いまだに特定の女性がいない浅見には、耳の痛い話だ。

「ジャケットのネームの『Ｋｕｎｉｉ』という人物は特定できたのですか？」

「いや、目下のところ、それらしい人物は浮かび上がってきていません。家族も知人も思い当たる人はいないと言っています。勤務先にも国井という人はいません。まあ、捜査は始まったばかりです。これから戸村さんの取引先や学生時代の友人など、徐々に範囲を広げていきますがね。国井姓は比較的ありそうでない名前ですから、いずれ浮かんでくるでしょう。現時点ではむしろ、浅見さんのところに手紙を寄越《よこ》した国井由香という女性が最も関係がありそうですね」

「確かに……」

浅見はあらためて封書を見た。かすかに香水の匂いを発散するこの手紙を認《したた》めた人物こそ、県庁堀殺人事件の謎を解く鍵を握っているのかもしれない。

第二章　調 香 師

1

山北部長刑事は部下の畑野刑事に「お客さん」の相手をさせて、いったん室《へや》を出て行った。むろん上司と善後策を講じるためだ。浅見は「三人だけの秘密で」と頼んだのだが、そういうわけにはいかないことがじきに明らかになった。

そもそも、殺された戸村が着ていたジャケットのネームが「Ｋｕｎｉｉ」で、浅見に手紙で「捜査」の依頼をしてきた女性の名前が「国井」というのでは、いやでもその関係が疑われる。おまけに、国井由香からの手紙に指定された場所と日付が、被害者のポケットから発見されたメモに記されていたものとそっくり同じなのだ。にわかに浮上した新事実に沿って捜査が進められる以上、いつまでも隠密裡《おんみつり》では済まされない。

結局、山北は浅見を取調室から連れ出して署長室に案内した。刑事課長も捜査本部の捜査主任の警視もやってきて賑《にぎ》やかなことになった。署長は「局長さんにはなにぶんよろしくお願いします」と満面の笑みで、ばか丁寧な挨拶をする。虎の威を借る狐にはなりたくないから、浅見はそれ以上の低姿勢で「兄にはご内聞にお願いします」とひたすら頼むしかなかった。

「ははは、よほどお兄上が怖いと拝察できますな」

署長は嬉しそうだ。

「ご希望とあれば内密にいたしますが、ついては事件捜査へのご協力はお願いできるのでしょうな」

山北部長刑事と違って、署長はそつがない。

「山北の話によりますと、浅見さんの名探偵ぶりは、つとに知られたところなのだそうですな。しかも、事件の背景を示唆すると思われる、きわめて重大なる手掛かりをお持ちであるのですから、ここは一つ、ぜひともお骨折りをいただかなければなりません」

とどのつまり、浅見は山北に身柄を預けられる形で捜査協力を担うことになった。署長は「ぜひとも」などと言ってはいるものの、やはり本音を言えば素人にあまり勝手に動き回られては迷惑ということなのだろう。しかし、たとえ監視の形であれ、警察がバックアップしてくれるのは歓迎だ。

浅見は早速、ソアラに山北を乗せて、事件現場を案内してもらった。

「いい車に乗ってますなあ」

山北は革張りのシートを触りながら、仏頂面で言った。悪い人間ではなさそうだが、刑事局長の身内というだけで、「名探偵」などと持て囃《はや》され、結構な暮らしをしていることが面白くないのだろう。

「毎月、ローンに追いかけられて汲々《きゅうきゅう》としています。こいつのお蔭《かげ》で、いまだに居候暮らしから足を洗えないのですよ」

「へえーっ、すると浅見さんは、まだ独身ですか？」

「もちろん。一人分の食費を払うので精一杯ですからね。これでは嫁さんのなり手がないでしょう」

「ふーん、そういうもんですかなあ。人にはそれぞれ苦労があるってことですか」

少し溜飲《りゅういん》を下げた顔をしている。

栃木県栃木市はＪＲの東北本線からも国道4号からもはずれた場所にある。

明治十七年に県庁が栃木町（当時）から宇都宮町（当時）に移されて以降、栃木市は何となく冷飯を食わされたような歴史を歩んできたことを思わせるのだが、その反面、街は古き良き時代の魅力的な佇《たたず》まいを随所に残している。小京都あるいは小江戸などと称されるのも頷《うなず》ける。

「メモに書かれていた『おもちゃのまち』『今市』『湯西川』『錦着山』という地名は、すべて栃木県内のものですか？」

浅見は訊いた。

「そのとおりです」

「幸来橋、四月十日、午前九時という、僕を誘い出した手紙の内容と、メモの幸来橋の部分は完全に一致しています。ということは、ほかの四つの地名も当然、何かの重要な意味を示唆していると考えるべきでしょう」

「そうですな。何か、そこにヒントが隠されているのかもしれないですな」

栃木署から県庁堀までは、それほどの距離ではなかった。堀を渡る橋の手前で車を降りて、山北はすぐ前の堀を指さした。

「死体が浮いていたのはそこですよ」

県庁堀という名前から、浅見は皇居のお堀とまではいかないにしても、弘前《ひろさき》城や会津《あいづ》若松《わかまつ》の鶴ヶ城《つるが》の堀のようなものを想像していたのだが、石垣は低く、堀の幅もせいぜいどぶ川程度のこぢんまりしたものだった。

岸辺には誰が供えたのか、かすかに匂いの残る線香の燃えかすと、白や黄色を取り交ぜた花束が置いてある。

浅見はそれに向かって一礼すると、堀の中を覗《のぞ》いた。少し濁った水面を揺らして、大きな鯉が数匹、悠然と泳いでいる。

ちょうど昼休みとあって、周辺を三々五々行き交う人が多い。しかし死体が遺棄されたと思われる深夜には、この界隈《かいわい》はまったく人通りが途絶えるそうだ。

「死体を投げ捨てる水音ぐらいは聞いた者があるかもしれんが、現場を目撃した者はまずいないでしょうな」

山北はほとんど断定的に言った。

視線を上げ、柔らかな春の日差しを受けた街の風景を眺めると、ここで殺人事件や死体を投げ捨てる凶悪な犯行があったことなど、思いもつかない。

「それにしても、犯人はなぜ、すぐに発見されるようなこの場所に、死体を遺棄したりしたのでしょうかねえ？」

　浅見はごく素朴な疑問を呟《つぶや》いた。

「さあ、何でですかねえ。単に死体の捨て場所に困ってのことではないですかなあ」

「しかし、どうせ車を使って捨てるくらいなら、山の中とか海中とか、発見されにくい場所を選びそうなものじゃないですか」

「そんなことを考える余裕もないほど、慌てていたのかもしれませんよ」

「だとすると、第一犯行現場はこの近くで、しかもあまり計画性のない、衝動的かあるいは偶発的な犯行ということになりますか」

「そうなりますかねえ」

　山北は自信がなさそうだ。彼のそういう様子は、とりもなおさず、捜査本部自体の現在置かれている状況を物語っていると言えないこともない。

　一時を過ぎる頃になって、近くのファミリーレストランに入った。二人ともハンバーグライスのセットを注文した。

「例の上着の『Ｋｕｎｉｉ』というネームですがね」

　山北はガブガブ水を飲んで言った。

「これと浅見さんのところに届いた手紙の国井由香なる人物との関係が、これまでの中ではもっとも気になるところですなあ。とくに四月十日に幸来橋で――と指定していることから言っても、まったくの無関係の人間とは考えられない。なぜそのメモの日付を知っているのか、なぜ浅見さんを誘い出したのか、謎が深まりますなあ」

言ってからジロリと浅見に一瞥《いちべつ》を送った。だからといって悪意があるとか、疑っているとかいうわけではなさそうだ。そういう目つきは刑事の習癖のようなものなのだろう。

言われるまでもなく、浅見のほうも仕掛けられた「罠《わな》」のことは最初に解明しなければならない問題だと考えている。国井由香という人物が事件に関係があるどころか、犯人側に近い存在である可能性もある。

「ポケットにあったメモの筆跡は、前半と後半とでは異なる人物によるもののように見えたのですが、被害者のものだったのですか？」

浅見は訊いた。

「さすがですなあ、よくお気づきです」

山北は大げさに感心してみせた。

「確かに筆跡は前半と後半とでは別人のもののようです。後半は被害者の筆跡である可能性があります。ただ戸村という人は文章や手紙を書く時はほとんどパソコンを使っていて、会議などでメモを取ると、すぐに電子手帳に書き込む習慣だったそうです。そんなわけで比較できる筆跡はあまりなかったのです。しかし、前半と後半では鑑定を必要としないくらい、歴然とした違いがありました。前半の文字はかなりの達筆と言っていいのじゃないですかな。専門家によると、ある程度年配の男性だろうということです。ついでに言いますと、例の浅見さん宛に届いた封書の筆跡とは明らかに違いますな」

「いま山北さんが言われた電子手帳はあったのですか？」

「いや、現在までのところ発見されておりません。警察としても、電子手帳の中に何か手掛かりになるようなことが書き込まれているのではないかと期待しているのですがね」

「だとすると、犯行の動機は、その電子手帳を奪うことだった可能性もありますね」

「もちろん、言われるまでもなく、その可能性も睨《にら》んで捜査を進めておりますよ。もっとも、電子手帳と一緒に財布も無くなっているわけでしてね。そっちのほうが目的だった可能性もあるわけでして」

山北はしかつめらしい顔をして言った。警察の捜査には万遺漏がない——と言いたそうである。

ハンバーグライスが運ばれてきて、会話がいったん中断した。

食事をしながら、山北は咀嚼《そしやく》と一緒に口を動かしてポツリポツリ捜査状況を話した。

2

同僚たちの証言によると、事件当日は土曜日だったが、戸村は出社していたらしい。午後六時少し前に、戸村の運転する車が会社の駐車場から走り去るのを守衛が見ていた。それが生きている戸村の最後の姿で、次に戸村が「目撃」されたのは、冷たい県庁堀の中だったというわけだ。

「県庁堀に死体を棄《す》てたことから」と浅見は言った。

「犯行時の状況が推測できます」

「は？……それはどういう？」

「さっきも言ったように、あの場所は遺体を遺棄するには、あまり条件がいいとは思えません。もし、見せしめのような効果を狙《ねら》ったのでなければ、犯行現場はごく近くで、しかも偶発的に起きた事件だったのではないかと思います」

「その、見せしめの効果を狙ったということも考えられるのじゃないですかね。自分はむしろ、そう考えていますよ」

山北は思考回路が単純でないことを披瀝《ひれき》するように言った。

「被害者を他の場所で殺害して、わざわざ車で運んで来て、県庁堀に棄てた。しかも上着に免許証を入れたままにしておいたことと言い、どう考えても、犯人は死体が早く発見され、身元も確認されやすくしていたとしか思えませんよ。あたかも警察の捜査に協力しているみたいにですな」

「ははは、だとすると、僕のように法に忠実な人間ということになります」

「笑い事じゃないですぞ」

山北は真顔で憤慨した。

「いや、失礼しました。もし山北さんの言うとおりだとすると、警察も僕も犯人に踊らされていることになりますね。僕が女性名の手紙で誘い出されたことはもちろんですが、警察も妙なメモに動かされたという点では同じです。犯人はそういう僕や警察の動きを、どこかで眺めているのかもしれません」

「そう、つまり、一種の愉快犯ですな」

「そうは言っても、僕に手紙をくれた人物と犯人が同一人物ということはないでしょう。手紙はあくまでも事件の発生を恐れ、事件が起きた場合には解決されることを望む目的で出されたものと考えられます。もしそうだとすると、国井由香という女性はポケットのメモにあった『四月十日』の日付と、その日に幸来橋で何かが起こることを知っていたということになります」

「われわれとしても、そう予測して幸来橋を張っていたわけでしてね。そこに浅見さんが飛び込んできた。だからといって、まさか浅見さんの登場が、その『何か』の正体ってことじゃないでしょうなあ。へへへ……」

　山北のつまらないジョークは無視して、浅見は言った。

「問題はその四月十日に何が起こるということだったのか……です。国井由香が手紙を出した時点では、おそらく戸村氏はまだ生きていたのでしょう。もしあの手紙にあった『殺人事件』というのが、戸村氏殺害を指したものだとすると、彼女は殺人が起きることを予告し、予告どおりに殺人が行なわれたことになります。さらに気になるのは、もし僕が幸来橋に現れないと、国井由香自身が死ぬことになると書かれていた点です。これは第二の殺人事件が起きる可能性のあることを示唆していると受け取れます」

「第二の殺人事件というと、被害者は国井由香本人ということですか？　さあ、それはどうですかなあ。そもそもその国井由香なる人物がほんとうに女かどうかも怪しいんじゃないですかねえ。じつは男で、しかも犯人自身と考えたほうがいいんじゃないですか。犯人は浅見さんをおびき出すには女名前のほうが効果的だと思ったのでしょう。筆跡だって女っぽい文字を真似できるし、手紙に香水をしみ込ませた狙いも、そこにあったのかもしれない。だいたい男ってやつは、女の誘いに弱いもんですからね……いや、浅見さんがそうだと言ってるわけじゃないですけどね。ははは……」

そう断りを言いながら、山北の顔には「おまえさんも女には弱いねえ」と書いてある。浅見はまたそのジョークも無視した。

「手紙の差出人が犯人だとすると、僕を呼び出した目的は何なのでしょう？」

「それは……」

山北は何か言おうとして、結局、何も思いつかなかったのだろう、「何なんでしょうなあ？」と、つまらなそうな顔になった。

「名探偵うんぬんはともかくとして、警察庁刑事局長の弟であることを知りながら、僕を引きずり出しておいてから殺人を犯すというのは、よほど完全犯罪の自信がないかぎり危険なことです。僕はやはり、あの手紙は犯行計画のあることを察知したか、あるいは危惧《きぐ》した人物からの、救いを求めるシグナルだったような気がしてなりません」

「しかし、救いを求めるのだったら、警察に言ってくるべきでしょうが」

「そうですね、その点は不可解です。もっとも、当人が警察を信用していないのかもしれません。警察というところは、いざ事件が起きてからでないと、なかなか動いてくれないことも事実ですから」

「いや、そんなことは……」

憤然と否定しかけて、山北は沈黙した。確かに浅見が言ったのはただの厭味《いやみ》ではなく、警察が必ずしも市民の「頼もしい味方」であるとはかぎらない。埼玉県桶川《おけがわ》市で女性がストーカー行為の危険に晒《さら》されているのを、再三にわたり警察に訴えたにもかかわらず、警察が放置していたために殺害されるという、最悪の事態が起きた。

「かりに警察を信用していない人物だとしても、よりによって僕を選んだ理由はやっぱり不可解というほかはありません。いったい、いつどこで僕のことを知ったのか。それに僕と会って何を話すつもりだったのか、まったく見当もつかないのです」

浅見はもちろん正直に、ありのままを話している。山北もその点を信じてくれた。

食事を終え、コーヒーを飲み、しばらく話をつづけたが、妙案が浮かぶには、あまりにも手掛かりが少なすぎる。現時点では国井由香の手紙以外に浅見から積極的に捜査協力できるほどの材料は見当たらない。事件発生から八日目で、警察もまだ初動捜査と言っていい段階だが、それなりに組織的な作業を進めてはいるようだ。

「当面、周辺の目撃情報などにローラーをかけておりますが、別働隊は国井なる人物の割り出しを急ぐことになります。その上で必要があれば、また浅見さんにご相談することになるでしょう」

山北は何となく、「お客さん」の接待にケリをつけるように言った。浅見としては不完全燃焼もいいところだが、警察の捜査の邪魔をするように受け取られるのは本意ではないので、ひとまず引き上げることにした。

ところが、捜査を進捗《しんちょく》させる新情報が思いがけない形で浅見の前に出現した。

山北を栃木署まで送り東京へ向かう前に、浅見は自宅に電話を入れた。電話に出た須美子に「何かなかった?」と訊くと、須美子ははしゃいだような声で「坊っちゃま、また香水のお手紙が届いてますけど」と言った。

「香水の手紙?」

「ええ、このあいだと同じように、香水の匂いがぷんぷんします」

「というと、また差出人の名前がない手紙かい?」

「いいえ、今度はちゃんとお名前入りです。西原マヤさんという、可愛らしい女の方のお名前です」

「西原……どこの人?」

「ご存じないのですか?」

かなり疑わしそうな口ぶりで言って、「大田区馬込《まごめ》のご住所ですけど」

「ふーん、知らないな。中身を見てくれないか」

「いいんですか、見ちゃっても？　もし秘密のお手紙だったらどうしましょう」

「ばかだな、そんな手紙、僕に来るはずがないだろう」

「あら、そんなこと……そうでしょうかしら……そうですよね、そんなはずありませんよね。じゃあ、封をあけます」

須美子の声がだんだんハイになってゆくのが分かる。いそいそと封書にハサミを入れる様子が目に浮かぶようだ。

「展覧会のご案内みたいです」

期待はずれと安堵《あんど》とが、ない交ぜになったような言い方をした。

「えーと『香りの展覧会』っていうんです。『調香師・西原哲也』っていう人の会で、会場は『銀座プリズムガーデン』。会期は、あら、明後日までですけど」

「調香師……いま調香師って言ったね？」

浅見は思わず声高になった。

3

銀座プリズムガーデンは銀座六丁目にあった。受付にヨーロッパ系の顔をした女性がいて「いらっしゃいませ」と微笑みかけられたのには面食らった。カウンター状の長いテーブルの上に芳名帳を広げ「おそれいります。お名前と、できましたらご住所をお願いいたします」と言う。顔は明らかに外国人だが、喋《しゃべ》る言葉は流暢《りゅうちょう》な日本語であった。

言われるまま住所・氏名を記入して、浅見はパンフレットを受け取り、会場に入った。明るい戸外とは対照的に照明を落とした会場には、シンセサイザーの音楽が流れている。ところどころに花の形を抽象的に表現したオブジェが置かれ、それぞれの「花」から仄《ほの》かな香りが立ちのぼっている。

会場はいくぶん広めのギャラリーといった感じで、実際、ふだんは画廊として運営されているものなのか、壁には南フランス辺りの風景らしい絵が品よく懸かっている。お客は浅見を含めてわずか三人。それぞれが足音を忍ばせ、静かに移動しながら香りの「花」に耳を傾けるような仕種《しぐさ》をしている。香水の展覧会など、生まれて初めての体験だが、そういうのが作法なのかな——と思って、浅見もそれを真似た。

背後に人の気配がするので振り向くと、受付の女性が佇んでいた。

「浅見様は香水のご専門でいらっしゃいますか？」

愛嬌《あいきょう》のある笑顔で訊いた。

「いえ、専門というわけではないですが、雑誌のルポライターなどをやってます。たまたま最近、香水に絡んだ事件……いや、取材をしていたところに、こちらの案内状をいただいたものですから」

「あ、マスコミの方でいらっしゃいますか。これはお見逸《みそ》れいたしました」

外国人女性が流暢な日本語を操るだけでなく、喋る言葉が現在の若い女性が使いそうもない古いタイプだから、いっそう戸惑ってしまう。

「いや、マスコミというほどのことでもないですよ」

浅見は苦笑した。

「それより、僕のような香水音痴の人間に、どうしてこういう立派な催しの案内が送られてきたのか、不思議でならないのです。失礼ですが、あなたは？」

「あ、申し遅れました。私は西原哲也の娘でマヤといいます」

「ああ、あなたがマヤさんですか」

「あの、ご存じでいらっしゃいますの？」

不思議そうな顔をした。

「知っているって……あなたから僕宛に案内状が送られてきたのですが」

「えっ？　まあ、ほんとに？……」

驚いて言葉が乱れた。どうやら思い当たるものがないらしい。何か行き違いがあったようだ。

浅見はポケットから案内状を出して、西原マヤに見せた。

「確かに私の名前ですけど、でも、これは私がお出ししたお手紙ではありません。こんなに上手に字は書けませんもの」

マヤは「失礼します」と、浅見の手から封書を受け取ると、差出人名の隣にボールペンでサインをした。彼女の言葉どおり、「西原マヤ」の字はひどく歪《ゆが》んでいる。話すのは流暢だが、文字は苦手らしい。

「つまり、誰かがあなたの名前を騙《かた》って、僕に案内状を送ったというわけですか」

「はい、そうだと思います。この封筒も私どもがお送りしたものとはまったく違います。あの、この案内状はいつごろ浅見様のお手元に届いたのでしょうか？」

「昨日ですよ」

「あ、それでは私どもがお送りしたものではありません。皆様へのご案内はひと月から遅くても半月前にはお出ししていますから」

「なるほど、そうでしょうねえ。こんなに差し迫って送られる案内状なんて、聞いたことがありませんからね。要するに、案内をもらった誰かが、中身のカードを僕宛に転送して寄越《よこ》したということですか。いったい何が目的なのかな？」

「でも、浅見様のような方にご紹介していただいたのですから、私どもとしては、大変ありがたいことですけれど」

マヤは取り繕うように言った。

「まあ、そういえばそうですが……」

浅見は腕組みをして、何気なく会場の中を見渡した。それまで意識していなかったお客たちの素性が、妙に気にかかった。

その視線の先に、入口付近に飾られたお祝いの花がある。花飾りに添えられた木札の名前を見て、思わず「あっ」と声が漏れた。

――西原哲也先生へ　戸村浩二――

「あそこにある花の、戸村さんですが、もしかすると、このあいだ栃木で亡くなった、あの戸村浩二さんじゃありませんか?」

「えっ……ええ、そうですけど……」

マヤは浅見以上に驚いた。

「あの、浅見様は戸村さんのお知り合いでいらっしゃいますの?」

「いや、知り合いというわけではないですけどね」

「ああ、マスコミの方ですから、ご存じですわね」

「そういうわけでもないのです。じつはそれにはいろいろなわけがありましてね。さっき言った、香水の取材をしているというのも、あれも早く言えば嘘なのです」

「まあっ……」

西原マヤはスッと半歩、後退した。疑惑と警戒心が彼女の顔を曇らせた。

「ちょっとお待ちください」

身を翻すと、会場の突き当たりにあるオフィスのドアの中に消え、すぐに年配の男性を連れて現れた。五十代なかばかと思える、見事な銀髪の男だ。「西原哲也です」と名刺を出して、「恐縮ですが、中にお入りいただけますかな」と誘った。会場内で騒ぎは起こしたくないが、事と次第によっては警察に通報しかねない意志が感じられた。もちろん浅見には逆らう理由はない。

事務所は会場とは対照的に狭く、雑駁《ざつぱく》な雰囲気だが、お客の接待ができる程度のスペースと応接セットは用意されている。そこに浅見を案内して坐《すわ》らせると、すぐに「戸村君とはどういう？」と訊いてきた。

浅見はある人物から謎めいた手紙を受け取ったことがきっかけで、栃木市で起きた戸村浩二殺害事件に関わることになったという、これまでの経緯を話した。ただし、差出人の名前や、自分が刑事局長の弟であることは伏せておいた。

「なるほど、そういうことでしたか。いや、娘がうろたえてしまって、失礼なことをいたしたかと思いますが、お気を悪くなさらないでいただきたい。じつは戸村浩二君は大学院卒業後、私が開いていたカルチャースクールにやって来ましてね。その頃から調香師になることが夢だと語ってました。その後はアメリカへ留学するなどして目的を達し、日本に帰国して将来を嘱望されていたというのに、その矢先にこんなことになって……」

西原哲也は沈痛な面持ちだ。その表情からは戸村の死を心から悼む気持ちが窺《うかが》えて、悪い人間であるとは考えられない。

父親と客との友好的な様子を見て、マヤは紅茶をいれてきた。浅見もようやく気持ちにゆとりができて、手にしたパンフレットを何気なく開いてみた。西原哲也の経歴と活躍を紹介する記事が写真入りでまとめてある。その略歴のページを見て、浅見はまた「あっ」と声を発した。そこには「1985年フランスの香料メーカー『C』社に入社、国井和男氏に師事」と印刷されていた。

「あの……」と浅見は声が上擦った。

「この国井和男さんという方は？」

「私の先生です。当時、ヨーロッパで天才とうたわれた調香師でした」

「いまはどちらにいらっしゃるのですか？　できればお会いしたいのですが」

「いや、残念ながら、国井先生は十年前に亡くなられました」

「亡くなられた……」

せっかくの手掛かりがスーッと遠のいたような落胆に襲われた。

「じつは……」と、西原は周囲を憚《はばか》るように声をひそめて言った。

「先生は何者かに殺害されたのです。それも先生の郷里と言っていい日光で、です」

浅見は息を呑んだ。日光は戸村が死体で発見された栃木市から北へ、およそ五、六十キロほどのところである。

4

殺された戸村の洋服のネームにあった「Ｋｕｎｉｉ」という縫い取りと「国井由香」に繋《つな》がりそうな名前が、こういうかたちで出現したことに、浅見は猛烈な好奇心と興奮と緊張がこみ上げてくるのを感じた。

「その日光で起きた事件について、詳しく聞かせていただけませんか」

意気込んで訊く様子が、よほど異常に映ったのか、西原は眉をひそめ、少し警戒するように身を反らしぎみにして言った。

「国井先生はフランスから日本に一時帰国して間もなく、日光の霧降滝《きりふりのたき》の近くで、死体となって発見されたのです。所持品が無くなっていたので、警察は物取り目的の犯行と見て捜査したのですが、犯人はいまだに捕まっていません」

「国井さんが帰国し日光へ行った目的とか、立ち寄り先や接触した人物などについては、警察も当然、調べているのでしょうね」

「もちろん調べていますよ。しかし手掛かりになるようなことは何もなかったということなのでしょう。先生が帰国された目的については、推測するしかありませんが、たぶん二つあったと考えられます。一つは学術的な目的。つまり未知の香りとの出会いを期待したものですね。優れた調香師はよく旅をします。香りの素材となるものはもちろんですが、芳《かぐわ》しい風景なども創作のヒントやアイデアを摑《つか》むためには必要なものです。日光にはスギや多くの高山植物などがあるでしょうから、先生は新しい香水の着想を得るために旅をしておられたのだと思います。日光ばかりでなく、日本全国を歩かれるおつもりだったかもしれません」

西原は思慮深そうな口調で、よどみなく喋るのだが、故人に敬意を払う気持ちからなのか、あまりにもきれいごとすぎて、何となく、用意された公式文書を読むような印象がなくはなかった。

「もう一つの目的というのは？」

「故郷を見たかったのだと思います。日光に行かれた目的は、何よりもそれでしょうね。日光の近くに湯西川という温泉があるのをご存じですかな」

「えっ、そこが国井さんの故郷なのですか？」

「そんな話をお聞きしたことがあります。厳密な意味では生まれ故郷ではないのですが、いわば第二の故郷といったところなのだそうです。だから、先生の亡くなられたのが日光と聞いた時、まず最初にそのことを連想しました。実際、警察の調べで、先生はやはり湯西川を訪ねていたことが分かりました」

「そのことと事件とは、関係がなかったのでしょうか？」

「なかったようですよ。もっともその当時、私はフランスにいましたから、詳しい事情は知りません。後になって、警察が強盗目的の犯行と断定したことを知りました」

「それ以外に、国井さんが殺されるような理由はなかったのですか？」

「ないと思います……」

　西原は少し思案して、言葉を繋いだ。

「われわれ調香師の世界では、新しい香りの発見や創作にしのぎを削っています。先生は天才的な調香師で、常にトップランナーの一人として活躍されてましたから、多くの同業者がその才能を妬《ねた》んでいたことは事実です。しかし、だからといって、わざわざ日本まで追いかけてきて、亡き者にしてしまおうなどとは考えないでしょう。それに、先生は若くして渡欧して、日本にはあまり帰っていません。つきあいがあったのはほとんど欧米人だったと言っていいでしょう。したがって、日本の国内にライバルが存在した可能性はほとんどありません」

「なるほど」

「ただ、一つだけ気になることと言えば、財布と一緒に、先生がいつも持ち歩いておられた黒い手帳が無くなっていたそうで、犯人の目的がそれだとすると、少し考え方を変えなければなりません」

「その手帳には、よほど重要なことが書かれていたのでしょうか」

「重要だと思いますよ。先生はふだんから、新しい香りのイメージが浮かぶと、すぐ手帳を開いて、香りの処方をメモしておられました。その肌身離さず持っているはずの手帳が消えていたとなると、盗まれたとしか考えられません」

「香りの処方というのは、どういうものなのですか？」

「香水を創《つく》るのに必要な、何種類かの香料の名前とその配合比率を記したものです。その処方さえあれば、誰でも香水を創れます」

「あの、香水というのは、実験室のようなところで、いろいろな種類の香料を混ぜ合わせながら創るのではないのですか？」

「最終的な調合の段階になればそのとおりですが、着想を得るのは日常生活のさまざまな状況の中です。さっき言いました旅先や、人と話しているふとした瞬間に思い浮かぶことだってあります。調香師は頭に浮かんだ香りのイメージに対して、具体的にどの香料をどういう割合で使うべきかを考えます。そこまでは他人が覗き見ることのできない、すべて頭の中の作業です。それを思いつくまま処方として書き記すわけです。そうして調合台の上の作業に移行し、メモしたとおりの香料を混ぜ合わせる。その結果、出来上がった香水が、自分のイメージにぴったり一致すれば成功で、満足できなければ、棄てて、一から処方を書き直すことになります」

「はあ、そういうものですか……」

「あまりピンとこないようですね。それでは実際にやってみましょう」

西原は笑って、娘のマヤを呼んだ。

「マヤ、こちらの浅見さんをイメージした香水の処方を創ってごらん。ごくシンプルなものでもいいから」

マヤは父親の隣に坐り、膝の上に手帳を構え、人物画をスケッチするように、じっと浅見を見つめた。碧《あお》く輝く瞳《ひとみ》にまっすぐ見つめられ、浅見は目のやり場に困った。たぶん顔が赤くなっているにちがいないと思い、そう思ったことでさらに血が頭に上ってきそうだった。

「もし処方が書いてあったとすると」

浅見は動揺を隠すためもあって、西原に質問した。

「その国井さんの手帳というのは、かなり貴重なものだったのではありませんか？」

「もちろんです。先生の香りの処方は、調香師仲間や香水メーカーにとっては垂涎《すいぜん》の的と言っていいほど、価値があります」

「だとすると、犯人の目的は財布よりも手帳にあったとは考えられませんか」

「そうですね……しかし、手帳の存在や価値を知る人間となると、ごく限られます。つまり、調香師や香水関係の企業ということになりますか。事件当時、警察でもその関連を捜査の対象にしたはずですが、結論として、容疑者を特定するには至らなかったということではないのでしょうか」

「失礼ですが、西原さんのところには警察は来なかったのでしょうか？」

「実際に来ることはなかったが、問い合わせはありましたよ。私は当時、南フランスのグラースという町――ご存じかどうか、近代香料産業の発祥地として知られていますが、そこの香料メーカーC社に在籍しておりました。事件の第一報は会社を通じて知ったのですが、もちろん驚きましたし、悲しかったですね。それから数日後に日本の警察から電話で問い合わせ……というのか、いわゆる事情聴取がありました。強盗の線で調べているが、いちおう、怨恨《えんこん》関係についても確認したいということでした。私を含めて、フランスやヨーロッパでの交友関係など、いろいろ訊かれましたが、さっき浅見さんにお話したとおり、殺人を犯すほど恨んでいる人がいるとは思えないので、そう答えました。それっきりで、まもなく、警察は強盗殺人と断定したという連絡が入りました」

話しているうちに、十年前の記憶が蘇《よみがえ》るのだろうか。西原は沈痛な表情になって、しきりに首を振っている。

「国井さんというのは、どういうお人柄の方だったのですか？」

「ひと言でいえば天才。驚異的な嗅覚《きゅうかく》と記憶力を持った方でした。天然香料の匂いを嗅《か》いだだけで、その種類はもちろん、原産地と収穫年度までピタリと言い当てるほどでした。しかも大変な努力家で、絶えず感性を磨き、よりよい香りを創ることに情熱を傾けていました。天才を鼻にかけることもなく、偉ぶることもなく、調香師の大先輩としてはもちろん、一個の人間としても尊敬しています」

西原は真摯《しんし》な口調で言い切った。

「ところで」と、浅見は核心に触れることを質問した。

「国井さんにはご家族はいらっしゃるのですか？」

「奥様はすでに亡くなられましたが、お嬢さんが一人、おいでです」

「お嬢さんのお名前ですが、ひょっとして由香さんではありませんか」

「えっ、浅見さんは由香さんをご存じなのですか？」

西原も、傍らのマヤも驚いて、客の顔を見つめた。

5

驚いたのは浅見のほうも同じだ。

「そうですか、やはりそうだったのですか。ある事情がありまして、お名前だけは承知しています」

「その事情というのを、聞かせていただけますかな」

「先程お話した、僕を栃木市の幸来橋というところに誘い出す手紙ですが、じつはその手紙の差出人の名前が、国井由香さんだったのですよ。こういうことなら、お持ちすればよかったのですが、住所も電話番号も書いてない手紙でした。ところが、指定された昨日、四月十日の朝に幸来橋へ行ってみると、待ちぼうけを食らいまして、由香さんの代わりに男が二人現れ、栃木署に連行されたのです。つまり、その二人は戸村浩二さんが殺害された事件を捜査している刑事さんだったのですね」

西原哲也は娘と顔を見合わせた。

「どういうことなのですかな？」

「よく分かりません。国井由香さんに陥れられたような気分もしないではありませんが、まさか見ず知らずの僕にそんな嫌がらせをするはずもありませんしね」

「もちろんそうでしょう。由香さんはそんなタチの悪い娘さんじゃないですよ」

「それに、手紙のスタンプの日付が四月一日——エープリルフールでした。そのことはともかくとして、戸村さんの事件が発生する直前に投函《とうかん》されているので、はたして事件を予測していたかどうかという疑問も生じます。いずれにしても、警察のほうは僕の潔白を認めてくれて、無罪放免にはなりましたが、その矢先、今度は西原マヤさんの名前で、こちらの案内状が届いたというわけです」

「そのニセの案内状のほうは、戸村さんが亡くなった後に投函されているんですよね。それって、何だか気味が悪いわ」

マヤが寒そうに肩をすくめた。そういう仕種《しぐさ》は、完全に欧米スタイルで、にわかに日本人が真似をしてもうまくいかない。

「ふーむ……驚きましたなあ」

　西原も首を振りながら、言った。

「由香さんのことなら、赤ちゃんの頃から知っているし、このマヤとも姉妹のように親しくお付き合いしていますよ。いったいどういうことなのか、浅見さんのお考えをぜひお聞きしたいが」

「もちろんお話ししますが、その前に、由香さんはいま、どちらにおいでですか？」

「いや、じつはそれが問題なのですがね」

　西原はいっそう眉根を寄せて、深刻な表情になった。

「どうご説明したものですかな……」

「何か事情でもあるのですか？」

「こんなことを申し上げていいものかどうか分かりませんが、目下、由香さんと連絡がつかない状況でしてね」

「どういうことでしょう？」

「由香さんはパリに住んでいます。十年前、国井先生が亡くなられた時、由香さんは十八歳でニースの大学に入る直前でした。大学を卒業した後、パリの香料会社『F』社に入社しました。現在はF社の香水博物館で広報担当をしています。パリではアパートのひとり住まいでして……マヤ、由香さんの住所を」

「いま、アドレス帳を持ってきます」

席を立ちながら、「はいパパ、これでどうかしら」と、メモしたものを渡した。

「これが香りの処方です」

西原は浅見にメモを見せたが、すべてアルファベット。どうやらフランス語らしく、浅見にはまったく理解できない。西原はメモにサーッと視線を走らせて、愛娘《まなむすめ》の才能に満足したように頷いて、言った。

「マヤはあなたを見て、まず爽《さわ》やかさをイメージしたようです。清潔感、自由人的な性格と書いている。当たっていますか？」

「まあ、風来坊みたいなものですから、自由人という部分だけは当たっていますが、ほかの点はどうでしょうか」

浅見はいささか照れて、苦笑した。

「とにかくそこからマヤは『薫る五月の風』をイメージしていますね。そのイメージに沿った香水を創るため、彼女は十二種類の香料を選び出しました。私の見るところでは、概《おおむ》ね間違いはなさそうです。これを正しく配合すれば、イメージどおりの香水ができあがると思いますよ」

「なるほど、大変よく分かりました。残念ながら、僕は香水に縁のない朴念仁ですが、お嬢さんに、そんな風にイメージしていただいただけでも光栄です」

「香水に縁がないとおっしゃるが、失礼ながら浅見さん、あなた、まだ独身ですな？」

「えっ、そうですが、分かりますか」

「分かりますとも。あなたは香水に対して偏見をお持ちのようだ。たとえば、香水に関心を抱くような男は軟弱だ……というようなです。違いますか？」

「はあ、偏見というほど、はっきり意識してはいませんが、何となく、違和感というか、似つかわしくないような気がします。最初から、自分には関係のないものと決めつけているのかもしれません」

「やはりそうでしょう。しかしそれは間違いです。香水はたしなみというだけでなく、人生を楽しくするアイテムとして欠かせないものです。だからこそ香水文化は発展しつづけているのです。考えてもごらんなさい、石鹸《せっけん》ひとつ取っても、もしあれに何の香料も使われていないとすると、どれほど索漠としたものかしれません。単に汚れを落とす、得体の知れぬ物体……いや、むしろ石鹸の油脂分は悪臭を放ちます。それでは世の中に潤いがないとは思いませんか」

「なるほど……おっしゃるとおりですね。これからは認識を改めることにします」

石鹸の例は分かりやすい。香水に縁がないことが、あたかも結婚運をも左右するというようなニュアンスで言われたせいもあって、浅見は生まれて初めて、香水に対して強い好奇心を抱いた。

「お待たせしました」

マヤが入ってきて、住所をメモした紙を浅見に「どうぞ」と手渡した。またしてもアルファベットの走り書きだが、パリの国井由香の住所であることは読み取れた。

「それが由香さんの住所です。三月の頭にこの展覧会の案内状を送って、仕事の折り合いがついたら来てくれることになっていました。ところが、その後、連絡が取れないのです。今回の戸村君の事件が起きたもので、由香さんに知らせようと、電話をしたり、メールを送ったりしたのですが、なしのつぶてなのです。こんなことはかつてなかったので、心配して、F社のほうに問い合わせてみました。そうしたところ、由香さんは三月の末に日本へ行ったはずだというのです。日本に来ているのに、私たちに連絡をくれないのもおかしなことでしてね。少なからず心配しているのですが」

「西原さんは戸村さんの事件で、警察には事情聴取されなかったのですか？」

「いや、それはありません。戸村君とは知り合いと言っても、カルチャースクールの講師と生徒という関係で、それもかなり以前のことですのでね。ただ、由香さんがその事件に関係しているとなると、話はべつです。由香さんと戸村君とは、親しかったはずですからね。その由香さんと連絡がつかなくなっていることを、警察に申し出たほうがいいかどうか、いま思案中なのですよ」

「お二人は親しかったのですか。それなら早い時期に警察に話すべきだと思いますが」

「そうでしょうかなあ。どうも警察というところは苦手で、ことに、いまはこういうイベントの最中でもあるし、二の足を踏んでいたのですが」

「それはよく分かります。幸い、さっきお話ししたように、僕はたまたま栃木警察署の刑事さんと知り合いましたから、西原さん側の事情を説明して、失礼な扱いを受けないようにして差し上げます。このまま知らん顔をしていると、話がこじれかねません」

「そうですな。それでは何分、よろしくお願いします」

西原は頭を下げてから、訊いた。

「それにしても、浅見さんがその日のその時刻に、栃木市の幸来橋でしたか、そこへ行くということを、刑事はどうして知り得たのでしょうかな？」

「そう、それがまた不思議な話なのです。刑事さんの話によると、亡くなった戸村さんの上着の隠しポケットから紙片が出てきて、それにこう書いてあったのです」

浅見は胸ポケットから四つ折りにしたB５判の紙を出して、拡《ひろ》げた。「おもちゃのまち　今市　湯西川　錦着山」そして「４／１０／０９幸来橋」と書かれた、例の紙片をコピーしたものである。その幸来橋の部分を、浅見は指で押さえて言った。

「これはどう見ても『四月十日午前九時、幸来橋』と読めます。刑事がその場所に関心を持っていて、挙動不審の男に着目したのは、むしろ当然だったのでしょうね」

「なるほど……しかも、ここに『湯西川』と書いてありますな」

「そうなんです。ですからさっき、西原さんが湯西川のことをおっしゃった時、じつは内心、ドキッとしました」

「地名が四つ並んでいますね。『おもちゃのまち』などというのもあるが、浅見さんはご存じですかな。これも『今市』も『湯西川』も、おそらく『錦着山』も、すべて栃木県の地名なのですよ」

「そのようですね。にわか勉強で調べたばかりですが、『おもちゃのまち』は、東武宇都宮《とうぶうつのみや》線沿線にある、いわゆる玩具関係の工場団地として作られた町で、それがそのまま町の名前になったということです」

「錦着山というのは？」

「錦着山は栃木市郊外にある桜の名所だそうです」

「なるほど……それで、それらの地名に、何か意味があるのですか？」

「分かりません」

浅見はあっさり首を振った。

「ただ、分からないながら現時点で、このメモに書かれている、湯西川、幸来橋の二地点が浮かび上がってきていることを思うと、何らかの意味が隠されているような予感がします」

「予感ですか……それにしてもどうも謎めいていますな」

「謎といえば、もう一つ、不可解な謎があるのです。じつは、これはおそらく警察も公式には発表していないはずですが、戸村さんが着ていた上着に『Ｋｕｎｉｉ』というネーム刺繍《ししゅう》があったのです」

「あっ、それはあり得ますわ。戸村さんは国井先生のジャケットを着ていらしたのでしょう、きっと」

マヤが息を弾ませて言った。

「どういうことですか？」

「直接、由香さんから聞いたわけでなく、私の想像ですけど、戸村さんと由香さんは、パリで出会って、ほとんどフィアンセといっていいお付き合いをしてらしたのじゃないかしら。だから、戸村さんが由香さんに、国井先生のジャケットを譲ってくれるよう、おねだりして、プレゼントされたにちがいないわ。ねえ、パパ」

父親に同意を求め、西原も「そうだな」と頷いた。

「戸村君は国井先生を神のように思い、私淑していた。国井先生のジャケットなら、子供のように欲しがっただろうね。体つきも似ているし、もし譲られたら、喜んで着ていたにちがいない」

「そうすると、ジャケットのポケットに入っていた紙片のメモは、国井和男氏が書いたものである可能性もありますね」

浅見が言った。

「なるほど……そう、たぶん、そうなのでしょうなあ。そう言われてみると、右肩上がりの筆跡は国井先生のものとよく似ているような気がします。ただ『幸来橋』という字が、何となく別人が書いたようにも思えますけどね」

西原は自信がなさそうに言った。

「ええ、警察も別人の筆跡と考えているようです」

三人三様の思いにふけって、しばらく沈黙の時が流れた。この事態は西原父娘《おやこ》にとっても寝耳に水だろうけれど、浅見にとっても驚くべき展開だ。

得体の知れなかった「国井由香」の素性がクリアになったのはいいが、彼女の父親が、かつて日光で殺されていたという、思いもかけぬ事実が浮かび上がって、事件はいっぺんに謎めいた様相を呈した。わくわくするような好奇心に駆られるが、同時に、前途の多難さを予想させられる。

その時、ドアが開いて、手伝いの若い女性が「お客さまが大勢、お見えになりましたけど……」と告げた。会場に知り合いの客が数人、訪れたらしい。西原父娘は「失礼しますよ」と、慌ただしく応対に向かうことになった。不完全燃焼だが、やむを得ない。「いずれ、また」と挨拶して、浅見はひとまず引き上げることにした。

6

帰り道、丸善に寄って、香水に関する書物を探した。いままで関心の外にあったから気づかなかったが、香水関係の書籍は結構、あるものだ。丸善が、日本で初めて洋書を輸入した書店だったせいで、特別そうなのだろうか。

本来が香水音痴の浅見は、その中からなるべく初心者向けと思われる本を二冊選んで買った。自宅に戻ると、須美子が待ち構えていたように、山北から電話のあったことを伝えた。山北には捜査のその後を知らせてくれるよう頼んであるし、山北としては浅見の「捜査」の結果を知りたいのだろう。浅見はそれも気になるが、それ以前に、いまはただひたすら、香水なるものの基礎知識をたたき込むことに専念したかった。

浅見は自室にこもって、買ってきたばかりの香水の本を繙《ひもと》いた。

まず基礎的な概論として、世の中には二十万種類以上の香り物質があるのだそうだ。これらの物質を組み合わせることによって別の香りを作りだす。それを人為的に行なうのが「調香」であり、その作業の専門職が「調香師」というわけだ。

香水の歴史は古く、古代エジプトのミイラ作りに「没薬《もつやく》」や「乳香」などが用いられているし、巨大壁画などに描かれた女性が、花の香りを嗅いでいる絵も存在することから、その頃すでに「香りの文化」が発祥していたと考えられる。その当時は香料を防腐剤として使用してもいたらしい。

香料に関する記述は、ギリシア神話や旧約聖書などにも現れている。香料の技術はアラビアに伝わり、東西貿易の中心であるアラビアを発信地として世界へ広がってゆく。やがて十字軍の遠征など、東西文化の交流が盛んになると、現在のイタリアのヴェネツィアなどが一大貿易港として発達、スパイスや香料の取引が活発に行なわれた。

そして、いよいよ南フランスのグラースで香水産業がスタートする。国井和男や西原哲也が住んでいたという、あのグラースである。西原は石鹸を例に挙げていたが、そもそもグラースは皮革産業で栄えた土地で、香料は初め、革製品につきものの悪臭を消す目的で使われていたのだそうだ。

ところが、本来の皮革産業がイタリアへ移ってしまったために、付随的産業だった香料の技術だけがグラースに取り残され、独立したかたちで発達することになる。

十四世紀頃の初期の香水は、ローズマリーなど、二、三種類の香料を混ぜ合わせるだけというう、ごく簡単なものだったのだが、フランスなど、ヨーロッパの大国が植民地を拡大するにつれ、世界中から原料が供給されるようになり、新たな香料の発見や発明が急速に進む。多様化した天然香料や合成香料のブレンド技術も発達する。

十九世紀に入ると、有機化学のめざましい発達に伴い、天然香料の主香成分や主要成分が発見される。それにつれ、自然界には存在しない香料も合成され、使用されるようになって、かつては想像すらできなかった新しい香りがぞくぞくと送り出された。中には麻薬を調合したり、「媚薬《びやく》」効果を目的とするものまで作られた。こうして調香師が芸術家と同じか、それ以上に重用される時代になったのだ。

この辺りまでは興味深く読め、理解も楽だったが、専門的な香水の分類、種類の話になると、香水音痴の浅見でなくても、かなりしんどい学問的な文章ばかりになる。

香りの種類は、賦香率（含まれる香料の濃度）によって「パフューム」「オー・デ・パルファン」「オー・デ・トワレ」「オー・デ・コロン」の四つに分類することができる。さらに、香りは「フローラル」「オリエンタル」「シプレ」に大別されるが、香料によって微妙に違い、さらに十三種類に分類される。それらの組み合わせや配合比率によって、無限ともいえる香水の種類が誕生するというわけだ。

香りは一度つけると、時間の経過とともに変化する。つけた直後から十分前後までの香りが「トップ・ノート」といわれるものだ。次に、その後、三十分ほどまでに現れる香りが「ミドル・ノート」で、香りの個性が最も強く現れる。それ以降、最後に消えるまでの香りが「ラスト・ノート」と呼ばれる。

噛《か》み砕いて解説すると、概《おおむ》ねこんなところだが、実際には専門用語の羅列である。二時間ばかり身を入れて読んで、疲れきって「ふーっ」とため息をついた時、須美子が「電話です」と呼びにきた。

電話は栃木署の山北からだった。「その後、調べたことを報告します」と律儀な口調で言った。

「A社へ行って、戸村の上司と会って、調香師の仕事のことなど聞いたのですが、会社側の説明によると、調香師みたいな研究員が、それぞれどういうテーマを持って研究しているのかは、公式に発表するまでは分からない仕組みになっているのだそうです。戸村はまだ、調香師としては新人に属していますが、すでに独自の立場で、香水の開発に取り組んでいたことは確かなようです。

それから、戸村の母校であるT大学時代の担当教授の話を聞いてきました。戸村の修士論文は『ヒトにおける香り成分の受容』というもので、つまり、人間がどういう仕組みで香りの成分を感知するのかということを研究していたらしいですよ」

山北は報告を終え、「だけど浅見さん、戸村のこういう研究と事件とが、何か関係しているのですかねえ」と言った。

「あるかもしれません」

浅見は重々しい口調で言った。

「じつは、あれから僕のところに、ある香水展示会のようなところの案内状が届きましてね」

浅見は西原哲也・マヤ父娘と会って、予想もしない展開になったことを話した。

「国井由香という女性の正体が分かったのはいいのですが、なんと驚いたことに、彼女の父親・国井和男氏が、十年前に日光で殺されていたそうじゃないですか。その事件のことを、山北さんは知らなかったのですか？」

無意識に、いくぶん非難めいた口ぶりになっている。

「えっ、ほんとですか？」

電話の向こうで、山北の飛び上がる様子が見えるようだ。

「いやあ、そうでしたか……自分はまったく知りませんでしたなあ。もっとも、自分が栃木署に異動してきたのは二年前で、それまではずっと、氏家《うじいえ》とか益子《ましこ》とか、県の東の方面ばかりを転々としてましたけどね」

「なるほど、そういうものですか」

警察の人間であっても、すべての事件に精通し記憶しているとはかぎらない。かりに十年前の事件を憶《おぼ》えていたとしても、捜査の担当者でもなければ、手紙の差出人・国井由香の名前を見ただけで、ただちにその事件の被害者と結び付けて想起することはないものかもしれない。

「早速、当時のことを問い合わせてみます。捜査本部は解散したとしても、まだ時効前。所轄の日光署には、継続捜査の担当者がいると思いますのでね」

　山北は心なしか面目なさそうに言って、電話を切った。浅見が国井由香と戸村の関係、由香の「失踪《しっそう》」のことを告げる間もなかった。

　よほど気に病んだのか、山北からの電話は意外に早かった。のっけから「浅見さん、国井和男さんの本籍地はどこだと思いますか？」と、急き《せ》込んだ口調で言った。

「湯西川ですか？」

「えっ、知ってたんですか？」

「ああ、言いませんでしたっけ。湯西川は国井氏の第二の故郷だと西原氏が言っていましたよ。それに、事件の直前、湯西川を訪れていたそうです」

「えっ、そうだったんですか……いや、ちょっと調べてみた段階で、湯西川にぶち当たったもんで、びっくりしたんですがね。幸来橋といい湯西川といい、あのメモに書かれている地名が合致するのは、偶然かもしれないが、気になりますなあ」

「確か、湯西川は平家の落人《おちうど》伝説があるところではありませんでしたか？」

　浅見は記憶を辿《たど》って、訊いた。

「そうなんです。まさか国井氏が平家の末裔《まつえい》というわけではないでしょうがね。そうだ、浅見さん、どうですか、湯西川に行ってみませんか。鄙《ひな》びた温泉のある、いいところですよ」

「そうですね……」

　温泉はともかく、平家の落人伝説がひっそりと眠る山里を思い浮かべて、浅見の旅心はくすぐられた。

「その前に山北さん、ちょっと気にかかることがあるのです」

浅見は言いだした。

「国井由香さんは三月の末に日本へ来たと思われるのですが、西原さん親子が連絡を取ろうとしても、電話やメールに応答がないのだそうです。それとですね、由香さんは戸村浩二氏とかなり親密で、国井氏のジャケットを譲られるほどの関係だったようです」

「ああ、それで戸村は国井のジャケットを着ていたんですね」

「ええ、そうしたこともあって、由香さんがいわば消息を絶っているのは、戸村氏の事件と何か繋がりがあるのではないかと……西原さんは心配していました」

「心配だなんて……」

山北の声が、がぜん大きくなった。

「浅見さん、そりゃ、心配どころの騒ぎじゃないでしょう。国井由香が事件に関わっているのは間違いないですよ。事件に巻き込まれたのか、あるいは被害者なのか、それとも加害者なのか……誘拐ということも考えられるじゃないですか。浅見さん、呑気《のんき》なことを言っている場合じゃありませんよ。いや、国井由香が四月十日に幸来橋に現れなかったのは、彼女の身に何かあったからかもしれないじゃないですか」

「おっしゃるとおりです」

浅見は電話のこっちで首を竦《すく》めた。

「ご本人たちは、警察に知らせるべきかどうすべきか、悩んでいたようなので、早い時期に申し出たほうがいいと言っておきました。ただし、通報が遅れたことを不問に付すと約束してあげてください」

「それは、まあ、しようがねえな……とにかく明日にでも事情聴取にでかけますよ。浅見さん、逃げないようにしてくださいよ。まったく、遅すぎるんだよなあ」

山北はぼやくように言った。

第三章　湯西川

1

山北と部下の刑事は、翌日の夕刻、浅見に案内されて、銀座の「香りの展覧会」にやって来た。この日が展覧会の最終日で、この後、おひらきのパーティがホテルで開かれるのだが、その合間を縫って短時間の事情聴取になった。

浅見の口添えが功を奏したこともあるが、警察への申し出が遅れたとはいえ、完全に事件性を承知していたわけでもないので、その件についての追及はなくて済んだ。

西原と国井由香の父親・和男との関係から始まって、由香のこと、戸村と由香のことなど、基本的な関係について語られた。また西原親子の側も、取り立てて、由香が「失踪《しっそう》」した理由に思い当たる節がないことを説明した。

とはいっても、戸村が殺される直前に日本に来たらしいことと、親しい間柄の西原親子の電話やメールに応答してこないことは事実なので、国井由香に何か、不測の事態が生じた可能性は否定できない。

最悪、戸村同様の被害に遭ったか、あるいは誘拐された可能性もある。さらに穿《うが》って、国井由香が戸村殺しに関わっていて、身を隠していることもあり得るのだ。

最も謎めいているのは、戸村の事件が起きる直前に、浅見に対する誘いの手紙が由香から送られてきていることである。手紙の筆跡は、確定的ではないまでも、由香本人のもののような気がする……と、西原マヤは証言した。またその後、西原マヤ名で浅見に送られた「展覧会」の案内状も奇妙だ。マヤはまったく覚えがないと否定している。試しに手紙と同じ宛て名を書かせたが、まるで違う。一方、案内状の筆跡は由香名の手紙とも明らかに違うし、男性のものではないかと思われる。

いったい国井由香は生きているのかが謎であるし、気掛かりなことであった。家出人捜索願が出されているわけではないが、警察としては同等のものとして扱い、それなりの手配を行なうことになった。

「浅見さん、後でホテルのパーティ会場にいらっしゃいませんか」

別れ際、マヤが誘ってくれた。

「香水関係の人たちが集まってきますよ」

「そうですか、それは魅力的ですね」

気持ちが動いたが、無粋な刑事を連れて行くのも気がひける。

「そういう状況になったら伺います」

西原親子と別れ、浅見と山北たちは銀座裏の古い西洋料理の店に入った。この店はメンチカツやライスカレーなど、庶民的な味を昔ながらに伝えていることで有名だ。浅見たちのような懐の寂しい連中でも気軽に入れるのがいい。

「浅見さん、やはり湯西川へ行きませんか」

テーブルに着くやいなや、山北は切り出した。

「とにかく、われわれとしては例のメモにあった場所を当たるよりほか、当面、動きようがないのです」

「そうですね、僕も行きたいですが。湯西川は遠いですからねえ」

「そんなことはない。栃木市から一時間もあれば行きますよ」

山北はあっさり言うが、浅見が頭の中で思い描く湯西川は、東京からは遥《はる》かの地――というイメージがある。東北自動車道の宇都宮インターから日光宇都宮道路で今市までは、なんとかスムーズに行けそうだが、そこから先の国道121号――通称「会津西街道」はどんな道なのだろう。鬼怒川《きぬがわ》、川治《かわじ》温泉を抜け、五十里《いかり》湖からは、国道から分かれて本格的な山道を十キロ以上走るらしい。

「それはともかく、山北さん、国井氏の死因は何だったのですか？」

「死因は心臓付近を鋭利な刃物で刺されたことによる失血死だそうです」

「犯行現場は？」

「犯行現場がどこかは特定できていないようですが、遺体発見現場は、霧降滝《きりふりのたき》の駐車場脇となっています」

霧降滝も霧降高原も、浅見は以前、行ったことがある。霧降高原はその名のとおり、霧の発生しやすい地形で、天候も急変する。霧に巻かれて方向感覚を失って、遭難することもあると聞いた。

しかし、浅見が訪れた夏の頃は一面、ニッコウキスゲに覆われた美しい高原だった。

その霧降高原から日光寄りにくだったところに霧降滝がある。駐車場からほんの少し歩くと展望台があって、すぐ目の前に滝を見上げることができる。華厳滝《けごんのたき》と比べると落差は劣るが、雄大さは甲乙つけがたい。二段の滝で、高さは約七十五メートル、幅は十五メートル。かなりの迫力だ。浅見が行った時は水量が多かったせいか、滝壺から舞い上がるしぶきに虹がかかって、美しかった。

「話は違いますがね」

山北が言った。

「どうなんですかね、浅見さん、西原親子は国井由香の居場所を、隠してるってわけじゃないでしょうな」

「まさかそれはないと思いますが……山北さんは、なぜ隠していると思うのですか？」

「いや、べつに理由があるわけじゃないですがね。何でも一応、疑ってかかるのが刑事の習性みたいなもんです。いまのところ、戸村の事件に巻き込まれ、殺されたとか誘拐されたような兆候は見えていないし、もしそうじゃないとすると、なんで行方が分からないのか……どうなってるんですかね」

「さあ、それは僕も分かりません。もし事件性がなく、何らかの理由で国井由香さんが自ら身を隠しているのだとすると、それこそ、例のメモの四つの地名……とくに父親の故郷である湯西川辺りに、何かヒントでもあるかもしれません」

「あっ、そうですよ、それに違いない。だから湯西川に行こうと言ってるんです」

「分かりました」

「それじゃ、明日、行きましょう」

「ははは、明日は原稿書きがあるので無理ですが、明後日はどうですか。朝の十時頃、栃木署にお迎えに行きますよ」

「いいですね、そうしてくれますか、そいつはありがたい」

山北はがぜん、元気づいたように笑顔を見せて、帰って行った。

時計を見ると、パーティに参加するのには中途半端な時間であった。浅見は諦《あきら》めて、そのまま帰宅した。八時をとっくに回っていたが、食事を済ませてきたというと、須美子は「今夜は坊っちゃまのお好きな舌平目のムニエルでしたのに」と残念がった。

自室に入ると、浅見はベッドにひっくり返って、国井由香からの手紙を広げてみた。まだかすかに残る香りが鼻孔をくすぐる。これはおそらく「移り香」といった単純なものではなく、意識的につけられたとも考えられる。そう思うと、その香りに何か意味があって、秘密のメッセージが込められているような気もしてくる。

国井由香は、戸村浩二が殺されたことを知っているのだろうか？　当然知っているだろう。しかし、知っているとしたら、なぜ名乗り出てこないのだろう？

戸村の事件は、十年前に国井和男が殺された事件と繫《つな》がっているのだろうか？

国井由香が浅見にこの手紙を送ってきた目的は何だったのか？

由香が警察にではなく、浅見という一私人に手紙を送って寄越《よこ》した理由も分からない。警察が頼りにならないのは、かつて父親の殺された事件が未解決であることからも明らかだが、それだけの理由だとも思えない。親しい間柄の西原親子に連絡していないことも理解できない。

それに、フランスでの生活の長い由香が、浅見の「名探偵」ぶりを知っていることも、不思議といえば不思議なことである。

2

翌朝、比較的早く起きて、朝食のテーブルに滑り込んだ浅見は、その後、「旅と歴史」の遅れている原稿執筆に没頭した。丸二時間働いて、なんとか目鼻をつけたところに、西原マヤからFAXが届いた。

〈昨日はありがとうございました。でも、パーティに浅見さんがおいでくださるかと心待ちにしていたのに、残念でした。

ところで、先月号のあるファッション雑誌に、戸村浩二さんの文章が載っているので、ご参考までにお送りします。

追伸　浅見さんの香水は二、三日中に完成いたします。おついでの折りにお立ちよりくださ

い。〕

戸村の文章は軽い論文調で、「においの持つ不思議と魅力」と題するものだった。

「におい」には「匂い」と「臭い」の二種類があり、一般的には「匂い」がいい香りで、「臭い」は嫌われがちだが、アンモニア臭でも、心理的に安息作用のある「匂い」になることもあるとか、花が匂いを発するのは、虫や小鳥に受粉を手伝わせるためのものである――といった調子で、素人向けに分かりやすく書いている。

〔植物界で興味深い物質といえば、麻薬が挙げられます。中国ではかつて、阿片《アヘン》の妖《あや》しい匂いと煙が、人々を陶酔耽溺《たんでき》させて、阿片をめぐる戦争まで起きています。

動物の体臭は個体識別に役立っています。また、子孫を残すために「フェロモン」という匂い物質で異性を魅《ひ》きつけたり、スカンクやカメムシのように、防御の手段に利用している動物もいます。

ところで、人間は自然界のいい匂いを横取りして、芸術の域にまで昇華させました。それが香水なのです。〕

こう語り起こして、いよいよ「香水」についての本題に入ってゆく。ファッション雑誌だけに、香水については読者も興味を惹《ひ》かれるのだろう。とくに「異性を魅きつける」というあたりは、女性にとっては切実にして永遠のテーマにちがいない。いや、西原に言わせれば、男性にとっても、香水は異性を魅了する重要なアイテムだということだ。

その香水を創作するのが「調香師」で、自分も調香師への道を歩んできた――と、戸村は体験をもとに、香り創《づく》りの芸術家・調香師について語る。

〔私の尊敬する故・K氏は、若くしてフランスに渡り、香水の本場グラースで天才調香師と称賛され、「魅惑」をテーマに、いくつもの芸術的な香水を創造しました。「魅惑」は香水創りの永遠のテーマと言えますが、K氏は画期的と思われる究極の「魅惑」の香水に到達する寸前、奇禍に遭って、惜しくも他界されたのです。私は微力ながら、K氏の遺志を継いで、いつの日にか夢の香水を創りたいと念願しています。〕

　ここに書かれている「K氏」とは国井和男のことだろう。戸村の年齢を考えると、直接面識があったとは思えないが、学生時代から調香師を目指していたとすると、私淑していた国井の海外における名声も、そして彼の非業の最期のことも知っていたと想像できる。

　その国井和男の娘・由香とパリで知り合ったのだとすれば、戸村の感激は想像に難くない。しかも、由香も香水関係の仕事をしているという。天才のDNAは父親からその子へと伝えられているのかもしれない。そのことを思い、啓発されもしただろうし、由香との出会いに、何か運命的なものを感じたにちがいない。

　彼女から、尊敬する「天才」のジャケットを譲り受けたということは、少なくとも、結婚を前提とした交際が始まっていたことを想像させる。そうして、国井和男でさえ叶《かな》わなかった「魅惑」の香水創りを目指して、夢が膨らんでいたであろう、まさにその寸前、戸村もまた尊敬する国井と同じ奇禍に遭ったのである。

　戸村の文章を読んでみて、「魅惑」という言葉とはべつに「陶酔」「耽溺」という言葉が何度も出てくることが、浅見は妙に気になった。さらに「麻薬」「阿片」といった文字も目についた。「画期的」な究極の「魅惑」の香水——と、それらの言葉や文字が重なり合い、頭の中に飛び込んで、ドキリとするような情景が思い浮かんだ。

浅見が読んだ本でも「媚薬《びやく》」という言葉を使っていた。魅きつけ、陶酔させ、耽溺させる香水となると、ほとんど麻薬的な効果を連想させる。もしそういう香水があれば、それこそ異性を魅きつけ、陶酔させ、耽溺させるところまでゆくかもしれない。

もし——という考えを押し進めると、その麻薬的香水を一手に扱うシンジケートのようなものまで想像してしまう。それがかりに、麻薬のように習慣性の強い香水ならば、世界中の女性(男性も)を虜《とりこ》にして、世界のマーケットを支配できるだろう。

浅見は国井由香の手紙に、おっかなびっくり鼻を近づけた。

(まさか、これが媚薬では——)

かすかな芳香に悪魔的な危険が潜んでいるかもしれない。

そう思った時、浅見の鼻は、香水とは異質の、食欲をそそる香りを吸い込んだ。

浅見は魔法使いに操られるスヌーピーのように鼻をうごめかしながら、椅子から立ち上がり、部屋を出て、匂いの発生源であるキッチンの方角へ向かった。

「あら光彦さん、グッドタイミングですこと。ちょうどいま、クッキーが焼き上がったところなの。今日は、ハーブを使ってみましたのよ」

兄嫁の和子《かずこ》が笑顔で迎えた。

このところ、和子はケーキやクッキー作りに凝っている。腕前のほうはともかく、熱意に関しては趣味の域を超えている。お手伝いの須美子も影響を受け、女二人、ひまさえあれば新作に挑戦する。

ただし、毎回毎回、いい作品が生まれるとはかぎらない。挑戦的であると同時に冒険的でもあるからだ。たとえばこんなふうに「ハーブを使ってみた」という実験的なやつは、もっとも危険で、当たり外れ——というより、外れ外れの場合が多い。そうはいっても、モルモット役としては、出されたものは何でも喜んで頂かなければならない。その点が居候のつらいところではあった。

匂いにつられて、雪江もやって来た。

「あら、早いわね。ほんとうに光彦の嗅覚《きゅうかく》は大したものですよ」

自分のことは棚に上げてそう言った。

「嗅覚が優れているというのは、戌《いぬ》年生まれの宿命なんです」

「呆《あき》れた宿命だこと。それでは、その自慢の嗅覚で、早くお嫁さんを見つけていらっしゃいな」

雪江がテーブルにつくと、和子と須美子がクッキーを運んできた。

テーブルの上にはクッキーの材料となった残りだろうか、何種類かのハーブがグラスに挿してある。

「こんなにいろいろなハーブを使うところは、香水創りと似てますね」

浅見はにわか仕込みの知識を早速、披露した。

「あら、光彦さん、香水にお詳しいの？」

クッキーと紅茶を勧めながら、和子は尊敬の眼差《まなざ》しで義弟を見つめた。

「ええ、まあ、ルポライターなんてやつは、何でもひととおり齧《かじ》っていなければなりませんから」

照れながら一応、謙遜《けんそん》したが、それ以上の追及に耐えられるほどの知識ではない。

「そういえば、坊っちゃまに届いたお手紙、香水のいい香りがしてました」

須美子がすっぱ抜いた。「へえーっ」という視線が母親と義姉から注がれる。自慢の嗅覚で見つけた相手が、もしやその手紙の主では？――という目だ。

「美味《うま》いなあこのクッキー」

浅見は女どもの関心をはぐらかすことにした。

「須美子ちゃんも腕を上げたねえ。これならもう、いつでもお嫁に行けるね」

「お嫁になんか行きませんよ。それに、そちらのクッキーは若奥様がお作りになったほうですからね」

口を尖《とが》らせて反発され、「えっ、そうなのか、ははは……」と笑ってごまかした。

「気に入っていただいて、嬉しいわ」

和子は屈託がない。

「今日はラベンダーでしたけど、今度はローズマリーを使ったのを作ってみましょうか。ね、須美ちゃん」

「ええ、いいですね。プランターにいろんなハーブが並んでますから、順番に作ってゆく計画を立てます」

「なるほど、それはいい計画だなあ……」

そう言ったものの、それは計画というより「陰謀」というべきだな——と、浅見は胸のうちで舌を出した。

その時、「陰謀」というキーワードから、このところ、浅見を包んでいる状況が、陰謀に満ちたものであることを連想した。そもそも国井由香から届いた手紙そのものが陰謀めいている。そして「香りの展覧会」の案内状も、西原マヤのあずかり知らぬことだというのだから、明らかに陰謀だ。

いや、そう考えると、山北の弁ではないけれど、どれもこれも一応、疑ってかかる必要がありそうな出来事ばかりである。

これまでべつに不自然にも思わなかったのだが、考えてみると、西原親子が、ルポライターという、ただでさえ胡散《うさん》臭く、おまけに、およそ香水とは縁のなさそうな浅見に気を許し、急速に接近してきたのも、何やら話がうますぎるような気がする。そう疑うと、あの展覧会場に戸村浩二から贈られた花が飾ってあったのも、できすぎた道具立てと思って思えないこともない。

西原哲也は、殺された国井和男の所持品の中から、「香りの処方箋《せん》」が書かれていたであろう、黒い手帳が消えていたという話をした。香りの処方を説明するためと称して、マヤに命じて「薫る五月の風」などという、浅見のためのオリジナルな香水の処方箋を創らせたのも、妙に作為的で、シナリオどおりの進行のようでもある。

そのとき浅見は、西原との会話にちょっとした違和感を覚えたことを思い出した。

メモにあった地名のうち、錦着山については西原も知識がなかったようだ。しかし、他の三カ所すべてが栃木県内の地名であることを知っていた。国井和男ゆかりの湯西川、日光に近い今市はともかく、外国暮らしの長い西原が、なぜ「おもちゃのまち」を知っていたのだろう。西原はあのメモについて、何か隠していることがあるのではないだろうか。

そんなふうに考えると、西原親子までが、陰謀の一味であり、すべてが偶然を装って仕掛けられた罠《わな》のような気もしてくる。まさか犯罪に巻き込むつもりとは思えないが、少なくとも「浅見探偵」を事件に引きずり込むための策謀の臭いがぷんぷんしてきた。

誰が？

何のために？

あの「国井由香」からの手紙にしても、純粋に事件の発生を危惧《きぐ》する目的で「探偵」に送られてきたものだとすると、戸村の死によって、その目的は達せられなかったことになる。陰謀なのか、それとも善意によるものなのかはともかく、計画に齟齬《そご》が生じたことは確かなのだろう。

いま、この一刻一刻にも、陰謀の者たちと善意の人々が、どこかで、それぞれの思惑と事情を抱えながら、秘《ひそ》かに蠢《うごめ》いている。そのことを想像すると、こんなふうに家族団欒《だんらん》の中で、ノンビリとクッキーを堪能していていいのかと思えてくる。

「坊っちゃま、何か入ってました？」

須美子が心配そうに、こっちの様子を覗《のぞ》き込んでいる。よほど長いこと黙りこくって、深刻な顔をしていたにちがいない。

「ん？　いや、そうじゃなくて……アマチュアがこんなに美味いクッキーやケーキを作ったら、プロは立つ瀬がないだろうなと、同情していたのさ」

「それ、お世辞ですか？」

「とんでもない、本心だよ」

「でも、それは坊っちゃまだって同じじゃありませんか。刑事さんたちもプロの探偵さんたちも、坊っちゃまの名推理には敵《かな》わないのですから」

「須美ちゃん」と、浅見より先に、大奥様の雪江が窘《たしな》めた。

「光彦に、そういう煽《おだ》てるようなことを言ってはいけませんよ。それでなくても、何かというとブレーキが利かなくなって、鉄砲玉みたいに飛んで行ってしまうのですから」

「あ……申し訳ありません」

須美子は小さくなった。

「あははは、大丈夫ですよ、お母さん。僕だっていつまでも子供じゃないのですから。思慮分別もあり、ちゃんとセーブは利きます。少なくとも兄さんに迷惑のかかるような軽率な真似はしませんよ」

「さあ、どうかしらねえ」

雪江は次男坊をジロリと見た。

「そう言っているそばから、何やら臭《にお》ってきますよ。さっき須美ちゃんが言った、香水つきのお手紙、それも何かいわくありげなのじゃないこと？　その話題になってからの、光彦の深刻そうな様子は、ただごととは思えませんでしたよ」

「とんでもない……臭うのは香水のせいにすぎません」

慌てて打ち消したが、自分の性癖を最もよく知る母親らしい直感力には、浅見も内心、舌を巻いた。

3

自室に入って、あらためて現在までに分かっている状況を整理してみた。

大きな謎は九つ、ある。

第一に、「国井由香」の手紙。その手紙は本当に国井由香が書いたものなのか。それとも別の人間が書いたものなのか。いずれにせよ、どういう目的で浅見を、栃木市の幸来橋などに呼び出したりしたのか？

第二に、戸村浩二殺害事件。犯人は誰で、その動機は何なのか？

第三に、その戸村がなぜ「Ｋｕｎｉｉ」のネーム入りのジャケットを着ていたのか。単に私淑する国井にあやかりたいといった気持ちだったにすぎないのだろうか？

第四に、そのジャケットのポケットから出てきた紙片の「おもちゃのまち　今市　湯西川　錦着山」は何を意味するのか？

第五に、犯人はなぜ戸村の遺体を県庁堀に捨てたのか？

第六に、戸村が常時、所持していたはずの電子手帳の行方は？　そして、そこには何が書き込まれていたのか？

第七に、浅見宛に「香りの展覧会」の案内状を出した人物は誰なのか？

第八に、十年前の国井和男殺害事件の真相は？

第九に、国井の黒い手帳には何が書かれていたのか？

思いつくままざっと挙げただけで、これだけの「謎」がある。それ以外にも疑惑に繋《つな》がる事物はいくらでもありそうだった。

ただ、そういう中でもはっきりしてきたのは、この二つの殺人事件が、どうやら新しい香水の開発を巡って起きた犯罪であるらしい点だ。

そしてそれは、十年前の国井和男の事件に端を発していると考えて間違いないだろう。十年前に国井が殺され、「黒い手帳」が奪われ、今度は戸村が殺されて「電子手帳」が奪われた。どちらにも、彼らが開発・創作中だった新しい香水の「処方箋」が書き込まれていたらしい。犯人の目的は当然、その処方箋にあったにちがいない。犯人側と被害者側とによる、処方箋の争奪戦——という図式が見えてきそうだ。
それにしても、犯人側ばかりか、被害者の身内である国井由香でさえ、警察を敬遠しているように見えるのが奇妙だ。警察をそっちのけで、浅見のような素人に「捜査」を依頼する真意は何なのだろう？

問題の処方箋の中身に、よほどオープンにしたくない犯罪性があるのでは——と疑いたくもなる。もしそうだとすると、浅見がふと連想した媚薬とか麻薬といったものの存在も、決して現実ばなれしてはいないことになりかねない。

となると、いったい自分の役割は何なのだ？——と思えてくる。真っ暗やみの舞台で、犯人側と被害者側のあいだをウロウロする自分を想像して、浅見はあまりいい気分ではなかった。

国井由香という、どこか可憐《かれん》なイメージのある名前にも、次第に嫌悪感さえ伴ってきた。フェミニストである浅見としては、これは異例のことだ。

まあ、そういう個人的な感情はともかくとして、冷静に事件の全体像を眺めると、やはり十年前の国井和男の事件を放置したままになっていることがクローズアップされる。

霧降滝の近くで死体となって発見されるまでの国井に、いったい何があったのか。彼はどこへ行こうとしていたのか。

そうつきつめると、山北の言った湯西川の重要性が無視できなくなる。十年前の事件の際、警察は初動捜査の比較的早い段階で、強盗殺人事件と見極めて、怨恨《えんこん》がらみの動機への追及をおろそかにしてしまったのではないだろうか。湯西川周辺での縁故者への聞き込み捜査など、どの程度、徹底したものか、大いに気になってきた。

翌日、浅見はソアラを駆って湯西川へ向かった。途中、東北自動車道を栃木インターで下りて、栃木署の山北を拾った。

「自分が湯西川に行く目的は、正直なところはっきりしたものはないのですがね、浅見さんとしては何か、目安みたいなものがあるんですか？」

山北は試すような口ぶりで言った。

「山北さんと同じですよ。湯西川へ行けば、何か閃《ひらめ》くかもしれないという、ささやかな希望です。それより、栃木県警が国井氏の事件の時、どういう捜査の仕方をしたのか、そっちのほうが気になりますね」

「その点については、自分も問題にしたいくらいですよ」

山北はあえて反論はしない。

「あれから調べてみましたが、かなり早い時点で強殺と断定してましてね。まあ、周辺での聞き込みで目撃情報が出なかったこともあるのと、その前に近くで同様の事件が起きていたこと、さらに、殺しには至らなかったものの、強盗事件が数件、頻発していたという背景もあったのです。所轄の日光署も県警も、一連の強盗事件との関連を重点的に追いかけたのですな」

「つまり、予見による捜査ミスですか」

「いや、捜査ミスかどうかは、自分には何とも言えませんけどね」

「しかし、明らかにミスでしょう」

「まあ、そう言わないで。うちの署にも、当時、日光署にいた人間もいるし、いろいろ差し障りがあって、そうそうきびしいことも言えないわけです。ともかく、今回の湯西川行きで、何か新しい事実が出てくれれば、国井の事件との関連も浮かび上がってくるわけでして。その上で、捜査本部に方針転換を提案するつもりです」

「じゃあ、まだそっちのほうでの捜査は、本格的には始動していないということになるのですか？」

「残念ながら、そういうことです。したがって、自分もこうして単独で動いておるようなわけでして」

「やれやれ……」

浅見は呆れて、思わずため息をついた。

「それより浅見さん、香水の、えーと調香師でしたか。西原というのは、国井とも戸村とも繋がりがある人物ですよね。あいつが事件に関係している可能性があるんじゃないですかなあ」

「それは分かりませんが、事件の背後関係については、何か情報を持っている可能性はあるかもしれません」

「背後関係というと、つまり、香水繋がりということになりますか」

「たぶん……にわか勉強で調べて分かったのですが、香水の開発には、時としてかなり危険な要素が伴うみたいです。画期的な新製品を発明すれば、相当、大きな利益を生む金のタマゴになるわけで、その点、新薬の開発にも似ているのではないでしょうか。しかも、新薬が企業組織と大勢の化学者や医師の総合力から生まれるのに対して、香水の場合は一人の調香師の芸術的な感性から生まれることが多いのだそうです。したがって、巨大シンジケートなんかが、その調香師をヘッドハンティングするとか、あるいは、それこそ処方箋を奪い取るようなこともありうるのではないかと思いました」

「なるほど……浅見さんはすでにそういうところまで考えていたんですか。それじゃ、警察のミスを叱られてもやむをえませんね」

「叱るなんて、そんな……それより、僕としてはむしろ、国井由香さん……本物かどうかは分かりませんが、本人にせよ偽者にせよ、なぜ警察にではなく、僕に手紙をくれたりしたのか、そのことが奇妙に思えてならないのです」

「うーん……それもつまり、警察はたのむに足らずということかもしれませんな。とにかく、十年前の事件では、何の成果も上げていないことは事実なのですから」

　山北は素直に警察の非を認めた。そういう率直さは評価できると浅見は思った。

「僕の推理なんかはたかが知れていますよ。現実の事件捜査は、やはり警察の地道な足取り調査や聞き込みが決め手になります。僕の思いつきが、そのお手伝いになればいいとは思っていますが」

「いやいや、それはご謙遜というものです。自分もこれまではそのつもりでいましたがね。しかし、浅見さんと知り合ってからは、正直、素人さんだなどと軽んじてはいられないと思うようになりました。いや、べつに浅見さんが局長さんの弟さんだからって、ヨイショするわけじゃないですよ」

山北はどこまでも真顔で、そう言い、「ひとつ、今後とも、よろしく頼みます」と頭を下げた。

日光宇都宮道路を今市で下りて、いよいよ国道121号「会津西街道」に入る。途中には「鬼怒川道路」のようなバイパスも通っていて、想像していたよりはよく整備された道路だ。鬼怒川、川治という大温泉郷を経て、会津若松まで通じる、幹線といってもいいような道なのだから、整備されていても当然なのかもしれない。

川治温泉を抜け、五十里ダムの細長い湖面を右手に見ながら走り、海尻橋から左へ、湯西川沿いの道に入って行く。ここまでは、温泉郷の賑《にぎ》わいはもちろん、道路脇にもドライブインなどの観光施設が点々とつづいていたが、がぜん寂しい山道になった。

途中に小さな集落や学校が過ぎて行く。曲がりくねった道の勾配《こうばい》が次第にきつくなり、尾根を一つ越えると、急に視界が開け、建物が密集した風景が見えた。

湯西川は活気に満ちた温泉郷だった。さすがに鬼怒川や川治ほどではないが、近代的なホテルや土産物店も建ち並ぶ。寂れた「落人の里」を期待してきた浅見は、少々、戸惑いを感じた。それを言うと、山北は「この辺は五十里ダムが建設されるまでは、確かに浅見さんが言うように寂しく、不便なところでした。しかし、いまでは立派な観光地ですよ」と、むしろ自慢げであった。

そういうものかもしれない。山間《やまあい》の温泉場が鄙《ひな》びたものであって欲しいと思うのは、都会人の勝手なのであって、こうして便利になり、開発され、賑やかになるのは、土地の人たちにとっては望ましい、時代の趨勢《すうせい》というものにちがいない。

4

山北が十年前の事件について日光署に問い合わせたところによると、湯西川には国井和男の知人が何人かいる。その一人に、栃木県警の警察官だった田所真《たどころまこと》という人物がいた。田所は三十八年間の警察官人生のうちの十五年ほど、各所の駐在所勤務を経験しているが、国井が殺された事件の直前まで、地元である栗山村《くりやま》（現日光市栗山）の湯西川駐在所にいたのだそうだ。

「十年前に帰国した際、国井は事件当日の午後、その田所さんを訪ねているのです。したがって、捜査本部としては田所さんの証言に期待したのだが、国井はすぐに田所さんのところから立ち去ったということで、あまり役に立つような供述は得られなかったようです」

とりあえず、その田所に当時の様子を聞いてみることにした。

温泉街を抜け、湯西川に架かる橋を渡り、坂道をしばらく走ったゆるやかな傾斜地に、田所の家はあった。

あらかじめ電話でアポイントを取っておいたので、車の音を聞くと田所は待ち構えたように庭先に出てきた。とっくに還暦を過ぎた年齢のはずだが、逞《たくま》しい体軀《たいく》とつやつやとした顔色は、まだ壮年といっても通用する。長年、田舎の駐在をやっていたせいか、温和な雰囲気の持ち主だった。

田所は「中に上がってください」と言ったのだが、山北と浅見は遠慮して縁先に腰を下ろさせてもらった。それほど広い庭ではないが、ここからは温泉街とその向こうの山並みが一望できて、なかなかの借景である。

やがて奥から田所の妻が現れ、お茶と湯西川名物の温泉饅頭《まんじゅう》を出してくれた。小柄でふっくらとした、いかにもこの土地に相応《ふさわ》しい物静かな女性だ。夫の傍らにちょこんと坐《すわ》り、気配りよく、客のお茶を入れ替えてくれる。

国井和男のことを、田所は「和男君」と呼んだ。

「和男君は小学校、中学校を通じて同級生でしたが、湯西川出身といっても、本籍が湯西川なだけで、ここで生まれたわけではないのです」

父親から聞いた話を交え、思い出し思い出しして話す。

もともと国井家は湯西川の旧家で、和男の父・治は神童と呼ばれたほどの優秀な人物だったという。湯西川の小学校を卒業すると間もなく、東京の親戚に預けられ、当時の東京府立一中（現日比谷高校）、一高、帝大（現東京大学）へと、エリートコースを進み、植物学者になった。

その後、東京で結婚し、太平洋戦争が始まる少し前に、当時、日本の統治下にあった台湾に軍属として移住した。和男は台湾で生まれたのだそうだ。

「軍属ですか？　植物学者が？」

浅見は単純な疑問を抱いた。その頃は学者といえども象牙《ぞうげ》の塔の中に閉じこもってばかりはいられなかったとは聞いている。国家の非常時に合わせて、軍隊に望まれれば軍事用の研究にも駆り出されたということなのだろうか。

「植物学者が軍属になって、何をしていたのでしょうか？」

「さあ、そこまで詳しいことは知りませんけどな。終戦の前年に台湾から日本に帰ってきて、奥様と和男君を湯西川に疎開させ、治先生だけ、壬生《みぶ》町というところで働いていたそうです」

「壬生町ですか……」

山北が驚いたように反応して、浅見を振り返った。

「壬生町というのは、『おもちゃのまち』がある辺りですよ」

浅見も驚いた。「おもちゃのまち」はいうまでもなく、戸村が持っていたメモに記載されていた地名の一つだ。

「その壬生町に、何か軍の施設でもあったのでしょうか？」

「ああ、それがあったのです。と言っても、自分の目で見たわけではないですけどな。当時、あの辺りには陸軍航空隊の飛行場があったそうです。自分らより少し年長の者は、飛行機が飛ぶのを遠くから見物したことがあると言ってましたよ」

「陸軍航空隊ですか……」

浅見は首を捻《ひね》った。航空隊と植物学者の結びつきがピンとこない。壬生町には飛行場だけでなく、何か別の研究施設でもあったのだろうか。

「日本が戦争に負けて、飛行場もなくなってしまってから、和男君のおやじさんも一時期、湯西川に住むようになりました。けど、しばらくすると、進駐軍がやってきて連れて行きましたな」

「というと、戦争犯罪人にでもなったのですか？」

「いや、そうでなく。GHQとしては、何か日本農業の復興のために尽力してもらいたかったのではないでしょうかな。ただ、戦後のゴタゴタで、食糧事情も逼迫《ひっぱく》してた頃で、家族までは一緒に連れて行くわけにいかなかったのでしょう。和男君は中一の年まで、湯西川におりました」

GHQだとか、農業の復興だとか、食糧事情などという、当時の状況は、さすがの浅見も想像するほかはない。

「話は変わりますが、お父さんが植物学者だとすると、国井和男さんも子供の頃から植物に関心を持つ環境にあったといえますね」

「それはどうか分からないですが、おやじさんの血を引いたことは間違いないですな。和男君とはよく山の中を歩き回ったが、彼には不思議な能力がありましてね。山の中で日が暮れて、暗くなっても、石に躓《つまず》いたり、木にぶつかったりすることがなかったのです。動物のように方角が分かるのか、道に迷うこともなかったですね。どうしてなんだと訊《き》くと、匂いで分かるって言うんですなあ。周りにある草木や、岩や土の匂いを辿《たど》ると、しぜんに道の行く先が分かるというのだから、まさに動物――イヌみたいに鼻が発達していたのですかな。そんなもんだから、彼がおとなになって、香水を作る仕事についたと聞いた時には、なるほどと思いましたよ。いうなれば天職のようなものだったのでしょう」

そういう天賦の才に恵まれた友人がいたことを、誇らしげに語る。

「その国井家は、現在も湯西川にあるのでしょうか？」

「いや、湯西川の国井さんの家は絶えましたよ。和男君のおやじさん……国井治先生は一人っ子でしたから、治先生が若い頃に湯西川を出て、台湾へ行ってしまった後、ご両親だけで住んでおられた。戦後は先生だけが東京に出て仕事をしておられたが、ご両親が亡くなったのを機に、国井家全員が東京へ引っ越して行きました」

「では、国井さんとはそれっきり？」

「いや、和男君は何度か湯西川に遊びに来たことはありますよ。しかし、大学の時に一度、来たのを最後に、音信が途絶えました。大学を卒業したあと、ヨーロッパへ行ったことや、治先生や奥様が亡くなったことだけは、風の便りに聞いてましたがね」

「そして、十年前に国井和男さんだけがこちらに見えたのですね？」

「そうです。突然、私を訪ねてきたものだから、びっくりしました」

「その時の国井さんの様子はどんなでしたか？」

「何となく元気がないようでしたなあ」

「帰国の目的は何だったのでしょう？」

「仕事で日本に来たと言ってました。どんな仕事かは聞いてませんが」

「こちらに見えて、その後、どこへ行く予定だったのでしょうか？」

「東照宮へ行って、それからフランスへ帰ると言ってました。そうだったな？」

田所は脇に控える夫人に念を押すように言い、夫人は黙って笑顔で頷《うなず》いた。お茶を出してから、まだひと言も声を発していない。典型的な夫唱婦随で、ずいぶん無口な人柄のようだ。

「国井さんは車で来たのですね？」

「そうですよ。確かレンタカーじゃなかったですかね。そっちのほうは捜査本部が調べているはずですが」

浅見は山北に「どうなんですか？」と訊いた。

「レンタカーを借りたかどうか、ですか？　そこまではまだ聞いてませんがね、まあ、間違いなく捜査はやっているのでしょう」

「東照宮以降の足取り捜査のほうも、もちろん行なったのでしょうね？」

「それは当然、やっとります。その時の捜査に関係したのが、うちの署にいて、聞いたのだが、田所さんの証言に従って、東照宮とその周辺の聞き込みは入念にやったそうです。ちょっと前までは田所さんも警察官でしたから、ふつうの素人さんなんかと違い、信憑性《しんぴょう》は高いと考えられましたからね。しかし、結局は目撃者情報等、何も出てこなかったということです」

「その翌日、国井和男さんは霧降滝の近くで遺体となって発見されたのですね……だとすると、東照宮へ行く前に殺害されたのでしょうかねえ」

霧降滝は湯西川から日光へ行く途中にある。そのルートを頭に思い描いて、全員が沈黙した。

その時、「あのォ、あのこと……」と、それまで口を噤《つぐ》んでいた田所夫人が、オズオズと言いだした。全員の視線がいっせいに彼女に集まった。夫人は怯《おび》えて、まるで亀の子のように首をすくめ、言いかけた言葉を飲み込んでしまった。

「あのこととは、何のことですか？」

山北が訊いた。

「はあ……東照宮さんのことで……なあ、お父さん」

困惑して、救いを求めるような目を、ご亭主に向けた。田所のほうは「余計なことを言うな」と言いたげだ。

「東照宮のこと、とは？」

今度は山北も浅見も田所を見た。

「じつは、そのことですがね……」

田所は仕方なさそうに言い、それからもしばらく、言うべきか言わざるべきか、逡巡《しゅんじゅん》していた。

「ずっと後になって女房が気がついたのですがね、和男君は確かに東照宮とは言ったのだが、もしかすると、違う東照宮のことを言っていたのではないかと……」

「違う東照宮、と言いますと？」

「いや、これはたぶん、女房の思い違いだと思うのですがね」

「どういうことでしょう？　思い違いでもいいから、言ってくれませんか」

山北が少し焦《じ》れて、刑事の顔つきになって言った。

「女房はですな、和男君が言った東照宮というのは、栗山さんのことではないかと思ったというのです」

「クリヤマさん？」

「そうです。ここいらでは日光の東照宮と区別するために『栗山さん』と呼んでいるのだが、正式には栗山東照宮というのです。戊辰《ぼしん》戦争の際、官軍の攻撃を避けるために、東照宮にある家康公の座像などの神宝を持ち出して、一時的に野門《のかど》という集落に安置したことがあるのです」

「野門とはどの辺ですか？」

「いまは日光市に合併してしまったが、かつては栗山村野門でした。湯西川と同じ栗山村でも、ここからだと、山一つ隔てた反対側の谷です」

「そこに東照宮があるのですね」

「といっても、日光の東照宮のように立派なものではありませんが、一応、お堂が建っていて、栗山東照宮と呼ばれているのです。しかし、ふつう、東照宮と言えば日光の東照宮に決まっているわけでして。まさか栗山東照宮だとは誰も考えつきませんよ」

田所はいくぶん、自分の鈍感さを弁護するような言い方をしている。

「そうかもしれませんが、しかし、奥さんは気がついたのですね？」

浅見は称賛の気持ちを込めて、田所夫人にそう言った。

「はい、私は野門の近くの出だもんで」

夫人は控えめに言い、いっそう小さく縮こまった。

「ただですね」と、田所が補足するように言った。

「そう言われてみると、野門には自分らの同級生で、紀代《のりよ》っていう人が嫁に行っているもんで、まんざらあり得ないことではないかもしれんとは思いましたがね」

「ほうっ、そんな人がいるのですか。だとすると、もう一つの東照宮の周辺でも聞き込みをしなければならなかったのではありませんか？　どうなのですかねえ山北さん、そういう捜査はやっているのでしょうか？」

「さあ、どうですかなあ。たぶんやってないでしょうな。捜査本部の連中は、栗山東照宮という名さえ、ぜんぜん聞いたこともなかったと思いますよ。そういうことがあるなら、もっと早い段階で教えてもらわないと困るんですがねえ」

山北は渋い顔だ。田所夫人はいっそう小さく縮こまった。

「となると、国井氏はその紀代さんとかいう人を訪ねたかもしれないじゃないですか。どうなんです、田所さん？」

山北は、たとえ警察官の先輩であろうと、容赦はしない構えだ。

「まあ、いまにして思えばそうだったかもしれないです。和男君が湯西川を訪ねて来たのは、幼馴染《おさななじ》みが懐かしかったからと言ってました。いや、そのことは事件当時、捜査本部のほうに話しましたがね。しかし、小学校の時から一緒だった五人の中で、昔のまま湯西川の家に住んでいるのはこの自分だけです。一人は早死にしたし、一人は両親が離婚して村を出て行ったし、残りの紀代さんも野門に嫁いでいますしね」

「まあ、いまさら言っても始まらないが。その紀代さんの嫁ぎ先はどこです？」

「小松さんという お宅で、小松荘という民宿をやってます。だけど、野門は湯西川ではないし、和男君はたぶん行ったこともない辺鄙《へんぴ》なところで、周りには大して人家もないし、どっちにしても、聞き込みをするまでもないのでは……」

田所はさらに弁解じみて言った。彼にしてみれば、栗山東照宮の存在を知りながら、捜査員たちに教えなかったことに、責任を感じているのだろう。

「結果がどうであろうと、一応の聞き込みはやってみるべきだったでしょう。とにかく、念のために行ってみますよ」

ようやくその結論に達した。

5

山間の集落は日の落ちるのが早い。気がつくと、見る間に暮れてきた。思いがけないほど冷たい夕風に急《せ》かされるように、浅見と山北は田所家を辞去することにした。

その夜の宿は、湯西川温泉の古い旅館を田所に紹介してもらった。電話で予約したのだが、あまり立派ではない――と田所が言っていたとおり、昔からの湯治場のような宿で、設備は古いが料金は格安なところが魅力だ。山北は初めは日帰りのつもりだったのだが、浅見に付き合って泊まることになった。

旅館であらためて栗山東照宮の場所を教えてもらった。田所が言っていたように、湯西川からだと、南側に連なる山を抜けて行くような道が最も近いという。確かに地図で見るかぎり、三角形の一辺を行くようで、距離は短い。ただし、冬期は閉鎖されるような道だから、あまり快適なドライブにはなりそうにない。宿の亭主は、「元の国道に戻って、川治温泉まで下り、そこから県道を行ったほうが楽かもしれません」と勧めた。

その晩は久しぶりに温泉に入ってのんびりした。

「栃木県には東照宮と華厳滝のほかに大して自慢できるものは何もないですが、温泉とイチゴと益子《ましこ》焼と佐野《さの》のラーメンと宇都宮のギョーザだけは自慢できます」

何もない――と言ったわりには、山北は名物を並べ立てた。

山家《やまが》の宿らしく、イワナと山菜料理がメインディッシュの夕食だったが、それなりに楽しめた。

山の冷気が下りてきて、部屋の中でもかなり気温が低い。浅見は早めに寝床にもぐり込んでから、ロードマップを広げてみた。湯西川から霧降滝へ行くには、国道121号を今市まで戻り、日光方面へ向かい、JR日光駅を越えたところから右折して、「霧降・日光線」を走るルートと、今市へ出る途中から右折して広域農道を行く、ショートカットのルートがある。どちらにしてもそれほど遠くはない。

山北は日光署に問い合わせて、事件当時、国井和男がレンタカーを借りていたかどうかを確認した。捜査本部はその事実と、レンタカーの行方を突き止めていた。国井が借りたレンタカーは、事件の二日後に那須《なす》高原サービスエリアで発見されたのだそうだ。

そのことから、警察は犯人は複数である心証を得た。殺害と死体遺棄は単独犯でも可能だが、那須高原サービスエリアで逃走用の車に乗り換えるには、もう一人の共犯者が必要だろうというわけだ。もっとも、犯人がそこから徒歩で逃走したというのなら、また話は違ってくるのだが。

「国井氏は湯西川に何をしに来たのでしょうかねえ?」

仰向《あおむ》いて、黒く煤《すす》けた天井を眺めながら、浅見は独り言のように呟《つぶや》いた。

「そりゃ、あれでしょう。田所さんが言っていたとおり、幼馴染みに会いに来たのでしょう」

山北はいともあっさり断定した。食後に温泉に浸《つ》かって、寝酒を楽しんで、気分よさそうなのんびりした声だ。

「そうでしょうかねえ。しばらくぶりで日本に帰ってきて、しかも仕事目的だというのですからね。わざわざそれだけのために湯西川まで来るとは考えにくいのですが」

「日光東照宮を見に行くついでに、第二の故郷に寄ったのかもしれませんよ。幼馴染みというのは懐かしいもんですからなあ」

幼馴染みの懐かしさは分かるが、東京生まれで、育ったところもいまいるところも、北区西ケ原。住む場所が一度も変わったことのない浅見には、第二の故郷どころか、郷土意識そのものがあまりない。

「『おもちゃのまち　今市　湯西川　錦着山』と書かれた地名の意味が、これから訪問しようとしていた場所だと仮定すると、湯西川以外の三カ所にも行っている可能性がありますね。行ったのか、それとも行くつもりだったのかはともかくとしてです」

「たぶんそうでしょうなあ」

「仕事目的で帰国したということですが、どこでどういう仕事をするつもりだったのか、そのことは調べたのでしょうね？」

「調べたが、分からなかったみたいですな。帰国してからの日程もはっきりしないというか、成田に着いて、東京と宇都宮にそれぞれ一泊して、それから湯西川に来たというところまでは分かったみたいですがね。田所さんが言ったとおりだとすると、仕事も終えて、後は東照宮を見物して、フランスへ帰国しようとしていた矢先の事件だったのじゃないでしょうかなあ」

山北はだんだん眠そうな口ぶりになってきた。浅見が少し思案に耽《ふけ》っているうちに、安らかな寝息が洩《も》れ始めた。そうなると、かえって浅見のほうは目が冴《さ》えてくる。夜の静寂《しじま》が遠くの物音を増幅させ、湯西川の瀬音がいっそう大きくなったように思える。

「戸村浩二が殺害された事件にまつわる、さまざまな不可解な出来事もさることながら、それより十年も遡《さかのぼ》って起きている国井和男殺害事件の捜査が、少しも進展していない事実が分かってきた。

いまのところ、警察はその二つの事件を関連づけてはいないらしいのだが、浅見の頭の中では、すでに当然のこととして結びついている。戸村が殺されなければならなかった理由のどこかに、国井の事件があることは想定している。

もっとも、だからといって、戸村の死が十年前にすでに約束されていたとは考えられない。その頃はまだ、国井和男と戸村浩二には接点すらなかったはずである。

ところが、十年の歳月が流れるあいだに、戸村は国井の「世界」に近づいて、どこかで一線を越え、「殺意」の輪の中に足を踏み入れた——という状況が考えられる。

国井と戸村に共通する「世界」といえば、それは香水以外にはない。戸村の記事を読むと、彼が若い頃から国井の名声を知り、ひそかに私淑していたということが分かる。そして念願どおり、自らも調香師の道を歩み、いずれは国井を凌《しの》ぐほどの調香師になろうと期していたのだ。

パリにいるという国井の娘・由香に会い、父親のジャケットを譲り受けるほど親密になったのも、それに、そのジャケットを着用していたのも、国井の才能にあやかりたいと願う、戸村の思いを物語っているといえる。

皮肉なことに、戸村はその敬愛する国井のジャケットを着た姿で殺された。それはあたかも、国井和男の「世界」に踏み込んだことに対する、一つの制裁だった証明であるかのように思えてならない。いったい、その「世界」とは、死を与えられかねないほど、何らかの禁忌を伴った世界なのだろうか？

香水——というキーフードが、浅見の脳裏で少しずつ増幅してゆく。まだ霧の中、闇の中だが、そこにかすかな曙光《しょこう》を見たような手応《てごた》えを感じる。

しかし、戸村浩二が譲り受けたという国井和男のジャケットに、地名のメモが入っていたのはなぜだろうという疑問が残る。

国井自身が書いたらしい四つの地名は、訪問先のメモだろう。だとすれば、旅行中は身に付けていたであろうから、このジャケットも事件のとき国井和男が着ていたものという可能性が高い。しかし、鋭利な刃物で刺殺された被害者のジャケットは、当然血まみれになったにちがいない。国井由香が、そんなジャケットを戸村に譲るだろうか。

そうか、国井和男は殺害時にジャケットを着ていなかったのか。

ではそのとき、メモが隠されていた国井のジャケットはどこにあったのだろう。そしてどのような経緯で、十年の時を隔てて戸村浩二の手に渡ったのだろう。

メモに込められた国井和男の執念ようなものさえ感じられ、浅見は闇の中で身震いした。

第六感の閃きとでもいうのだろうか。浅見のそういう才能は、田所が語った国井和男の「匂い」に対する感覚の鋭敏さと、一脈、通じるものがあるのかもしれない。事件の匂いを察知し、謎を解く鍵の在り処《か》を知る嗅覚――といったものは、浅見自身も気づかないままに備わっているのだ。

6

翌朝も天気はよかった。早朝は一面の霧に閉ざされていたが、日が高くなるにつれて霧は晴れ、目まで洗われたように、周辺の緑が鮮やかになった。

朝食の席に顔を出した旅館の亭主に、もう一度、栗山東照宮への道を確認した。亭主は「運転に自信のある人なら大丈夫」と言っている。国井和男が「大丈夫」な運転技術の持ち主だったかどうか。はたしてどちらの道を選んで行ったのかが気になった。

念のために山北が田所に電話してみると、田所は留守で、夫人が「ついさっき出かけました」と言う。

「どちらへお出かけか、分かりませんか」

「はあ、行く先は言ってませんでしたけど、たぶん野門へ行ったんでないかと思います。昨日、あれから栗山東照宮さんのことを、しきりに気にしていたみたいですので」

「気にしていたと言いますと、何を気にしておられたのでしょうか？」

「もうちょっと調べたほうがよかったのかとか、ぶつぶつ言ってました」

元警察官としては、捜査に不備があったことを素人の浅見に指摘されたのが、気になっていたということなのだろうか。

「ところで、奥さんは分かりませんか。国井さんがその日、お宅を出てから、どっちの道へ行ったか」

「それでしたら、奥のほうへ行きました」

「奥のほうとは、つまり、その道をさらに先のほうへ行ったという意味ですか？」

「はい、そうです。それでもって、もしかしたら栗山東照宮さんへ行かれたのではないかと思ったのですけど」

湯西川温泉の先、田所家のさらに先へ進む道は「黒部西川線《くろべにしかわせん》」と呼ばれ、その先はやがて南へ山を越えて、栗山東照宮のある野門の集落へと向かう。つまり、国井は国道のほうを迂回《うかい》せずに、直接、野門へ行く近道を選んだ可能性があるのだ。旅館の亭主は「あまりいい道ではない」と言うが、国井の嗅覚《きゅうかく》はその道へ誘《いざな》ったということか。

浅見たちもそうすることにした。国井が行った道を辿りたかったし、何はともあれ、運転技術だけは自信がある。

黒部西川線を進むと、両側の谷はどんどん狭くなり、坂の傾斜もきつくなってくる。山また山、谷また谷のような心細い風景の中を行く。

どこかで分水嶺《ぶんすいれい》を越えたのか、いつのまにか谷川の流れが逆方向に変わっていた。地図によるとこの谷川は「土呂部川」というらしい。その谷を下りきったところが黒部という集落で、元の栗山村役場、現在は日光市役所栗山総合支所のあるところだ。土呂部川が合流した川が鬼怒川。そこから右折して県道23号を少し行った辺りが野門になる。この辺りにはところどころ民宿が点々とある。すぐ上流には川俣《かわまた》ダム湖があり、その下の渓谷一帯は瀬戸合峡《せとあいきょう》という名勝だそうだ。

野門橋を渡って間もなく左折、急坂を登り詰めたところに「平家高原民宿村」という小さな集落がある。いまでこそ車で来られる便利さだが、かつては「秘境」と言ってもよさそうな場所だったにちがいない。その名のとおり、ほとんどが民宿を営む家で、「家康の湯」というのもある。集落の真ん中辺り、右手に長い石段があり、そこが栗山東照宮だった。その向かい側の「一乃屋《いちのや》」という民宿で訊《き》くと、小松荘の場所はすぐに分かった。東照宮から少し行ったところだった。駐車場のお客の車の中に、昨日見た田所の車も見えた。

「大当たり。やっぱり田所さんはここに来ていたんですなあ」

山北は他愛《たわい》なく喜んでいる。

二人が建物に近づくと、ちょうど玄関から田所が現れた。背中を丸め、かなりはっきりしたガニマタで歩くのが特徴的だ。

「や、これはどうも。お早うございます」

抜け駆けの功名を策したのがバレたと思ったのか、田所はバツが悪そうに笑って、ペコリとお辞儀をした。

「田所さんこそ、ずいぶん早いじゃないですか」

山北が少しいやみを込めて言った。

「いや、じつはですね、昨日、お二人に言われたもんで、あれからいろいろ考えまして、警察は初動捜査の時点で、小松荘の紀代さんのところを含め、この辺りをもう少し熱心に聞き込みに歩くべきだったと……」

「それはあれでしょう。田所さんが教えてくれなかったからじゃないですか」

山北は意地悪く突っ込む。

「まあ、その点を突かれると、何も言えないですがね。それでも、もうちょっときちんと捜査してもよかったんではないですかなあ。自分はすでに警察の人間ではなかったし、捜査本部の方針にとやかく言えた立場ではなかったですがね」

「それで、小松荘の紀代さんは何と言ってました？」

浅見が訊いた。

「いや、まだ話を聞いておりません。ひょっとすると和男君が立ち寄ったかどうか、訊いてみようと思ったのだが、いまはちょうど、お客さんの出発時間にぶつかって、忙しそうにしているもんだから、一回りして出直すことにしたのです。そうだ、これから栗山東照宮さんへお参りしますが、もしよかったら案内しましょうか」

抜け駆けがバレた照れ臭さなのか、田所は柄にもなくよく喋《しゃべ》る。

「いいですね、ぜひお願いします」

浅見は田所の厚意に乗った。

栗山東照宮までは歩いて数分の距離だ。途中、一乃屋に立ち寄って、田所が東照宮の社殿の鍵を借りてきた。駐在時代に培った人望が、こういう時に役立つようだ。

東照宮の石段を登りながら、田所は栗山東照宮の故事来歴を解説した。

戊辰戦争の際、官軍が日光を攻撃するという情報を得た会津藩は、日光東照宮から社宝を会津若松城（鶴ヶ城）に移動させようとした。ところが会津へ向かう途中、鶴ヶ城がすでに攻撃されていることを知り、会津西街道沿いにあるこの野門の有力者宅に、「守護職に任ずる」というお墨付きと象牙の白笏《はくしゃく》と共に、家康公座像などの重要な社宝を寄託したという話だ。その有力者が一乃屋の五代前の当主だった。

「というと、栗山東照宮が建立されたのは、戊辰戦争後の明治初期のことですか?」

「いや、それが違うのです。村の有志がその歴史的事実を後世に伝えようとして、栗山東照宮を建立したのは、じつは昭和四十五年のことなのですよ」

「えっ、それじゃ、国井さんが湯西川に住んでいた頃はもちろん、学生時代に一度、帰ってきたというその当時は、まだ東照宮はなかったのじゃありませんか?」

「そのとおりです。それだもんで、私もまさか栗山東照宮へ行ったとは思わなかったのですがね。しかし、誰かから聞いたりなんかして、知っていたのかもしんないし、そういうこともあるかなと」

石段を登りきったところに、祠《ほこら》と呼んだほうがよさそうな、小さな社殿があった。社務所はもちろん、ほかには何もない閑散とした風景である。田所は鍵を使って社殿の扉を開けた。突然の明るさに驚いたムカデが、慌てて板壁の隙間にもぐり込んだ。

社殿の中には家康の座像が祀《まつ》られていた。鮮やかな彩色が施された像で、ほかに二荒山《ふたらさん》神社三社の御神体も祀られている。いずれも社殿建立時に作られたもので、文化財的な価値はなさそうだ。

昭和四十五年の建立と聞いても、まだ抱いていた僅《わず》かな期待感は、実際の佇《たたず》まいを見たとたん、いっぺんで失われた。

「事件の手掛かりになるようなものは、ここには何もありませんねえ」

浅見は正直に、落胆した口調で感想を述べた。

「えっ、というと浅見さん、ここに何か手掛かりがあると思っていたんですか？」

山北が呆れ顔で言った。

「ええ、東照宮へ行くと言っていたし、あの山道を走って行ったということからみて、この栗山東照宮を目当てに来た可能性があると思ってました。たとえばこの社殿に何かを奉納するとか、ひょっとすると何かを隠したのかもしれないとか……」

「隠すって、何を隠すんです？」

「いや、たとえばの話です。そういうことも考えられるかなと思っただけです。神社や仏閣などは、古いまま手をつけずにおくことが多いので、何かを隠すにはうってつけですからね。しかしこの社の簡素な佇まいでは、隠すような場所もなさそうです」

山北と田所は「はあ……」と、同じように口を開けた顔を見交わしている。そんな突拍子もない考え方をするほうがどうかしている——と言いたげだ。

「そろそろ、小松荘がひまになった頃ではないでしょうか」

浅見は二人を促した。

第四章　謎の恩人

1

小松荘に戻ると、お客はすべて出発したらしく、庭先の駐車場には田所と浅見の車のほかは、たぶんこの家のものと思われる、宇都宮ナンバーの車が二台あるだけだった。

田所はひと足先に家の中に入り、奥に声をかけてから二人の「客」を呼び入れた。

「ご主人は宇都宮まで仕入れに出掛けたそうで、紀代さんしかいないですが。話を聞かせてくれます」

しばらく間を置いて、田所と同じような年配の女性が現れた。太めで、少し顎《あご》がしゃくれた愛嬌《あいきよう》のある顔だ。台所の片付けでもしていたのか、エプロンで手を拭《ふ》き拭き、忙しそうにしながら、それでも「どうぞ、上がってください」と愛想がいい。

「いや、忙しいべから、ここでいい」

田所は女性を「小松紀代さんです」と紹介し、二人のことは「栃木署の刑事さんだ」と紹介した。浅見はそれでも構わないかな……とも思ったが、誤解されたままでは具合が悪いので、一応、名刺を差し出した。

「僕は雑誌のルポライターです」

刑事とルポライターの組み合わせにどういう意味があるのか、小松紀代は怪訝《けげん》そうに名刺を眺めている。

「じつはよ、十年前のことだけど、国井和男君が殺されたんべな」

田所が切り出した。

「ああ、あの事件のことで来たんかい」

紀代はいやなことを思い出させられて、肩をすくめ、苦い顔をした。

「その時だけど、和男君は紀代さんのところを訪ねて来たんじゃねえかと思ってさ。念のために聞きに来たんだ」

「ああ、来たよ」

紀代があまりにもあっさり肯定したので、田所はもちろん、ほかの二人も驚いた。

「えっ、来たんですか？」

山北は嚙《か》みつきそうに顔を突き出して、確認した。

「国井和男さんは、殺される前にこちらのお宅に来ていたのですね？」

「はい、来てました」

刑事の剣幕《けんまく》におびえて、体を引き気味にしながら、紀代は答えた。

「そのこと、警察に話しましたか？」

「いいえ、話してません」

「なんでですか。なんで話さなかったのですか？」

「なんでって……警察からは誰も訊《き》きに来なかっただんね」

「来なかったって、あんた……」

山北は絶句した。

その山北に代わって、浅見が穏やかな口調で訊いた。

「国井さんは何をしに来たのですか？」

「幼馴染《おさななじ》みの顔をみたくなったとか言ってました。それで、田所さんのところにも行って来たって」

「そうだよ。おれのとこへも来た。けど、すっかり変わってしまって、びっくりしていたっけな」

「そうかね。私のことは、子供の頃とちっとも変わってないって言ってたけんど」

「ははは、それはお世辞つうもんだべ」

「そんなことはないよ。国井さんだって、昔の面影はあったもんね」

「お話し中ですが」

浅見は会話に割って入った。

「国井さんは、こちらに見えた後、どこへ何をしに行くとか、そういうことは言っていませんでしたか？」

「はい、言ってました。何でも恩人を訪ねるとか……」

「恩人というと？」

「さあ、そこまでは聞きませんでした。ちょうど、到着したお客さんが立て込んで、バタバタしていたもんで」

「そのほかに、どんなことを？」

「あとは、すぐにフランスに帰るとか、どうかお元気でとか……そうそう、田所さんのことも心配してましたよ」

「ん？　おれのことをかね？」

「うん、会うことがあったら、体を大事にするよう、言ってくれって」

「ははは、おれはいたって元気だけどな」

田所は笑ったが、心なしか声に張りがない。「体を大事に」と言った、当の本人があんなことになって、世の無常を思うのかもしれない。

「さて、どうしたものかな」

山北は腕組みをして考え込んでから、言った。

「いまさら、捜査に役立つとは思えないが、黙っているわけにもいかないだろうな。小松さん、とにかく、国井さんが事件の直前、お宅に立ち寄ったことを、日光署に教えてやったほうがいいですな」

「えーっ、いまさらそんなことを言って行ったら、怒られるんでないですかね」

紀代は悲鳴のように言った。

「そりゃ、厭味《いやみ》の一つぐらいは言われるかもしれないが、知らん顔をしているのは、もっと具合が悪い。しかし、警察が聞き込みに来なかったのも怠慢です。自分からも口添えしてあげるから、とりあえず、警察のほうに連絡だけしましょう」

「そうですか。そしたら、よろしくお願いします」

紀代は仕方なく、頭を下げた。

山北が日光署に電話で事情を説明して、捜査員がこっちへ向かって来ることになった。それまで、三人の客は小松荘の客間に上がり込んで過ごすことになった。

2

民宿は、午後になると新しいお客を迎えなければならない。その準備のためにこれからが忙しいのだ。紀代はお茶と温泉饅頭《まんじゆう》をあてがっておいて、自分の仕事のほうに専念した。

「ところで、田所さんに訊きたいのだが」

山北は、現職の捜査官としての威厳を誇示するように言った。

「田所さんは戸村という人物に心当たりはありませんか」

「戸村……下の名は何さんです？」

「戸村浩二です」

「戸村浩二というと、このあいだ、栃木市の県庁堀で殺されていた被害者のことじゃないのですか？」

「そう、そうです。さすがですねえ」

「そりゃあ、これでも自分は警察官の端くれだった人間ですからね、殺人事件には関心がありますよ。しかし、その事件のことはまったく何も分かりませんな。もちろん被害者に心当たりなんかないですしね。だけど、そう言われるのは、その人物が国井和男君の事件と関係でもあるのですか？」

「じつは……」

山北は話していいものかどうか、一瞬、迷ったらしく、浅見にチラッと視線を投げてから言った。

「殺された戸村浩二は、国井和男氏に私淑していて、国井氏の娘さんと親しかったことが判明しているのです」

「えっ、和男君の娘さんと……」

田所は驚いた。

「知ってますか、娘さんを。国井由香っていう人ですが」

「いや、知りませんが。そうですか、あの被害者は和男君とそういう関係のある人だったのですか……ん？　待ってくださいよ。となると、両方の事件は関係があるってことですかね？」

「それは分かりません。ただ、二人とも調香師であるという点で共通しています」

「チョーコー……というと？」

「調香師ですよ。ほら、昨日、田所さんも言っていたじゃないですか、国井和男さんは子供の頃から匂いを嗅《か》ぎわける才能があって、おとなになると香水を作る仕事についたって。調香師とはつまり、香水を調合する人っていうことですな」

山北は得意げに、紙に「調香師」と書いて示し、調香師の仕事についても、少し具体的に解説した。もっとも、そのほとんどは浅見からの受け売りである。

田所は「はあ……」と感心して聞いているばかりだったが、話を聞きおえると、

「ということは、犯行動機は香水がらみというわけですかな？」

と言った。

山北と浅見は顔を見合わせた。いきなり核心に触れるような田所の発言だ。現役を退いたとはいえ、警察官根性は抜けきっていないということなのだろう。

「確かに、おっしゃるとおり、香水がらみの事件の可能性があります」

ずっと遠慮していた浅見が、ようやく口を開いた。

「事件を契機に、香水にまつわることをいろいろ、にわか勉強したのですが、香水の開発には熾烈《しれつ》な競争があるのではないかと思います。戸村さんの事件のほうはともかくとして、国井さんが殺された事件の犯行動機に、たとえば、香水の新発明を奪う目的があったとか、そういった仮説も考えられるでしょう。国井さんの事件そのものに、今回の戸村さんの事件が関係している可能性は、いまの段階ではなさそうですが、戸村さんも香水の開発者である以上、同じような動機を持つ犯人に狙《ねら》われたことは十分、考えられます」

「となると、両方の事件の犯人は、同一人物ですかね」

山北が言った。

「十年の時間経過がありますから、何とも言えませんが、香水がらみだとすると、どこかで繋《つな》がっているのでしょうね」

「しかも、国井和男氏の娘さんが戸村浩二とも関係があるとなると、ますますその可能性が大きそうですな」

これから先の展開に思いを馳《は》せて、三人三様に沈黙した。

日光署の捜査員は、思ったより早く到着した。早速、小松紀代に対する事情聴取を始めたが、山北のとりなしで、十年前の事件の際に、紀代が通報を怠った事情は、とりあえず納得してもらえたようだ。

まあ、一般人が事件との関わりを避けたがることは、大なり小なり共通している。それに、「東照宮」と聞いていながら、栗山東照宮のことに気づかなかった捜査当局側にも落ち度があるのだ。

それでもともかく、今後は警察の捜査に協力するよう、確約させられて、紀代は神妙に頭を下げていた。

とはいっても、国井和男がここに立ち寄った事実が、十年前の事件の捜査に、何ほどの役に立つか、はなはだ疑問ではあった。

そのことよりもむしろ、浅見と山北の解説によって、事件と香水の結びつきが明らかになったことのほうが、日光署にとっては大収穫にちがいない。それにもかかわらず、話が中途半端な状態で、そそくさと引き上げたのは、それ以上、他署の人間やルポライターに関わってもらいたくないということなのか。

「戸村さんと国井さんの関係などを、聞かなくてもよかったのですかねえ」

いずれは調べて分かってゆくことにはちがいないが、ここで聞いてしまえば、ごく簡単にすむことである。時間と労力の無駄だという気がしてならない。

浅見が心配してそう言うと、

「まあ、民間人の浅見さんや、他署の人間から聞くのは、沽券《こけん》に関わるとでも思っているんでないですかね。まあ、自分もその一員だが、わが栃木県警の体質には、問題がなきにしもあらずなのです」

山北は慨嘆した。県下で起きた「リンチ殺人事件」について、警察の対応に不適切があったとして、被害者の遺族に膨大な慰謝料を払う羽目になったりするなど、栃木県警には不祥事があった。こういうセクショナリズムも、栃木県警の持つ悪弊の一つの表れなのかもしれない。

「それじゃ、われわれも引き上げますか」

山北がつまらなそうに言って、三人の客は腰を上げた。紀代は正直に（やれやれ——）という顔で庭先まで送って出た。

「どうも、いろいろ面倒かけました」

山北が言い、浅見も頭を下げた。

「このあとも、何か面倒なことが起きるんではないですかねえ」

紀代は不安そうだ。客商売の稼業にとっては、警察がウロウロしてくれるのが、いちばんこたえるのだろう。

「そんな時は、いつでも声をかけてください。すぐに飛んできますよ」

山北は、あまりあてにならない約束をしていた。

「こんどは仕事抜きで、湯西川に来てください」

田所が名残惜しそうに言って、ちっぽけな車で走り去った。山北も浅見も、ソアラにもぐり込んだ。

3

「これからどうします？」

車が走り出すと、山北が訊いた。

「国井さんが訪れると言っていた恩人のことが気になりますね」

「あとで日光署に当たってみましょう。あるいは西原が知っているかも」

「そうですね。じゃあとりあえず、国井さんの死体が発見されたという、霧降滝の現場に行きましょうか」

民宿村の坂を下りきって県道に出たところで車を停め、浅見はカーナビを操作した。有料道路で霧降高原を越えてゆくルートが設定された。

旧栗山村役場の前で右折、急坂を登って行くと大笹《おおざさ》牧場の真ん中に分岐点がある。そこを右折して、尾根伝いに行く道が霧降高原有料道路である。まるで天界をゆくような豪快なドライブウェイだ。週末だというのに、もったいないほど交通量が少ない。

「栃木県の人間だが、自分もここを通るのは初めてです」

山北も堪能していた。

下り坂にかかって間もなく、左手に霧降滝の案内表示が出てきた。左折して、いくつかある駐車場の、比較的空いたところに車を停め、案内板に従って、散歩道のような、よく整備された道を行く。

少し小高くなったところから、もう滝が見えてくる。はるか遠くだが、二段に落ちる勇壮な滝だ。

「その辺ですよ」

山北がいきなり言って、浅見の歩いている足元を指さした。滝へ向かう細道の、すぐ脇の藪《やぶ》の中である。もう少し先から、ストンと切れ込むような崖になっているのだが、そのわずか手前のところで、死体は引っ掛かっていたらしい。

「犯人としては、崖下まで落とすつもりか、あるいは落としたつもりだったのでないですかね」

たぶん山北の言うとおりなのだろう。

「もしそうなっていたら、死体の発見はかなり遅れていたか、ひょっとすると永久に見つからなかった可能性も考えられますね」

「そうですな。当然、死体遺棄は夜中に行なわれたので、犯人はそこまで確認できなかったのでしょう」

もっとも、死体をさらに崖へ突き落とそうとすれば、犯人自身が滑り落ちそうな急斜面ではあった。

「思惑どおりにいかなかったのは、犯人の不運だったにしても、こういう場所を選んだというのは、犯人にかなりの土地勘があったことの証明でしょうね。車でやって来るのに都合がいいし、夜は人はいないし、現場までの足場はしっかりしているし、間違いさえしなければ、ちゃんと崖下へ転落させやすい場所だったはずです。よほど熟知していたのでしょう」

「そうですな。となると、地元の人間ということになる。地元と言っても、栃木県という単位ではなく、ごくこの近くに限定していいんでないでしょうか。たとえば、自分などはまったく土地勘のないところです」

山北は周囲をグルッと見回した。

見上げたところに、レストランらしい、ヨーロッパを思わせる洒落《しゃれ》た建物があった。二人は引き返して、その建物へ向かった。やはりレストランで、店の背後に張り出したテラスからは、緑一色の山並みの中に、霧降滝が正面に望める。

若い人を中心に、お客で賑《にぎ》わっていたが、運よく、二人はテラスの最前列のテーブルに席を取れた。山北はコーヒーを、浅見は紅茶を頼んだ。少し寒いくらいの風が吹いているから、熱い飲み物が心にしみる。

「すばらしいロケーションを、さながら独り占めですね」

浅見はしばし、世知辛い仕事のことを忘れて、眼前に広がる風景に眺め入った。

「独り占めといえば」

浅見がせっかく、いい気分でいるのに、山北が無粋な声で言った。

「もし、香水がらみの事件だとすると、十年前の事件は、国井氏が香水の新製品を開発したのを知って、それを横取りしようとか、そういう目的の犯行でしょうな」

「はあ、それは、単なる強盗殺人事件ではないと仮定しての話ですね」

「もちろんそうですが、しかし、浅見さんだってそう思っているのでしょう？」

「ええ、僕も九十九パーセント、香水が動機だと思っていますよ。確かに、山北さんがおっしゃるように、もし画期的な香水の新製品があったのだとすれば、その香水の秘密をめぐる犯罪の可能性は高いでしょうね」

「その場合、必ずしも国井和男が発明者ではなく、それを盗み出した側ってことも考えられますよね」

「国井氏がワルだとは、あまり想像したくないですが、仮説としてはフィフティフィフティですね。香水の開発がどんなふうに行なわれるのか知りませんが、かりに複数の技術者が関与するにしても、調香師の果たす役割は大きいでしょう。もしかすると、ほとんどが調香師の手腕によるもので、原料の処方など、機密に関することは調香師が把握しているのかもしれませんね」

　浅見は話しながら、しだいに事件の背景への関心が深まっていった。

「調香師といえども、どこかの企業に所属しているわけでしょう。そういう企業の研究所で創《つく》り出した香水を、勝手に持ち出したりすれば、ルール違反だし、背任行為ということになりますよね。国井さんが殺されたのは、そういう背任に与えられた制裁の可能性もありえます」

「うーん……なんだか、マフィアの世界みたいですな」

「そうですね。しかし、本当にそうなのかどうかは分かりませんよ。あくまでも僕が勝手に作り上げた憶測ですから。だいいち、国井さんはフランスのグラースというところにある企業に勤めていたそうです。かりに香水の企業秘密を持ち出した国井さんを追いかけて来て、国井さんを殺害したのだとすると、犯人はフランスから来たことになります。それなのに、こんなに詳しい土地勘があるのは理屈に合いません」

「それはそうですなあ……だとすると、フランスの会社が、日本のヤクザに殺しを依頼したってことになりますか」

「なるほど、それも考えられますね。栃木県にもヤクザはいますよね？」

「そりゃ、おりますよ。日本中、ヤクザのいないところはないんじゃないですかね」

　山北は憤然とした口調で言った。暴力団が横行する社会に対して、日頃から怒りを抱いている様子だ。現実には、警察官の中にも暴力団員とつるんでいる人間もいるのだから、山北のような、はっきりした正義感の持ち主に会うと嬉しくなる。

「それにしても」

と浅見は言った。

「日本人調香師の地位が、フランスでは低いということはないでしょうね。むしろ日本人の繊細な嗅覚《きゅうかく》は高く評価され、待遇だっていいはずです。同じ調香師仲間である西原さんに聞いたかぎり、とくに国井氏は調香師として、傑出して優秀だったそうです。それにもかかわらず、地位も名声も失ってまで、香水を盗み出すような、愚かな行動にはしるものなのでしょうかねえ」

「まあ、常識では考えられないけど、現実にそういうことが起こっているのですから、仕方ないでしょうなあ」

「いや、現実に分かっているのは、国井氏が日本に来て殺されたという事実だけですよ。その動機はもちろん、背景については、まだ何も判明していません」

「それはそうですが、それ以外には考えられないんじゃないですか？」

「あはははは……」

山北があまりにも短絡的なのに、浅見は思わず笑ってしまった。山北もすぐに気づいて、

「へへへ、そんな単純なものじゃないですかね」と照れ笑いしている。

「あの四つの地名が予定していた訪問先だとして、『おもちゃのまち』『今市』『錦着山』に該当するところはどこでしょうか？」

浅見は首をひねった。

「どっちにしても、外国暮らしが長かったのだから、日本には知り合いがあまりいなかったんじゃないですかね。親戚もないみたいじゃないですか。いちばん会いたかったのが、故郷の幼馴染みだったなんて、ちょっと悲しいですけどね」

山北は顔に似合わず、センチメンタルなことを言っている。

「ちょっと不思議に思ったのは、国井氏は田所さんには小松紀代さんのところへ行くことを言ってなかったのですよね」

「ああ、それはもしかすると、あれじゃないですか。紀代さんが国井和男の初恋の君だったとか」

「ははは、それはいいですね」

「いや、笑い事でなく、本当にそうかもしれませんよ。きっと、照れ臭かったのでしょうな」

「なるほど、それはありえますね」

そうは言ったものの、浅見は何かべつの理由がありそうな気がしてならなかった。

4

霧降滝を眺めながら、少しのんびりしすぎたかと反省するほど長居をして、店を出たとたん、山北の携帯電話が鳴った。

「日光署からで、浅見さんにいちど署のほうに立ち寄ってもらいたいと言ってますが、どうします？」

「行かなければまずいでしょう」

「なに、出頭命令が出たわけじゃないし、行きたくなければ構わないです」

「いや、行きますよ。出頭命令みたいなものがわが家に届いたりしたら、大変な騒ぎになります。それにこっちから聞きたいこともありますしね」

ほんの十分足らずで日光署に着いた。刑事課の一隅で、刑事たちが五人、手ぐすねひいて待機していた。全員が私服で、その中の四十歳前後と見える男が名刺を出した。〔日光警察署刑事課課長　岩崎勝宏《かつひろ》〕とある。階級は「警部」だった。

岩崎刑事課長は「ご苦労さまです」と刑事を代表して挨拶した。

山北が簡単に浅見を紹介した。戸村浩二が殺された事件で、捜査協力をしてもらっていることを言い、その過程で新たに、国井和男が小松紀代を訪ねたことや、その後「恩人を訪ねる」と言っていたことなどが出てきたことを説明した。山北がもう少しで、浅見刑事局長の弟であることを言いそうになるのを、浅見は慌てて目配せして伏せてもらった。

「そうすると、国井和男の事件は、単純な強盗殺人事件ではない可能性も出てくるわけですね。これまでの捜査方針を切り換えなければならないかもしれない」

岩崎は苦い顔をして言った。

「残念ながら、私は当時、ここにはいなかったので、詳しい状況は分からないが、もしこういう事実が早い時点で出てきていれば、初動捜査の段階でまったく違う方向へ進んでいたにちがいない。その点、民宿の女将《おかみ》が届け出てくれなかったことは、はなはだ遺憾であります」

その件に自分は関係していないことを強調しておきたいらしい。しかも、責任の所在を警察でなく、「民宿の女将」になすりつけている。

「浅見さんはルポライターだそうだが、この件に関しては、しばらく報道を差し控えていただきたいですな」

依頼のかたちだが、口ぶりは強制の意思のあることを物語っている。

「いいですよ。もともと、記事にする気はありませんから」

浅見はあっさり了承してみせた。

「ただ、国井和男さんの事件が発生した当時の、初動捜査の状況など、少し教えていただければありがたいのですが」

「ふーん……」

岩崎は難しい顔を作った。

「それはあれですか、沈黙を守ることとの交換条件ですか」

「いいえ、そんなつもりはありませんが、栃木署の事件にも、何かの役に立つのではないかと思います。山北さん、いかがですか？」

「それはもちろん、ぜひ聞かせておいていただきたいですなあ」

山北は気張った口調で言った。

岩崎は仕方なさそうに、手垢《てあか》のついたような捜査記録を開くと、都合のよさそうなポイントを選んで解説した。

それによると、現場付近での聞き込みの成果は、ほとんど見るべきものがなかったことが分かった。死体の第一発見者は駐車場脇にある土産物店のおばあさんだったが、彼女は二年前に病死しているそうだ。その土産物店で、当時のことを知る者は、すでに誰もいないといい、十年という時の流れを感じさせる。

死亡推定時刻は、前夜の午後九時頃から、死体が発見された日の午前〇時頃までのあいだとなっている。前日はかなりの観光客が訪れていたが、事件のあったのは六月。夏とはいえ山の夕暮れは早く、気温も急速に下がる。周辺は夜更けともなれば、まったく人影が途絶えるところだ。

唯一の目撃者といえば、土産物店の男性店員が、十時頃、店を閉めて帰る時、現場付近の道路脇に、黒っぽいワゴン車が停まっていたと証言している。しかしその車が事件に関係するのかどうかは不明だ。店員は、その車に人がいたかどうかも見ていないそうだ。

「だいたい、こんなところですかな」

岩崎刑事課長は記録を閉じた。

「事件前、国井さんは車で湯西川を訪ねていました。その車は事件後、那須高原サービスエリアで発見されたそうですが、その車を運転していた人物について、付近での目撃者はいなかったのでしょうか？」

浅見は訊いた。

「それはなかったのですがね」

岩崎は微妙な言い方をした。

「その代わり、被害者と背格好の似た人物が午後八時頃、栃木市内で目撃されておりましてね。レストランの従業員が、たまたま外に出た時、車に乗り込むその人物を見たというのです。しかもその車は、被害者が借り出したレンタカーと同じ車種、色だったようです。しかし、その人物がはたして国井和男本人であったかどうかは、断定できなかったということです」

「乗り込んだのですね。連れ込まれたような印象はなかったのでしょうか？」

「そうです。少なくとも拉致《らち》されたようには見えなかったようです。その点はレストランの従業員が確認してますよ。それと、国井の衣服には争ったような形跡がなく、いきなり正面から心臓を刺され、ほとんど即死状態で死亡したと考えられます。被害者としては、よもやそういう形で殺されるとは考えていなかったのでしょう。したがって捜査本部としては、強盗目的の犯行であるとしながらも、顔見知りの犯行の可能性もあることを睨《にら》みながら、捜査を進めてきております」

「いずれにしても、霧降滝の現場は犯行現場ではなく、刺殺したのは別の場所ですね」

「そのとおりです。刺殺の状況から見て、かなりの出血があったと思料されますが、現場には着衣以外に血痕がなく、ほとんど失血状態で遺棄されたことは間違いありません」

「その着衣ですが、国井さんの遺体は上着を着ていなかったのではないですか？」

「え、上着ですか？　えー、そうですね」岩崎は慌てて手許《てもと》の記録を調べた。「確かにワイシャツ姿でした」

「その後、被害者の上着は発見されたのですか」

「事件の二日後に発見された被害者のレンタカーから見つかっています。フランスで仕立てられたもののようですな。しかし、その上着がどうかしたのですか」

「こちらの事件の被害者である戸村浩二が着用していたのが、どうやらその上着なんですな。しかも、隠しポケットには、国井和男の書いたとおぼしきメモが入っておりましてね」

勝ち誇ったように胸を張る山北に、岩崎が反論した。

「ほう、そんなメモの存在は記録に残っていないのだが……。一応、こちらにもその資料を送ってくれませんかね。事件のあと、上着は遺品としてご遺族に返還され、それからでも十年はたっていますから、その間に紛れ込んだのかもしれませんしね」

なおも捜査の不備を追及しそうな山北を目で制して、浅見は話題を変えた。

「仮に顔見知りの犯行だとすると、かなり限定されますね。外国暮らしが長かった国井さんにとって、日本国内で、殺意に到《いた》るような怨恨関係が生じるほどの深い付き合いがある人物は、それほどいなかったでしょうから」

「そのとおりです。いてもまあせいぜい湯西川時代の幼馴染み程度と見られ、とてものこと、事件に繋がるような人物はいそうになかった。そういうわけで、捜査本部としては、早い段階で物取り目的の強盗殺人事件と断定したのです。もっとも、事件直後の当時は、今回、明らかになったようなことなどは、まったく浮かんでいなかったわけで、国井が何者かに狙《ねら》われているといった背景に関しても、考えようがなかったという事情はありますがね」

　岩崎は捜査の不手際を弁護している。

「そんなわけで、さっき言った車や、車に乗り込むところを目撃された人物は、本事件と無関係であると判断され、結局、容疑者を特定するに到らず、捜査本部は解散することになったのです」

「そうしますと、もし今回、栃木署管内で殺人事件が発生していなければ、そのまま迷宮入りということにもなりかねなかったのではありませんか？」

「いや、必ずしもそんなことはないです。現在もこうして継続捜査を行なっておりますからね。とはいえ、こうして新事実が浮かび上がったのは、われわれにとって、大いに幸運であったことは否定できません。その点、あなた方には感謝しておりますよ。これで捜査にも進展があるでしょう」

「そうなるといいですね。ところで、国井さんが恩人と呼ぶような人物は捜査の過程で出て来ませんでしたか」

「恩人……ですか？　さて……。いずれにせよ、新しい事実の判明に基づいて、改めて調査しましょう。では、これから早速、会議を開きますので」

　岩崎刑事課長は、両手で追いたてるような仕種《しぐさ》を見せて、浅見と山北を送り出した。

5

「もっと浅見さんから聞いておくべきことがあるだろうに」

車に乗って、日光署が見えなくなると、山北は憤慨して言った。

「国井和男の事件と、戸村浩二の事件とが繋がっていることだって、当然、推定しなきゃならんのに、あの課長はいったい、何を考えているんだ」

「山北さんのおっしゃるとおりですが、しかし、課長さんをはじめ刑事さんたちの中で、当時の事情を知っている人は誰もいないのですから、にわかに明らかになった新事実に対して、どういう措置を取ればいいのか、戸惑っているのではないでしょうか」

浅見はむしろ慰めるように言った。捜査本部はとっくに解散したのだ。専従捜査員によって継続捜査が進められていると言っても、十年もの時間が経過すれば、事件への取り組み方も、当時の事情を申し送りする作業もおざなりなものになるだろう。

「だからこそですよ。だからこそ、事情に通じている浅見さんにいろいろレクチャーを受ければいいじゃないですか。まったく、何を考えているんだか。メモのことや恩人のことだって、どこまで調べるか分かったもんじゃない」

「まあまあ……」

宥《なだ》めながら、浅見も「新事実」への対応の仕方を模索していた。

「国井さんの事件のほうは、日光署に任せておいて、僕たちは当面、戸村さんの事件を追うことにしましょう」

「僕たちって……」

　山北は呆れ顔だ。

「われわれ警察はもちろん戸村の事件を追及しますが、浅見さんをこんなふうに連れ回すわけにはいきませんけど」

「それは分かってます。マスコミにでもキャッチされたら大問題ですからね。仕方ありません。僕は僕なりに、できる範囲内でいろいろ調べることにします。しかし、何か新発見があったら、ご報告します」

「そうですな、そうするっきゃないですな。自分のほうも、捜査に進展があったら、お知らせしますよ」

「ただ、その前に、一カ所だけ付き合っていただけませんか」

「はあ、どこへです？」

「ほら、例のメモにあった『おもちゃのまち』です。その辺りで少し聞き込みをしてみたいのです」

「なるほど、いいですな。それじゃ、これから行きますか。あそこにはおもちゃ博物館というのがあって、息子を連れて二度、行ったことがある。案内しますよ」

　下都賀《しもつが》郡壬生町は、栃木県南部の中央、宇都宮の南西約十七キロ付近にある。ほぼ平坦《へいたん》といっていい、なだらかな土地に恵まれ、農業中心の町だったが、ゴルフ場や工場団地などが開発され、その一つがおもちゃのまちになった。山北の言う「おもちゃ博物館」は町営なのだそうだ。

壬生町までは日光宇都宮道路と東北自動車道と北関東自動車道を乗り継いで行けば、ほんの三十分の距離である。壬生のインターを下りると、すぐ目の前がおもちゃのまちだ。山北にとっては、栃木署へ戻る途中といってもいい。

壬生町役場で陸軍航空隊の飛行場のことを訊いてみたが、土曜とあって職員が少ない。しかし、戦時中のことに詳しい、小山田進《おやまだすすむ》という、七十五歳になる老人を紹介してくれた。

小山田家は本来は農家だが、近隣がしだいに宅地化してきて、農業だけでは立ち行かなくなったために、アパートを経営するかたわら、長男夫婦は勤めに出ている。老人夫婦は小さな畑の面倒を見る以外は、悠々自適の日々を過ごしているそうだ。

「戦争当時は、わしは国民学校高等科にいて、宇都宮の中島飛行機製作所の工場に勤労奉仕に駆り出されたりしてたよ」

老人は懐かしそうに目を細めて語る。

中島飛行機というのは、現在、スバルなどの車を製造している富士重工の前身で、世界最優秀と言われた戦闘機「疾風《はやて》」などを作っていた。戦後、その技術を生かして自動車メーカーになった。その程度の知識は浅見にもある。

「終戦の年だったかな、中島飛行機の工場が空襲に遭った。艦載機の編隊が三回もやってきて、工場を銃撃した。そのたびに防空壕《ごう》に逃げ込むんだが、わしは最初はばかにして、防空壕にも逃げなかった。そしたら超低空でいきなりバリバリッとやられて、ぶったまげて、ボイラーの中に飛び込んで助かった。宇都宮は艦載機による銃撃だけだったから助かったんだが、群馬県太田《おおた》にある中島飛行機の本社工場は爆撃で、ずいぶん大勢の学生やら女子挺身《ていしん》隊員たちが亡くなったみたいだな。工場がやられてから後は、ここの陸軍飛行場で地ならしや草とりをさせられたりしてたんだ。陸軍飛行場といっても、『赤とんぼ』という練習機ばっかしだった。それも終戦間際になると、燃料が無くなったのか、あんまり飛ばなくなって、兵隊たちは毎日、防空壕を掘ったり、畑仕事をしていたな」

「畑仕事というと、どういう作物を作っていたのでしょう？」

浅見が訊いた。むろん、国井和男の父親が軍属として飛行場に勤務していたという、そのことから発した疑問を確かめるつもりである。

「そうだなあ、まあ、米は無理だったから、サツマイモだとか、大豆だとか、麻みたいなものを作っていたな」

小山田老人は思い出し思い出しして、ゆっくり話す。

「麻ですか？」

浅見は気になった。

「ああ麻も作っていた。もともと栃木県は麻の産地なんだ。『野州麻《やしゅうあさ》』といって、いまでも足尾山の麓辺りは日本一の産地だよ。あの頃は木綿もなかなか手に入らなかったし、衣類を買うにも衣料切符というものが必要だった。兵隊でさえ、ペラペラの紙で作ったような軍服を着ていたくらいだ。麻でも何でも、繊維製品になるものなら、どんどん作ろうってことだったんじゃねえかな」

「それだけだったのでしょうか？」

「ん？　それだけとは？」

「麻の茎は繊維を取るために使いますが、麻の花や葉はどうしたか、知りませんか」

「花や葉？……さあなあ、どうしたか、知らねえなあ」

老人は怪訝《けげん》な顔をしている。どうやら、何も知らないのは事実のようだ。

「もう一つ、お訊きしますが、飛行場にいたのは兵隊さんだけでしたか。それとも、何かの研究をしているような、たとえばお医者さんが着ているような白衣を着た人などはいませんでしたか？」

「ああ、お医者ならいましたよ」

「えっ、いましたか。というと、病院もあったのですね？」

「ん？　さあ、どうだったかな？　あれは病院とは言えないかもしれんな。滑走路から少し離れた畑の真ん中に、小さな診療所みたいのがあって、そこに白衣を着たお医者が一人いたんだが……そう言われてみると、お医者はいたが、看護婦さんを見たことはなかったような気がしますな。薬の臭いもしなかったみたいだし。病人の姿も見たことがない。そうしてみると、あれは病院ではなかったのかな……」

小山田老人は考え込んでしまった。

それを汐《しお》に、二人は礼を言って、小山田家を辞去した。

「浅見さん、麻の花がどうしたとかいう、あれはマリファナのことを言っていたのですな？」

車に乗るのを待ちかねたように、山北は訊いた。

「ああ、山北さんもお気づきでしたか。確か大麻草からはマリファナやハシシュなどの麻薬が採れるのですよね」

「そう、そのとおりですがね」

「戦時中、軍は農家に麻の栽培を奨励して、集めた麻の葉などから麻薬を抽出していたそうです。麻薬は、たとえば前線の兵士が負傷した時の苦痛や、戦闘時の恐怖感を和らげるために用いたと聞いています」

「ふーん、浅見さんは何でもよく知っているもんですなあ」

山北は大いに感心してから、「待てよ」と気がついた。

「となると、浅見さん。国井和男の父親が陸軍飛行場に勤務したというのは、じつはその大麻の栽培やら、麻薬の製造作業等を指導するための要員として招かれたのじゃないですかね」

「その可能性はありますね」

「そうか、さっき、あのじいさんが言っていた白衣の医者というのは、国井和男の父親のことだったかもしれませんね。なるほど、そういうことだったのか……」

山北は得心がいったようだ。

「誇り高い植物学者が、非常時とはいえ、軍の求めに応じて麻薬製造に従事していたわけか。だから家族と一緒に住むわけにいかなかったのかもしれんですな。浅見さん、どうでしょう。父親が麻薬製造をやっていたことと、国井和男が調香師になったことと関係があるんじゃないですかね」

突然、閃いたように言った。

「まさか……」

浅見は笑いかけたが、必ずしもありえない仮説ではない。

「もし関係があるとすると、国井さんの悲劇はお父さんが植物学者だったことに遠因があるわけですね。そればかりか、戸村さんが殺されたことだって、国井さんに私淑していたところまで遡れば、そもそもの原因はそこにあったことになります」

「そうですなあ。そうしてみると、人間の運命なんてやつは、生まれる遥《はる》か昔から定まっていたことになる。いやいや、やり切れませんねえ」

山北は辛《つら》そうに首を振っている。

今日の結果を署に持ち帰って、今後の捜査方針を決めると言う山北を栃木署まで送って、浅見は帰路についた。

帰宅してから、浅見は麻……とくに大麻について調べてみた。驚いたことに、栃木県に限らず、日本では戦前まで、大麻がほとんど罪悪感なしにごくふつうに栽培されていたというのだ。老人が言った「野州麻」の茎は一般の麻布や、変わったところでは横綱の綱などに、実のほうはむしろ薬用として珍重されていたらしい。

一般に「大麻草」と呼ばれるのは、マリファナ成分……つまり麻酔性の強い「薬物型」と、麻酔性がほとんどないか、あってもごく少ない「繊維型」に大別される。

薬物型からは四百種以上の化学物質が単離されるが、その中のいくつかに、喫煙することによって陶酔感を覚えたり、判断力や思考能力が低下したり、幻覚が起きたりするものがある。

近年は、栃木で開発されたマリファナ成分のほとんどない「トチギシロ」という品種が合法的に栽培されている。しかし、この品種も野生の麻と交配すると変異して「薬物型」の性質を備える可能性を内包している。

国井和男の父親がもし軍の要請で、マリファナ成分の強い品種の改良（？）を研究していたのだとすると、陸軍の飛行場にいた理由も頷ける。

第五章　名探偵の逮捕

1

湯西川から戻って数日後、西原マヤからの手紙が届いた。浅見はメールアドレスを教えてはいないけれど、ファックスという手段があって、前回はそれを利用したのに、わざわざ手紙を送ってきたことで、彼女の優しい性格が偲《しの》ばれる。

淡いブルーの角封筒を開けると、また香水の匂いが鼻孔を心地よく刺激した。こういう匂いのついた手紙はこれで三通目だ。最初は国井由香名で、浅見を幸来橋へ誘い出した手紙。二度目は西原マヤ名で送られてきた「香りの展覧会」への案内状。そしてこの手紙。

香水のことに疎い浅見にも、それらの香水が少なくとも同じものでないことは見当がつく。とはいえ、それが何の香りなのか、花なのか、柑橘《かんきつ》類なのか、そのあたりのことになると、自信はなかった。

国井由香名で届いた手紙の筆跡は、マヤに言わせると由香本人のものと思われるそうだ。次の「香りの展覧会」の招待状の宛て名書きは男性の手によるものらしい。むろん、西原マヤは案内状を出してないと言っていた。届いたマヤの手紙の文字は、確かにそれとはまったく異質のものだった。

封を切って、少女趣味の花柄の縁取りのある便箋《びんせん》を取り出すと、香りはいっそうきつくなった。これが彼女の匂いなのか――と思った時、浅見は西原マヤが浅見のための香水を処方してくれたことを思い出した。

処方された香水のイメージは「薫る五月の風」なのだそうだ。自分が「五月の風」なのかどうかはともかく、それがいったいどのような匂いなのか、興味をそそられる。マヤの手紙には、通り一遍の挨拶につづけて、そのことが書いてあった。

〔浅見さんのためにお創《つく》りした香水、取りにいらっしゃらないので、遠慮なさっているのではないかと気にしています。もしご都合がよろしければ、ぜひお越し下さい。お電話、お待ちしております。マヤ〕

署名のあとに電話番号が付け加えられてある。日本での生活はまだ長くないだけに、縦書きの文章はたどたどしい筆跡だ。西原マヤのヨーロッパ系の美しい顔立ちが、手紙の文面とダブって、そのミスマッチが不思議な効果を醸し出している。

浅見はすぐに電話に向かった。

ベルを六回鳴らして、受話器が取られた。浅見の脳裏には、見たことのない西原家の広さや佇《たたず》まいまでが、漠然と思い浮かんだ。

「おお、浅見さん……」

マヤは外国人ふうの声を発してから、慌てて「こんにちは、マヤでございます」と、しとやかに言いなおした。艶《つや》やかな、張りのある声には、上質の香水のように人を魅了する響きがある。

「わざわざお手紙ありがとうございました。西原さんのご都合のいい時に、香水を戴《いただ》きに伺います」

浅見は自分でもおかしいほど、緊張した口調になった。対照的にマヤはリラックスした声で「まあ嬉しい」と言った。

「それじゃ、明日はいかがですか?」

むろん、断る理由はなかった。

西原家は大田区の馬込にある。三島由紀夫邸など高級な邸宅が多い街の中でも、ひときわ目立つ、瀟洒《しょうしゃ》な洋館である。地価の高い東京では、さすがに道路と建物とのあいだにあまりスペースは取れてないが、それでも車が三台は駐車できそうだ。

マヤの車なのか、瑠璃《るり》色のBMWが一台停まっている。その隣に寄り添うように、浅見はソアラを停めた。

車の音で、マヤが玄関から現れた。

「ようこそいらっしゃいました」

明るく派手な声で迎えるのは、おそらく欧米風なのだろう。しかし、挨拶の仕種《しぐさ》や客を招じ入れる優雅な物腰のしとやかさは、どう見ても日本的と言っていい。

「父は出かけておりますけど、間もなく戻ると思います。どうぞお入り下さい」

建物の外壁は、厚さが三、四十センチもありそうな石組みで、ヨーロッパの古い屋敷を連想させる。内部も日本の民家にはほとんど見られない設計だ。玄関を入った吹き抜けのホールの延長が、そのままリビングルームになっている。四連の大きなガラス戸の向こうに芝生の庭が広がる。リビングルームのそこかしこには、南国風の観葉植物の鉢植えがいくつも置かれていた。

「こういう設計は、やはりお母さんのセンスなのでしょうね」

浅見は訊いた。マヤがハーフであることは、彼女の容姿を見れば分かるけれど、母親がどこの国の女性なのかは聞いていない。

「いいえ違います。ここはもともと、アメリカ人の貿易商が建てた家なのだそうです。その人が密貿易で捕まって、そのあとを祖父が買い受けて、内部を日本人向けに改装したと聞きました。私の母はフランス人ですけど、母は父より日本的な人だったみたいです」

「あ、じゃあ、あなたのお母さんは、いまはもう……」

悪いことを訊いてしまったと後悔したが、マヤは気にしない様子だ。

「ええ、母は私が三歳の時に亡くなりました。娘の私が言うのはおかしいかもしれませんけど、とても美しい人でした」

マヤは首に下げたロケットを、パチンと音を立てて開いて見せた。いかにもフランス女性らしい、キュートな若い美人が写っている。

「ご両親は、やはりヨーロッパでご結婚されたのですか？」

「はいそうです。父と母はフランスのグラースで知り合って、結婚しました」

「グラースというと、お父さんがお勤めだった香料メーカーのC社がある町ですね」

「ええ、他にもたくさんの香料会社がありますわ」

マヤは立ち話をしていることに気づいて、応接セットのソファーを勧めた。

「ちょっと、ごめんあそばせ」

ときどき上流階級の言葉遣いが出るのは、日本語を指導した先生の癖がうつったものだろうか。

しばらく待たせて、紅茶をいれてきてくれた。

「あ、プリンスオブウェールズですね」

浅見が言うと、目をみはった。

「すごい、通なんですね」

「いや、これが好きで、これしか知らないだけですよ」

浅見は照れた。

「さっきの話のつづきですけど、父と母はグラースで一九八一年に結婚して、二年後に私が生まれました」

香りの展覧会で見た西原哲也の経歴書によれば、西原が国井和男に師事したのは一九八五年。八三年にマヤが生まれ、その三年後にマヤの母親は亡くなった。西原が国井に師事した、ほんの一年後のことだ。

浅見はバラの花と香水の香りに包まれた南フランスの風景の中で、繰り広げられたであろう人間模様を、あれこれと想像した。

「こんなことお訊きして、失礼かもしれませんが……」

浅見は遠慮がちに切り出したが、その先を言いよどんだ。

「母の死因のことですか？」

逆に、マヤがあっけらかんとした口調で言った。

「母は病気ではなく、交通事故で亡くなりました」

「えっ、そうだったんですか……」

さすがに、浅見は言葉もない。マヤもその話題は望まないのだろう。それ以上、母の死について語ろうとはしなかった。

「国井由香さんは、マヤさんより年長でしたね」

「ええ、五歳年上です」

「由香さんと最後にお会いになったのは、いつですか？」

「三年前です。由香さんはお父様の国井先生が日本で殺されたあと、いったん日本に帰ったのですが、またフランスに戻って、ニースの大学に入りました。ニースはグラースからも近いので、ときどき会っていましたが、大学を卒業するとパリの香料会社に入社して、なかなか会えなくなりました。その後、うちが日本に住むことになったので、パリでお別れ会をしたのが最後です」

マヤの顔がふっと曇った。

「メールや電話はしていたのですけど、このあいだ浅見さんにお話したように、三月の末頃から、急に由香さんと連絡が取れなくなりました。実際はもっと前からなのかもしれませんが、気がついたのがその時なのです。パリの知り合いに問い合わせてみたのですけど、やっぱり連絡がつかなくて、なんだか、由香さんが行方不明になっているみたいな口ぶりでした」

マヤはいかにも心配そうに、悩ましげに首を振っている。

浅見はマヤの表情の動きを注意深く見つめていたが、彼女がはたして演技をしているのかどうか、見極めきれない。西原マヤは二十三歳。その彼女に人を騙《だま》すほどの名演技ができるとは思えないし、そんなことを思いたくもなかった。

2

「これだけ連絡がつかないと、国井由香さんが行方不明になっているというのは、どうやら事実なのでしょう」

浅見もマヤの屈託が感染したように、首を振りながら言った。

「どうしたのかしら？　やっぱり何かの事件に巻き込まれたとか誘拐されたとかいうことではないでしょうか？」

マヤの懸念に、浅見は小さく頷《うなず》いた。

「誘拐はともかく、事件事故が絡んでいる可能性はあります。由香さんが日本に来た直後に、フィアンセだったと思われる戸村浩二さんが殺されているのですから」

「じゃあ、戸村さんの事件に関係があるっていうことですか？」

「それはまだ何とも言えませんが、タイミングとしてはその可能性が強いでしょうね」

「お二人がお付き合いしているのを妬《ねた》んだ、恋のライバルの犯行かもしれませんわね」

微苦笑を誘うような言い方だが、当のマヤは真剣そのものの表情をしている。

「いや、そういう単純な怨恨《えんこん》関係ではないと僕は思っています。戸村さん殺害の手口はかなり荒っぽいが、僕への怪しい手紙など、ずいぶん手の込んだ仕掛けですからね。そうそう、手紙で思い出しましたが、僕に『香りの展覧会』への案内状を送ってくれた人物は、誰だと思いますか？」

「さあ、それは分かりませんけど」

「宛て名書きの筆跡もマヤさんのものではないし、案内状の入っていた封筒自体、正規のものではなかったということは、こちらから送られた案内状を、誰かが僕のところに送りつけたのは間違いないと考えられます。つまり、西原さんから招待されるか、あるいは別の方法で案内状を入手できる人物ということになりますね」

「ええ、そうだと思いますけど」

「だけど、なぜでしょうね？　僕のような、およそ香水に縁のない人間に——と、不思議でなりません」

「それは浅見さんのことをよく知っている人だからではないでしょうか。住所も、それに何よりも、探偵さんであることを」

「いや、探偵というのは事実と違いますよ」

「あら、このあいだ、山北さんがそうおっしゃってましたけど」

「困るなあ……もっとも、そんなふうに間違って認識していることこそが、僕が本業のルポライターをそっちのけで探偵もどきに首を突っ込んでばかりいることを、よく知っているという証明でしょうかね」

「そして、浅見さんを事件に巻き込んだ……ですか？　考えてみると、私達父娘も、もはや得体の知れない事件に巻き込まれているのですわね」

マヤは眉をひそめた。

美しい女性の心細く頼りなげな風情ほど、男心をそそるものはない。浅見は急にマヤと二人きりでいることを意識した。彼女から漂ってくる香水の甘い匂いも、重苦しく感じられる。ちょっとでも言葉が途切れたままでいるのに、耐えきれない気分だ。

「案内状を送った相手は何人ぐらいでしょうか？」

浅見は努めて事務的に訊いた。

「五百人くらいだと思います」

「その宛て名はどなたが書いたのですか」

「ほとんど父です。私は字が下手ですから、ごく親しい友達にだけ何通か送りました」

「そうすると、その人選については、お父さんにお訊きしないとわかりませんね」

「そうですね」

「お父さんはいま、どちらですか？」

「カルチャースクールのほうだと思いますけど……」

マヤは腕時計に視線を落として、「遅いわねえ」と呟《つぶや》いて、

「浅見さん、父にそのことをお訊きになるおつもりですか？」

「できれば……いけませんか？」

「いえ、そうではありませんけど……私が何だか余計なお喋《しゃべ》りをしているようで、叱られるかもしれません」

「なるほど、それじゃ、あえてお訊きするのはやめましょう」

「そうですね、そうしていただけると嬉しいです」

愁眉《しゅうび》を開いたように笑顔を見せ、

「そうそう、肝心なものを忘れていました。ちょっとお待ちになって」

マヤは奥へ引っ込んで、すぐに現れた。掌《てのひら》の上に紺色の小箱を載せている。浅見の目の前で箱の蓋《ふた》を開けると、サファイア色の小瓶が入っている。華奢《きゃしゃ》な指で瓶の蓋を取った。たちまち柑橘系の香りが広がる。

「これ、浅見さんの香水です」

「ああ、このあいだおっしゃってた、『薫る五月の風』ですね」

「たぶんお気に召すと思います。浅見さんはあまり香水をつける習慣はないみたいですけど、せめてときどき蓋を開けて、私のこと思い出してくださいね」

なんだか意味深長なことを言うと、小箱にピンクのリボンをかけて、浅見の手に載せ、両手でそっと包み込むようにした。蠟《ろう》細工のように冷たい手の感触だったが、そのせいだけではなく、浅見は背中に冷汗が流れるほど動揺した。

「ははは、そんなことをしなくたって、忘れたりはしませんよ」

わざと無粋に笑い飛ばして、一転、真顔を作って言った。

「そうだ、一つだけお訊きしたいことがあるのですが」

「はあ、何でしょうか?……」

マヤはつまらなそうに手を引っ込めた。

「国井由香さんのお母さんですが、いつ頃、亡くなったのですか?」

「ですから、一九八六年です」

あまりにも分かりきったこと——という言い方で答えたので、浅見は面食らったが、すぐに気がついた。

「あっ、それはマヤさんのお母さんが亡くなった年……えっ、同じ交通事故で亡くなったのですか?」

「ええ、一緒に車に乗っていました。運転していたのは由香のママだったのですが、カーブで道路から飛び出してしまったのです。日頃から慎重な人でしたのに……」

「そうだったのですか……。いや、また悲しいことを思い出させてしまいました」

頭を下げた。マヤは「いいえ」と首を振ったが、不快な記憶を呼び覚ましたであろうことは間違いない。

しばらく待ったが、西原は結局、戻って来なかった。

「ごめんなさい、長くお引き止めして……でも、私は楽しかった。日本に来てから、親しいお友だちって、なかなかできなかったんです。とくにボーイフレンドがね。でも、浅見さんとお知り合いになれて、世界が変わったような気分です」

マヤは心底、嬉しそうに言って、別れ際に玄関で握手を交わした。こういう場合、ヨーロッパ風な挨拶だと、頬ずりして軽いキスぐらいするのだろうな……と、浅見は勝手に空想して、独りで照れた。

帰宅して、リビングルームのソファーに坐って、何気なくポケットの小箱を取り出した時、たまたま部屋に入ってきた須美子が「あら、きれいな箱ですね」と寄ってきた。

「どなたかのプレゼントですか？」

「いや、そんなんじゃないよ。香水の新製品の見本をもらってきたんだ」

自分のための――という部分はカットして、邪険な手つきでリボンを解いた。

香水と聞いて、須美子は女心を刺激されたらしい。坊っちゃまの手元を興味深げに見つめている。

箱の蓋を開けると、透明なサファイア色の小瓶である。

「まあ、きれい！」

こうなったら、いきがかり上、仕方がない。浅見は瓶の蓋を回して、須美子の鼻先に差し出してやった。

「まあ、すてき……まるで初夏の軽井沢に吹く風みたいに爽《さわ》やかですね。何ていう名前の香水なんですか？」

「名前っていうか、一応、イメージは『薫る五月の風』っていうんだけどね」

「あ、やっぱりそうなんですね。坊っちゃまにぴったりです」

「よせよ。僕が使うわけじゃない」

浅見は顔が赤くなるのが分かった。

「どうしてですか？　坊っちゃまがお使いになればいいのに」

「僕は香水なんかつけたことがないんだ。よければ須美ちゃんに上げるよ」

「だめですよ、もったいない。それに、これは男性用の香水ですもの」

「ふーん、香水にも男性用、女性用の別があるのか」

「それはもちろん、ありますよ」

何でも知っているはずの坊っちゃまだが、お洒落《しゃれ》に関する点についてはまるっきり無知であることを知って、須美子は呆《あき》れ顔だ。

「でも、男の方はそんなこと、知らないほうがいいんですよね」

妙な慰めを言っていた。

3

その日も夜遅くまで、浅見は香水の勉強に没頭した。いままで、およそ無関係の世界と思っていただけに、難しくて多少、厄介ではあるけれど、調べれば調べるほど、のめり込むような興味が湧いてきた。

翌朝、目覚めた時に浅見は頭痛を感じた。一瞬（インフルエンザ？……）と思ったが、それほどの重症ではなく、しばらく横になっているうちに痛みは薄れてきた。単なる寝不足か、頭の使い過ぎかもしれない。

このところ、テレビのニュースや新聞紙面には、インフルエンザの特効薬・タミフルの副作用と思われる「事故」について、連日のように報道されている。浅見の過剰反応もそのせいなのだろう。

その夜の浅見家の食卓でも「タミフル」のことが話題にのぼった。

「怖いですねえ」

兄嫁の和子が雪江に話している時、浅見はテーブルに着いた。

夕刊に、中学生の男子が突然、マンションのベランダから飛び下り、亡くなったという記事が出ている。

「中学生ぐらいの年代の子が、いちばん事故に遭いやすいのですってね。雅人《まさと》や智美《さとみ》がインフルエンザに罹《かか》ったら、どうしたものかしら。心配ですこと。光彦さんはこの問題について、お詳しいのでしょう?」

「はあ、詳しいというほどではないですが、一応、知識はあります」

タミフルと、精神・神経症状との因果関係は明らかになっていないが、過去にタミフル服用後、少年が異常な行動に出て、時には死亡する例もあったことから、厚生労働省は添付文書の「重大な副作用」欄に「精神、神経症状(意識障害、異常行動、譫妄《せんもう》、幻覚、妄想、痙攣《けいれん》等)が現れることがあるので、異常が認められた場合、適切な処置を取る」ようにせよと追記している。

異常行動のタイプには驚くほど共通したものがある。深夜、突然走りだし、ベランダから飛び下りる……というものだ。マンションの高層階から飛び下りた場合には助からないが、一軒家の二階から飛び出して、足の骨折程度で助かった例もいくつかある。

そういうケースでの「患者」からの聴き取り調査によると、本人にはまったく意識はないのだそうだ。ただ、何者かに「飛べ」と命じられた……というような供述を得た例もあるらしい。もしそれが事実だとすると、何かの衝動に駆られて異常行動に出るのだろうけれど、そのメカニズムはまったく解明されていないという。

浅見の解説に、姪《めい》と甥《おい》はもちろん、日頃は口の悪い雪江をはじめ、和子も、須美子までもが感心して聞き入った。

しかし浅見は、家族にその話をしながら、頭のほうはべつの方向に働いていた。二十年前に起きたフランス・グラースでの自動車事故のことだ。

国井夫人が日頃からは考えられない運転ミスをしたという、その状況がタミフルによる副作用のケースと似ているのではないだろうか……。

食卓の話題は、憂鬱《ゆううつ》な「タミフル」からとっくに離れて、智美と雅人の学校での話題に移っていたが、浅見の脳細胞は、いま浮かんだ着想に取りつかれてしまった。

タミフルの副作用などは、医療関係者はもちろん、発明に携わった化学者や研究者たちですら予測しえなかったものだったにちがいない。それと同じ結果を、国井和男が開発したばかりの香水が引き起こした可能性はあり得るのではないか……。

科学が進歩しても、宇宙の事象どころか、人体の不可思議ささえ、すべて解明されたわけではない。人間の脳のはたらきなど、その中でも最も神秘的なものなのだろう。化学物質による刺激で、脳細胞が予測不能な反応を見せることだってあり得るにちがいない。それはすでに人《じん》智《ち》を超えた神の領域というべきものだ。

国井和男はその「神秘性」に触れ、神の領域を冒したのではないだろうか。そうして生まれた「秘密の香水」が、もろもろの事件の発端になったのかもしれない。

誰もいなくなった食卓に独り残って、浅見は心臓が締めつけられるような思いで、自分の着想と向かい合った。

自室に戻ってからも、ベッドにひっくり返って、さらに「秘密の香水」と国井和男の事件のことに思いを馳《は》せた。真相がどうであれ、彼の事件が、今回の戸村浩二殺害事件に遠く暗い影を投げかけていることだけは間違いなさそうだ。

部屋の中には、かすかに『薫る五月の風』の香りが漂っている。

「秘密の香水」などというものがあるとすれば、その香水はどういう香りがするのだろう。それこそ媚薬《びやく》のような怪しい効果をもたらす香水かもしれない。

4

今度の「事件」には、最初から怪しげな気配が漂っていた。そもそもが、例の「国井由香」からの手紙に始まっている。

次いで、「香りの展覧会」の案内状を誰が送ったのか……が不思議だ。西原親子ではないと本人たちは言っているが、本当にそうなのだろうか。差出人に心当たりがないというのも、疑問が残る。

あの親子には、どこかふつうの日本人の感覚とはズレたところがある。外国人の血が半分混ざっているマヤのそれは納得できるとして、父親のほうにも、どこかストレートに通じない、ガラスの障壁のようなものがあるのを感じる。天才や芸術家にありがちな、屈折した感性の持ち主なのかもしれない。

もしマヤが言ったとおり、何者かがこっちの「探偵」という素性を知っていて案内状を送ったのだとすると、その目的は何だったのだろう？　二つの殺人事件のどちらかにその人物が関わっていたのなら、わざわざ「探偵」を呼び寄せるような危険を冒すとは考えにくい。

次の日、西原家に電話してみたが、留守だった。カルチャースクールに電話すると、西原から今日のレッスンは休むとの連絡があったという。

「ご病気ですか？」

「そうではないみたいですけど」

「こんなふうに急に休講することはよくあるのでしょうか？」

「いえ、こんなことは初めてです。西原先生はとても几帳面《きちようめん》で、時間も正確ですし、講義のテキストも一週間前から用意なさるほどです。生徒さんに迷惑がかかるようなことは、絶対になさらない主義だと思いますが」

その西原先生がどうして？——と、電話の女性も当惑している様子だ。

浅見は黒い霧のような不安が、ゆっくり湧いてくるのを感じた。マヤまでが留守だったことも気になってきた。

西原が急に講義を休んだ理由として考えられるのは、いまのところ、浅見がマヤに「お父さんに会いたい」と言ったことぐらいしかない。

ふいに、西原親子が視界から消えてしまうような想像が浮かんだ。先日、マヤが言った「その香水で私のことを思い出してくださいね」という言葉が、胸の中で暗雲のように広がった。

その想像を裏打ちするように、それから後も西原親子との連絡がつかなかった。夜に入ってから、何度か電話をかけてみたが、いずれも留守番電話のメッセージが応対するばかりだ。

翌日、浅見はソアラを駆って馬込の西原家を訪ねた。駐車スペースは空っぽ。チャイムを鳴らしてみたが応答はない。試しに玄関ノブを回したが、ロックされていた。

浅見はしばらく思案して、張り込みに入ることにした。西原家の前から五十メートルほど離れた路上にソアラを停め、背もたれを倒して長期戦に備える覚悟だ。

居眠りぐらいしても、西原もマヤもマイカーで動いているはずだから、駐車スペースに車があるかないかで、帰宅したかどうかはすぐ分かる。

すぐ目の前に小さなレストランがあった。腹が空いたらそこに入り、トイレもそのついでにすます。難を言えば、道路がそれほど広くなく、むろん駐車禁止であることだ。通りすがりの近所の住人が、一様に胡散《うさん》臭い目で覗《のぞ》いてゆくのには閉口する。

時間はどんどん経過した。昼、レストランでオムライスを食べ、二時にコーヒーを飲み、四時にアイスクリームを食べ、そろそろ夕飯のメニューを考えようかという時に、異変が起きた。

パトカーが一台やってきてソアラの前方に停まった。警察官が二人降りてきた。車の中にはもう一人いる。一人が浅見の車のナンバープレートを確認し、一人がドアの脇に立って挙手の礼を送ってきた。まだ二十二、三歳の若い警官だ。浅見は仕方なく窓を開けた。

「お忙しいところ、ちょっと失礼します。免許証を拝見できますか？」

忙しくないことぐらい、見れば分かりそうなものだが、こういうのも職務質問のマニュアルにあるのだろう。

「ここは駐車禁止区域ですが、お分かりですね？」

「ええ、分かっています」

「だいぶ長いこと停めているようですが、何をしているのですか？」

「ちょっと人を待っています」

「どなたをですか？」

「友人です」

「ご友人のお名前は？」

「それは言う必要はないでしょう」

「言っていただきたいのですがねえ」

「どうしてですか？」

「どうしてって、あなた、それじゃ、どうして言えないのですか？」

「ですから、言う必要がないからです」

「必要があるかないかは自分が判断します。言ってもらわないと困るのですがねえ」

「なぜ困るのですか？」

「なぜって……分かりました。それでは理由をご説明するので、ご面倒でも署のほうに来ていただきましょうか」

「冗談じゃないですよ。僕はここで友人を待たなければならないのです」

「それじゃ訊きますが、そのご友人とは何時に約束したのです？」

「いや、時間は決めていません」

「そんなばかなことはないでしょう。時間を決めずに、えんえんと待っているのは、われわれは『待ち伏せ』と呼んでおります。場合によっては犯罪の準備行為と見なすこともあるわけです。どうなんです？　誰かを待ち伏せているのではありませんか？」

「違いますよ。こういうのは、警察の用語で言うと『張り込み』というのかもしれませんが、僕には罪を犯す意図はありません」

「とにかく、どういう事情なのか、警察で話を聞きましょう。近頃は拉致《らち》事件なども多発しておりまして、この界隈《かいわい》では不審者情報なども寄せられておりますのでね」

「これもその不審者情報によるものなのですか」

「まあ、そう思ってもいいです。とにかく車を降りてください。あなたの車は自分が運転して行きますので、あなたはパトカーに乗ってください」

「もし断ったらどうなります？」

「その場合は公務執行妨害容疑で、現行犯逮捕することも可能です」

「やれやれ……」

浅見は肩をすくめた。この分だと、本気で手錠をかけかねない。だからといって西原家を張っているなどと話せば、さらにややこしいことになるだろう。身の不運と諦《あきら》めて、警察官の指示に従うことにした。そうでないと自宅まで連絡が行くかもしれない。

池上《いけがみ》署の裏手の駐車場にソアラを置いて、署内の、それも刑事課の部屋に連れ込まれた。地域課ではなく刑事課で事情聴取されるらしい。そんなふうにいきなり被疑者扱いされるとは思っていなかったから、浅見もだんだん腹が立ってきた。こうしている間にも西原親子が帰宅しないとはかぎらない。いままでの苦労が水の泡だ。

夕刻とあって、刑事課の部屋は外回りから帰ってきた私服の刑事たちで賑《にぎ》やかだった。地域課の巡査は、刑事に事情を説明してバトンタッチするつもりのようだ。入口付近で話を聞いた刑事が、奥へ向かって「係長」と声をかけた。

振り返った男が浅見の顔を見て、「あれっ？」と目を丸くした。

「なんだ、浅見さんじゃないですか。こんなところで何をしてるんです？」

「あっ、堀越《ほりこし》さん」

浅見も驚いた。以前、『津軽殺人事件』（光文社文庫）の時に捜査協力をした赤坂《あかさか》署の堀越部長刑事がそこにいた。

「堀越さんこそ、どうしてここに？」

「転属です。いまはここで捜査係長をやってますよ」

「じゃあ、警部補に昇進ですか」

「ははは、まあ、そういうことです」

堀越は照れ臭そうに笑って、「ところで、浅見さんは？」と、浅見を連行した二人の巡査のキョトンとした顔を交互に見た。

何はともあれ「無罪放免」してもらって、浅見は堀越警部補に今回の一連の出来事をかいつまんで話した。

と言っても、全部を理解してもらうにはかなりの時間を要するだろう。とりあえず、栃木市で起きた戸村浩二殺害事件を追いかけていたら、十年前の国井和男殺害事件に行き当たり、それらの事件の背景に、どうやら香水の開発を巡るトラブルが存在するらしいことが浮かび上がってきた——といったことを解説した。

そのあげく、西原哲也、マヤ親子が事件の鍵を握っているのではないかというところまで探り出して、事情を確かめるために「張り込み」をしていたら「逮捕」されたというわけだ。堀越は浅見名探偵が逮捕されたと聞いて、大いに喜んだ。

5

「つまり、その西原という人物が、事件解明の鍵を握っているのですな」

堀越は、鋭いベテラン刑事の目つきに戻って、言った。

「そこまでは断定できませんが、とにかく会って、事情を訊きたいと思っています」

「分かりました。いいでしょう、そういうことなら全面的に協力しますよ。しかし、浅見さんが車で張っていたんじゃ、ストーカーか何かに間違われかねない。ここはひとつ、われわれに任せてください。餅《もち》は餅屋です」

堀越の厚意に甘えて、浅見はひとまず自宅に帰った。

午後十時に堀越から電話があった。西原家の駐車場は依然として空っぽのまま、家の中も真っ暗だそうだ。

「どうしますか、張り込みを続けますか」

「いえ、もう結構です」

この事件の捜査にはまったく関係のない池上署に、自分の思いつきのようなことで迷惑をかけるわけにいかない。

「そうですか。それじゃ今日のところはここまでにしておきます。また明日の朝から、ときどき覗いてみます。車が戻って来ているとか、何か変わったことがあったら、浅見さんのところに電話しますよ」

「ありがとうございます」

礼を言って電話を切り、浅見はベッドに寝転がった。

西原親子に何かが起きそうな不安が、ますますつのってくる。マヤの深い碧色《あお》の瞳《ひとみ》と、蠟細工のように繊細な手指の感触が、脳裏に蘇《よみがえ》った。

（あの滑らかな皮膚は、母親譲りなのだろうか――）

ふと、とりとめもなく思った。

西原哲也の手指も芸術家らしい繊細なものだったが、マヤのあの透き通るような白い肌は、明らかにヨーロッパの女性の遺伝子を受け継いでいる。

彼女の母親はマヤが三歳の時に亡くなったと聞いた。一九八六年のことである。

「何があったのだろう……」

浅見は思わず呟《つぶや》き、ベッドの上に身を起こした。

国井和男が開発した香水が、タミフルのような副作用をもつ「秘密の香水」ではなかったか……という着想は、素人のほんの思いつきでしかなかった。だが、その着想をもとに、西原にもう少し深く突っ込んで聞いてみる必要がある。警察はもちろん、浅見の「捜査」でも、国井の妻と西原の妻が死んだ「自動車事故」については、何も分っていないと言っていい。

国井の妻が西原の妻と同じ自動車事故で亡くなったことはマヤから聞いた。しかし、どのような状況で死んだのか、詳細までは確かめていなかった。もちろん、そのことに意味はないのかもしれないが、浅見にしてみれば結果的に、その部分をなおざりにしていたことが、妙に気になった。

翌日、浅見は西原家に電話してみたが、やはり留守らしい。堀越警部補からも何も言ってこない。念のため、カルチャースクールに電話を入れたが、「本日は西原先生の講座はございません」という返事だった。

ところが、その電話の受話器を置いた時、ベルが鳴った。キッチンから須美子が顔を覗かせたが、光彦坊っちゃまが電話に出たのを見て、様子を窺《うかが》っている。

浅見が受話器を握りなおして「はい浅見です」と言うと、「あっ、浅見さん」という、甲高い声が飛び出した。

「マヤです。西原マヤです」

「やあ、どうも、こんにちは」

浅見は須美子に左手を挙げて制してから、心臓の鼓動を聞かれないように、努めて明るく、さりげない口調を装って挨拶した。昨日から捜しまくっていたことなど、おくびにも出さない。

「ちょっとお待ちください。いま父に代わります」

(お父さん……)

何となく水を差された感じである。

「西原です。浅見さん、ちょっと、折入ってご相談したいことがあるのですが、これから会っていただけませんか」

「いいですよ、ちょうど暇を持て余していたところです」

「じゃあ、帝国ホテルのロビーで二時に、いかがでしょうか?」

「分かりました。それで、どういうご相談ですか?」

「それは……詳しいことはお会いした時にお話しします」

西原は「それじゃ」と電話を切った。

二時前に、帝国ホテルに着いた。浅見は逸《はや》る気持ちを抑えながらロビーへと急いだ。ロビーは浅見の思いとは対照的に、ゆったりと静かに時を刻んでいる。にこやかに語り合う外国人の老夫婦。打ち合わせに熱心なビジネスマン。ファッション雑誌から抜け出たような女性。

さまざまな人々が、穏やかな照明の中、紅《あか》い絨毯《じゅうたん》の上を、まるでスローモーションのように行き来する。

玄関の方角を向いて、ロビーの真ん中に佇《たたず》んでいると、フロント係が近づいてきた。

「失礼ですが、浅見様でいらっしゃいますか？」

「ええ、そうですが」

「ご伝言がございまして、西原様から、２９７４号室にお越しくださるようにとのことです」

２９７４号室は、新館のインペリアルタワーのルームナンバーだ。本館がロビーから直接、エレベーターでどのフロアへも行けるのと異なり、インペリアルタワーへは、本館から渡り廊下を通ってガラスの壁面で仕切られた奥へ入ることになる。かなりセキュリティーへの配慮が行き届いているようだ。

ノックすると、待ちかねていたようにすぐにドアが開いた。マヤが立っていた。白い顔がいっそう血の気を失って、透き通るように青ざめている。その奥から西原が頭を下げた。

「やあ、どうもわざわざお呼びたてして、恐縮です」

部屋はセミ・スイートというのだろうか、それほど豪華ではないが、次の間つきのゆったりしたスペースだ。ソファーとテーブルを挟んで向かい合う肘《ひじ》掛《か》け椅子が二脚ある。西原は浅見にソファーを勧めた。

「浅見さんはお車ですね」

マヤが冷蔵庫を開けて、ジンジャーエールのビンを出している。

「何があったのですか？」

坐《すわ》るのももどかしく、浅見は訊いた。

「じつは、そのご説明をするのには、長い話をしなければならないのですが」

西原は困惑しきったように言った。

「どんなに長くても結構です。僕は今日は夜中まで暇ですから」

「いや、そんなに長くはなりませんがね」

苦笑しながら、マヤの注いでくれたビールの泡を啜《すす》った。浅見もつられて、ジンジャーエールで喉《のど》を潤した。

マヤは父親の隣に腰を下ろした。長い脚を斜めに揃えたポーズが眩しい。

「私の話を聞いていただく前に、浅見さんにお詫《わ》びしなければなりません」

「はあ、どういうことでしょう？」

「じつは、初めて浅見さんに銀座の画廊でお会いした時、あまり誠実にお答えしなかったことを反省しているのです」

「ああ、そのことですか。それならお互いさまではありませんか。初対面の相手に、無警戒にすべてをさらけ出すようなことは、誰にしたってしないのが普通だと思いますが」

「そうですか、そんなふうにおっしゃっていただけば、気が楽になります」

西原は軽く頭を下げた。

「それでは本題に入らせていただきますが、浅見さんは、私の妻が、フランスのグラースで交通事故に遭い、亡くなったことは、すでにマヤから聞いていただいてますね」

「ええ、お聞きしました。国井和男さんの奥さんの運転する車だったそうですね」

「そのとおりです。それにもう一人」

「えっ、ほかにもいたのですか？」

「そうです。沼田皇奈子さんという少女が同乗していました」

「じゃあ、亡くなったのは三人……」

「いや、皇奈子さんは比較的軽い怪我で済んだのですが、彼女の人生はそのことで狂ってしまった。というのは、彼女はピアニスト志望でフランスに留学していたのだが、事故によって手を傷めましてね。本来の目的を断念せざるを得なくなったのです」

「その皇奈子さんというのは、国井さんや西原さんとは、どういう関係の女性ですか」

「彼女の祖父にあたる人が、国井先生のいわばパトロンだったのです。国井先生の才能に早くから気づいて、留学の費用などをすべて出資した。国井先生が大成なさってから、その恩返しに、お孫さんの皇奈子さんを引き受けられたのです」

「恩返し……」

浅見はその古めかしい言葉に反応した。野門の小松紀代は、「国井さんは恩人を訪ねる」と言っていたのだ。

「そうすると、国井さんにとって、皇奈子さんのお祖父《じい》さんは『恩人』と言える人物なのですね」

「そうでしょうね」

「しかし、その恩返しが、結果的にかえって仇《あだ》になってしまったというわけですか」

「まあそうなのですが、しかし必ずしもそうとばかりは言えませんでね。浅見さんは『塞翁《さいおう》が

馬』という諺《ことわざ》をご存じですか？」

「はあ、その程度の知識はあります」

「いや、これは失礼。いまどきのお若い方は古い話はご存じないと思いましてね。このマヤなどは何も知りませんからな」

「それはマヤさんは……」

あやうく「外国人」と言いそうになって、口を閉ざした。

「とにかく、事故直後は皇奈子さんは悲嘆にくれましたよ。奥さんを亡くされた国井先生はもちろんですが、妻のジョセフィーヌを亡くした私どもも大変でしたがね。ところが皇奈子さんは健気《けなげ》でしたな。ショックから立ち直って、国井先生のお弟子になって、調香師への道を歩む決心をしたのです。これが大成功でした。

まあ、こんなことを言うと皇奈子さんに叱られるかもしれないが、彼女はピアニストとしてより、調香師としての才能のほうに恵まれていたのではないかと思われるほどです。そして、日本に帰国すると間もなく、お祖父さんが創立し、現在はお父さんが経営する会社に香水研究所を新設して、ご自分がそこのチーフになりました」

「ほうっ、それはすごいですね。その研究所というのは、どこにあるのですか？」

「栃木県の今市です。いまは合併して日光市になりましたが」

「えっ……」

浅見は驚愕《きょうがく》で、一瞬、息を飲んだ。ということは、やはり西原はメモの内容に心当たりがあったのだ。

6

例の戸村が持っていたメモに書かれていた四つの地名のうち、「今市」が突然、浮上してきた。「恩人を訪ねる」と言っていたことと思い合わせても、国井和男の目的地の一つは沼田家がらみだったと考えて間違いなさそうだ。

「というわけで、皇奈子さんのことは『終わりよければすべてよし』ということになりましたが……」

西原はよほど諺が好きらしい。

「問題は国井先生のほうに生じましてね。事故の後、先生は非常に落ち込んだのです。まあ、ご自分の奥さんの運転ミスで、私の家内や皇奈子さんを死傷させたことに責任を感じられたのかと思っていたのですが、じつはそれだけではなかったらしい」

そこで言葉を切って、長いこと沈黙に沈んでしまった。かといって、話が終わった訳ではないらしい。話すべきか話さざるべきか迷っている様子だ。浅見は辛抱強く、西原の口が開くのを待った。

「十年前、国井先生が日本へ旅立たれる直前、私を呼んで、ある重大な事実を打ち明けられたのです。そして、香水を一瓶、手渡されました。娘のマヤが成人したら、これを上げてくれと言われましてね」

西原がマヤに目配せすると、マヤは立って行って、隣室から、紫の袱紗《ふくさ》で包んだ、方形の物を持ってきた。

マヤがテーブルの上で、何やら恭しい手つきで袱紗を開くと、寄木細工の箱が出てきた。一見すると箱根名物の寄木細工のようだが、模様の特徴にイスラムの文化が感じとれる。

蓋を取ると、朱色の布に包まれた物が入っている。布を広げると、透明なクリスタルガラスの小瓶であった。クリスタルガラスには、繊細な透かし彫りで三匹の蝶が描かれている。どの蝶も羽を広げているのだが、舞っているというより、香水に群がっているようなイメージだ。

恐る恐る手に取って明かりにかざして見ると、中身はいくぶん琥珀《こはく》色を帯びた液体で、ほぼ瓶の口まで満たされている。瓶の蓋はまだしっかりと封蠟されていて、香水の匂いが漏れることはない。

「この香水は特別なものなのでしょうか」

浅見は素朴に質問した。

「特別なものなのです」

西原はおうむ返しのように答えた。

「なるほど、この香水には重大な欠陥があったのですね」

「えっ、どうしてそれを……」

西原は反射的にマヤの顔を見た。マヤは「私は話していない」というように首を振った。

「インフルエンザの薬であるタミフルの副作用から思いついたのです」

「うーん、さすがは浅見さん。そうなんです、国井先生は、じつに重大な秘密を明かされたのです。先生の奥さんが起こした自動車事故の原因は、この香水にあると」

「詳しく話していただけませんか」

「少し、ややこしい話になりますが」

西原は前置きをして、しばらく思案を纏《まと》めてから話しだした。

「人間には五感があって、その一つが嗅覚なのですが、最近になってある学説が注目されるようになりましてね。嗅覚器官以外にも、ヤコブソン器官あるいは鋤鼻《じょび》器官と呼ばれる感覚器官があって、物質が発する化学的な成分なり物質なりを直接、受容し、その刺激を受けることによって、ある種の反応や行動を起こさせるのではないか……というのです。

これはまだ、科学的には解明されてはいないのですが、そういう反応があること自体は、人間以外の動物ではすでに認められているし、人間でも乳幼児段階では存在し、成長とともにその能力が後退してしまうものの、ごく微弱ながらその反応があると考えられるのです。

私が国井先生に師事したのは一九八五年ですが、先生はそれ以前からこの研究に没頭されていたようです。香水に、匂い以外の化学的刺激を発生する物質を加味し、人間の意識下の感覚に訴求する……まあ、究極の香水といってもいい画期的なものです。問題の、自動車事故が発生する少し前に、先生はこの発明を完成させたと思われるのです。そしてあの事故が起きてしまった」

「というと、国井夫人はこの香水を使ったのですか」

「先生はそうおっしゃってました。事故からしばらく経って、唯一の生存者である沼田皇奈子さんの口から、事故当時の様子が語られたのですが、先生の奥さんは出掛けに、こっそり新しい香水を使ったことを話していたそうです。そして、奥さん自身、異様なハイの状態を香水のせいではないかと言っていたというのです。

その時、奥さんはおそらく、香水の成分から発生する物質の刺激によって、幻覚に似た症状に陥っていたのではないかと考えられます。ある意味、それが国井先生の追求していた『究極の香水』の効果でもあるわけですが、人間を異常行動にはしらせる危険を内包していることが分かった。先生はショックを受け、その時点でその香水の研究開発を封印することにしたのです」

文字どおり「封印」された香水が目の前にある。

「しかし、研究開発は封印されたと言いながら、香水自体は破棄されることなく、こうして存在しているのですか」

浅見はその矛盾を衝《つ》いたつもりだ。

「ご指摘のとおりです」

西原は小さく頷いた。

「先生はそのこともおっしゃっていました。その香水を棄《す》てきれない……と。調香師のロマンとでもいうのでしょうかなあ。そこまで到達した成果を、すべて烏有《うゆう》に帰すことが耐えきれないとおっしゃっていた。いまはまだ未完成だが、この欠陥を修復して、本来、理想としていた『究極の香水』が誕生する可能性は、必ずあるはずだ。自分はそれから手を引くが、後継者によって研究が続行されることを望んでいるというのです」

「それを西原さんに託したのですか」

「いや、私にではなかった。微力とはいえ、私も国井先生の助手を務めることによって、その香水の開発に手を貸していたことになりますから、その資格がないということもあるのだが、先生はそれだけでない、ひとつの夢を思い描いておられたのです。

事故の後、先生はカトリックの信仰をいっそう強く持つようになられたのですが、とりわけ『三位一体』の思想に傾倒されました。そのことと『究極の香水』の構造とが、ダブルイメージのように重なったのだそうです。それはどういうことかというと、じつは、ここにある香水は、それ自体は、平凡とは言えないまでも、ごく通常の配合による通常の香水なのです」

「えっ、というと、これは『究極の香水』ではないのですか？」

浅見はテーブルの上で、穏やかな光を浮かべている小瓶を指さした。

「そうであって、そうではない……と申し上げましょうかね」

西原は悪戯《いたずら》っぽい目で笑った。

「つまり、これは『三位一体』のうちの一つでしかないということです。じつはほかに二つの香水があって、その三つが合体することによって、初めて『究極の香水』が誕生するというわけです」

「なるほど……それで、残りの二つの香水はどこにあるのでしょう？」

「そこがさっき言ったように、国井先生のロマンを感じさせるゆえんなのですが、先生は三つの香水をギリシア神話の『三美神』になぞらえた三人の女性……娘たちに、それぞれ一つずつ預けることを思いつかれた」

　ギリシア神話の「三美神」とは、ボッティチェリの名画「春」などに描かれている三人の女神で、それぞれ「輝き」「喜び」「花の盛り」を象徴している。国井和男が三美神になぞらえたということから、三人の女性の美しさが彷彿《ほうふつ》としてくる。

「三つの香水の一つは、私の手を通してこのマヤに与えられたのですが、先生は一つは沼田皇奈子さん、そして最後の一つはお嬢さんの由香さんに渡るように希望しました。ところが、そのために帰国した十年前の日本で、国井先生は思いがけないアクシデントに遭われ、肝心の由香さんに渡るはずの瓶の行方が、分からなくなってしまったのです」

　ようやく、ストーリーの核心部分が見えてきた。

「ということは、今市の沼田皇奈子さんへの香水は、無事に手渡されたのですね？」

「そのとおりです。皇奈子さんはその時、すでに二十三歳になっていたので、国井先生が香水を解禁する条件である成人だったことになります。先生の目論見《もくろみ》としては、三人の娘たちがいずれも成人し、しかもそれぞれが香料のエキスパートを目指して精進している状況の中で、まったく新しい形の『究極の香水』が誕生することを望まれたのでしょう。

もしかすると、先生ご自身がその作業に手を貸し、あるいはコーディネートなさりたかったのかもしれません。ただ、もともとそれをご自身の代で完成されるつもりがなかったことは確かです。なんとなれば、日本へ帰国する際、自分にもし万一のことがあれば、『究極の香水』の完成に手を貸してやって欲しいと、私におっしゃっていたのです。まさかとは思いますが、何か予感めいたものがあったのでしょうか。不幸にして、それが現実のこととなった。

その先生の付託に応《こた》えるべく、私はマヤが成人して、香水開発の資格を得るのを待って日本へ帰って来たのです。ところが、その時になって、最も肝心の由香さんの手には、香水が渡っていないことが分かった。先生が帰国された時、由香さんはまだ十八歳で、成人前でした。だから先生は、直接、香水を渡すことを躊躇されたと考えられます。香料についてまだ十分な知識のない娘さんが、重大な発明を手にすれば、どのような暴走を招くかしれないと思われたのでしょうか。

となると、国井先生は日本に帰られた時、どこか頼りになる人物に、由香さんへの香水を預けた可能性が強い。それはいったいどこの誰なのか。ともかく、由香さんに事実関係を伝えて、心当たりを探すことにしました。驚いたことに、私がその話をするまで、由香さんは『究極の香水』のことをまったく知らなかったというのです。

しかし、由香さんは、国井先生が日本で頼れる人といえば、ほかに思い当たる人はいないという人物を教えてくれました。聞いてみれば当然のことで、それはお母さんのご実家である守《もり》山《やま》家だったのです。じつは、あまり詳しい事情は知らないのですが、国井先生ご夫妻は、いわゆる駆け落ち結婚のようなことだったようです。お酒で機嫌のいい時、先生が、じつは奥さんのご実家の猛反対を押し切って、フランスへ略奪したのだ……と、笑っておられたのを思い出します」

「なるほど……」

浅見は興奮を抑えきれずに、言った。

「そのご実家が『おもちゃのまち』か『錦着山』にあるのですね」

「『おもちゃのまち』の方です。戸村君の残したメモを見せられたとき、すぐに気付いたのですが……」

西原は頭を下げた。

7

浅見はほとんど感動と言ってもいい驚きに襲われていた。国井和男が帰国して訪ねようとしていた四つの場所のうち三つがクリアになった。

「『錦着山』についてはご存じありませんか」

「そこだけはまったく心当たりがありません」

「そうですか……それで、その由香さんへの香水は、国井夫人のご実家にあったのですか?」

何よりもそのことが気にかかった。

「いや、そのことを由香さんに確かめましたが、ご実家に香水はありませんでした」

西原は残念そうに首を振った。

「国井先生が奥さんのご実家に行かれたことは確かなのだが、受け入れてもらえなかったのだそうです」

「ほうっ……なぜですか？」

「十年前のその当時、奥さんのお父上がご存命でしてね。国井先生を玄関払いにしてしまったのですな。お父上は、娘を奪い去った上、交通事故で死なせたと怒ったそうです」

「何ということを……」

「そんなわけで、香水を預けるどころではなかったのでしょう。先生はそのまま持ち帰られたと思われます。沼田皇奈子さんと会ったのはその後で、皇奈子さんには香水がちゃんと渡されている。それから、何でも、湯西川へ行って幼馴染みに会われたことまでは分かっているのですが、それ以降はまったく足取りが摑めないのだそうです」

「ちょっと待ってください。いまのお話ですと、国井さんが沼田皇奈子さんを訪ねたのは、湯西川へ行く前だったように受け取れるのですが、後ではなかったのですか？」

「そうですな。確か、皇奈子さんはそのように言っていたと思いますが、私の勘違いかもしれません。しかし、そのことが何か？」

「ええ、前か後かで、だいぶ事情が変わってきます。そのことについて、西原さんは皇奈子さんに確かめてみることはできないでしょうか？」

浅見は国井が訪ねたという「恩人」の存在が気になっていた。

「いや、確かめたくても、だめなのですよ」

西原は片頬を歪《ゆが》めて、言った。

「どういうわけか、皇奈子さんのわれわれに対する態度が急変しましてね。非常によそよそしいというか、ガードが固いというか、とにかく電話は通じないし、会社に電話しても、明らかに居留守を使って、取り次いでもらえないのです。皇奈子さん本人がそうする理由はないので、おそらく周囲の圧力がかかっているのだとは思いますがね」

「どういうことでしょう？」

「さあねえ、おそらく国井先生の香水の価値を知って、その秘密を守ろうと、会社側がガードを固めたのではないでしょうか。その証拠に、ある時期から皇奈子さんの父親の会社……沼田皇漢製薬が、逆に私のほうにアプローチをかけてきて、ほかの香水の在り処《か》を打診してくるのです。私は適当にあしらっていたが、最近になって、それがきわめて切迫した雰囲気になりましてね。どういう事情があるのか知りませんが、明らかに焦りを感じさせるほど強引な言い方で、香水の権利を譲るように申し入れてきました。

とくに例の、県庁堀で遺体が発見された、戸村浩二君の事件が起きた頃からは、もはや脅迫としか思えなくなってきた。いや、冗談でなく、生命の危険さえ感じて、こうして逃げ隠れしているのです。現に三日前の夜、マヤが帰宅しようとしたところ、当家の玄関先に黒っぽい不審な車が停まっていて、二人の男が玄関ドアに触れていたのです。たまたまそこにパトロールの警察官が通りかかったため、何事もなく立ち去ったそうですが、もし、われわれのどちらかが在宅していて、不法に侵入されでもしたら抵抗できませんからね。事態がはっきりするまで、ひとまずホテルに避難したというわけです」

「なるほど……それで、警察に通報することはお考えにならなかったのですか」

「警察？　ははは、警察など、頼りになりませんよ。警察は何か事件が起きて、人が死にでもしないかぎり、真剣に取り合ってくれませんからな」

浅見にも西原の気持ちは理解できる。だからといって、警察に身辺の警戒を頼むことの無意味さを否定できないのが、刑事局長の弟としては辛いところだ。

「それはともかく、いずれにしても、由香さんの香水の行方は分からなくなってしまったのですね」

「そのとおりです」

西原は頷いたが、「ところが、じつを言うとですね」と勢い込んだ口ぶりになった。「まだこのことは警察はもちろん誰にも話していないが、最近になってマヤが、由香さんから、その香水が見つかったらしいという話を聞いたのです。由香さんは戸村君からその話を聞いたと言っていました」

「えっ、それはいつ頃のことですか？」

「三月の二十日頃だったと思います。それで私は、その話の真偽のほどを戸村君に確かめようとしたのですが、変に警戒している様子で、何も教えてくれないのです」

「警戒、ですか？」

「そうです。さっぱり理由が分からないのですが……。しかもそれ以降、電話での由香さんのわれわれに対する態度も、急によそよそしいものになりました」

「戸村さんと由香さんが、婚約したと思わせるほど親密だったというのは、間違いないのでしょうね」

浅見は念を押して、訊いた。

「それは間違いないと思いますよ。由香さんからマヤのところに電話があった時、それらしいことを匂わせていたそうですし、それに、例のジャケットのこともありますしね。由香さんの話によると、戸村君が由香さんの勤めるパリの香料会社に見学か研修に来ていて、たまたま、国井先生のお嬢さんのいることを知り、由香さんに出会ったのが、そもそもの馴《な》れ初めだったそうです。それから急速にお付き合いが進んで、マヤの観測によると、結婚の約束まで発展したのではないかということです。その過程で、由香さんに頼んで国井先生の研究資料などを見せてもらった。『究極の香水』のヒントを得たのはそれによってでしょう。しかし、その在り処まで知っていたかどうか、私はかなり眉唾だと思っていますがね」

「かりに、それが事実だとしたら、どういうことになりますか」

「そりゃあ大変なことですよ。由香さんに残された香水こそが、三位一体の中で最も貴重な存在だと思われますからね。しかし、もし本当にあるのなら、本来の持ち主である由香さんに渡すべきでしょう。由香さんもそう思ったから日本に来ることになったはずです。ところがその矢先、戸村君が殺されてしまった。しかも、由香さんまでが姿を消してしまった……」

西原は沈痛な面持ちであった。マヤはさらに悲しげに眉をひそめている。

「さっきお話に出た、黒っぽい不審な車ですが」

浅見はマヤに訊いた。

「ナンバーなどは見ませんでしたか？」

「ええ、ナンバーを見ることまで気が回りませんでしたけど……」

マヤは言いにくそうに答えた。ナンバーは見なかったが、何か気づいたことがありそうな気配だった。浅見はじっと待った。

「車の後ろにアルファベットが書かれていました。『ＮＫＳ』という」

「ほうっ、それはすごい……えっ『ＮＫＳ』ですか。それは沼田皇漢製薬の頭文字と一致しますが」

「そう、おそらく沼田皇漢製薬でしょう」

西原が断定的に言った。

「娘にそう言われた時、いちどそのイニシャルを見た記憶があるのを思い出しました」

「しかし、そこまでやりますか」

「私の家に押し入って、その先どうするつもりだったのかは犯人に聞いてみるか、それとも現実にその状況に立ち会うかしなければ分かりませんが、その可能性はありますな。浅見さんは香水産業の世界のことを、あまり詳しくご存じないと思うが、ファッション業界やＩＴ業界とも共通して、生き馬の目を抜くような厳しさがありましてね。機密の漏洩《ろうえい》や盗み出しなどは日常茶飯に行なわれていると思ってください。皇奈子さんご本人がそうだとは思いませんが、企業はいざとなれば何をやるか分からない。とくに、マヤの香水と合わせて由香さんの香水を獲得すれば、『究極の香水』が完成されるとあっては、なおのこと強引な手段に出るでしょう」

「なるほど……」

浅見は嘆息を洩《も》らした。親しい関係にあると思った西原親子と沼田皇奈子とのあいだにさえ、氷のように冷やかなものが横たわっているのか。浅見はその氷よりも、なお冷やかに感じられるような口調で言った。

「それで納得できましたよ。国井由香さんが身を隠してしまった理由が」

「は？　それはどういう意味でしょう？」

西原も、それにマヤも、怪訝そうに浅見の顔を覗き込んだ。

「おそらく、由香さんはお二人を警戒しているのではないでしょうか」

「えっ、われわれを？　まさか……どうしてそう思われるのかな？」

西原は憤然として言った。

「いや、これは単なる邪推だと思って聞いてください。そう思う理由の第一は、香水のことを西原さんに話した直後と言っていいタイミングで、戸村さんが殺されたことにあります」

「えっ、それじゃ、由香さんはわれわれが戸村君を？……」

何をかいわんや……と言いたげに、西原は大げさに両手を広げた。

「そんなばかな……とお思いでしょうが、現に皇奈子さんの会社の連中が、西原さんを襲う可能性のあることを心配されているではありませんか。それと同じ疑惑を由香さん……由香さん本人とは言いませんが、由香さんのバックにいる人物が助言を与えて、西原さんを警戒している可能性は十分、考えられると思います。そうでなければ、メールの一つも送ってこない理由が説明できません」

「うーん……」

「しかも、皆さんそれぞれが『究極の香水』という、巨大な利益を生むことになる秘密に関わっています。ミステリー映画ふうな言い方をすれば、欲望と陰謀が渦巻く世界です。何が起こるか分からない世界なのではありませんか？」

西原親子は、しきりに首を振るばかりで、ついに言葉を失った。

第六章　迷　路

1

国井和男は「究極の香水」の開発という、神の領域を冒すような行為によって、愛する妻と友人の妻を死なせるという、贖《あがな》うことのできない悲劇を招いた。そうしていちどは香水の開発を放棄せざるを得なかった。

しかし、それでもなお、化学者・調香師としてのロマンは、「究極の香水」の夢を棄《す》てきれなかった……と西原は言う。そのことも浅見は理解できる気がした。調香師人生の数十年をかけて創《つく》り出した傑作を、跡形もなく消し去ってしまうのは、あたかも自己の存在そのものを否定するに等しい。

三位一体の香水を三人の「娘たち」に分割して与え、やがてそれが合体し、「究極の香水」として結実する日を夢見た気持ちもよく分かる。

とはいうものの、「化学者のロマン」が、予想しえない新たな禍根を、将来に残した事実も否定できない。結果的には、それはロマンというより「悪魔の誘惑」だったのかもしれない。

文明に寄与するべく生まれた新たな発明が、必ずしも人類の幸福のみに貢献するとは限らないことを、ダイナマイトや原子爆弾の例に見ることができる。タミフルのように、病魔を克服するという、まったくの平和目的としか考えられない薬物でさえ、時には思いがけず、人の死に結びついたりもするのだ。

二人の女性の死という、禍々《まがまが》しい現実を突きつけられていながら、それでも「究極の香水」を棄てきれなかったのは、化学者のロマンもさることながら、その時、国井は悪魔の誘惑に屈したのではないだろうか。だとしたら、それは「悪魔の香水」と呼んだほうが相応《ふさわ》しい。

そう思うと、二人の女性の死は、悪魔に魂を売ったのと引き換えに、それに見合うかあるいはそれ以上の悲劇が襲うという、西洋の怪談や寓話にでもありそうな出来事のように見えてくる。

西原親子との会話は、帰宅してからも浅見の脳裏から離れることがなかった。

まだ夕食まで時間のあるテーブルに向かって、ぼんやり物思いに耽《ふけ》っていると、須美子が夕刊を運んできてくれた。浅見は何の気なしに、夕刊を広げた。第一面にノーベル化学賞関係の記事が載っている。読むともなく眺めていて、ふと思いついた。

(国井和男は、特許を出願していなかったのだろうか……)

彼が発明した「究極の香水」を封印しておきたければ、まず何を措《お》いても特許を出願しておきそうなものではないのか。

素朴な疑問だが、確かめずにはいられない性分である。

深夜、帰宅した陽一郎を摑《つか》まえて声をかけた。

「特許庁に兄さんの知り合いはいませんか？」

「何だ、藪《やぶ》から棒に。いることはいるが、どうかしたのか？」

「ちょっと、仕事関係で調べたいことがあるもんで」

「そうか……いいだろう。大学の後輩で河本優作《かわもとゆうさく》というのが総務課長をしているから、そいつを訪ねるといい。電話をしておいてやるよ」

特許庁は霞《かすみ》が関ビルの隣にある。地下鉄虎《とら》ノ門駅から徒歩三分ほどのところだ。比較的新しく、まだピカピカの庁舎に入り、九階の総務課を訪ねた。

河本総務課長は、生真面目な顔つきのわりには、気さくに応対してくれた。

「浅見先輩には、大学の頃から現在に至るまで、お世話になりっぱなしで、頭が上がりません。何でもおっしゃってください」

そう言ってくれたが、忙しい相手だ。浅見は挨拶もそこそこ、すぐに質問に移った。

「特許権について、初歩的なことを少しお尋ねしたいのですが、まず、特許権を得るには通常、どれくらいの期間を要するのでしょうか？」

「出願してから一年六カ月経って、発明内容が一般に公開されます。それから審査が行われ、最終的に特許権が付与されるまで、三年ほどかかりますね」

「特許権を得た人が死亡した場合は、どうなるのでしょう？」

「ふつうの財産と同様、権利の継承者に引き継がれます」

「特許権の有効期間は何年ですか？」

「それは発明品によります」

「香水ではどうでしょうか」

「権利は最大で二十五年ですね」

二十五年……にどういう意味があるのか、浅見は判断しかねた。

「もしもっと詳しいことをお知りになりたいのなら、専門の者を呼びましょう」

河本は内線電話をかけた。間もなく、背の高い男が現れた。貰った名刺には〔特許審査第一部　化学・食品　通商産業技官　結城宏《ゆうきひろし》〕とある。

結城は浅見を、同じフロアの会議室に案内した。

「外部の方の審査部への立ち入りは禁止されているので、ここでお話を伺います」

結城はそう言い、椅子を勧めた。

浅見は単刀直入に質問した。

「じつは、たぶん十年かもう少し前頃だと思いますが、ある人物が三つで一つの香りを創り出す香水を発明したのです。そのような香水の特許出願があったかどうか、調べることはできるものでしょうか?」

「出願者の名前は分かりますか?」

「国井和男という人です」

浅見はメモに国井の名前を書いた。

「ちょっとお待ちください」

結城は会議室を出て、三十分近く待たせてから、小走りに戻ってきた。

「浅見さんがおっしゃったように、確かに十年前、国井和男氏から、香水の特許権が出願されていました」

「えっ、ありましたか」

「ええ、ただし出願されてはいるのですが、特許権取得には至っていません。これをご覧ください」

テーブルの上に書類を広げた。浅見は出願の日付を見た。平成八年六月十二日……国井が殺害される直前だ。ということは、国井の帰国目的の一つは、日本で特許を出願することにあったのか。

「この方はフランス在住なのですね。おそらくパリのほうで多くの特許出願を行なっていると思いますが、わざわざ日本で出願したのには、何か特別な理由があるのでしょうか」

結城は首をひねっている。

「これが三体で一つの香りを成すという香水の特許出願の明細書です」

「特許は認定されなかったのですか」

「いえ、そうではなく、国井氏は出願から七年以内に行なわなければならない審査請求を行なわなかったために、特許出願は自動的に取り下げになっているのです。成分や化学式などの詳しいことはともかく、三つの香水を調合して使用するという方式は、それだけでもかなりユニークですし、有効な発明だったと思われるだけに、惜しいことをしたと思いますよ」

「巨万の富をもたらしたでしょうか」

「たぶん……いや、個人的な意見ですがね。なぜ審査請求をしなかったのかな？」

それは殺されてしまったからだ——と、浅見は口にまで出かかったが、やめた。

「ちょっと妙なことがありましてね」

結城は少し躊躇《ためら》いながら、言った。

「国井氏の出願がなされた八年後、つまりいまから二年前のことですが、似たような発明が、別の人から出願されているのです」

「えっ、その出願者は誰ですか？」

浅見は西原や国井由香の名前を思い浮かべたが、違った。

「出願人は沼田皇漢製薬株式会社取締役社長沼田一義《かずよし》。発明者は蒲生《がもう》慎司《しんじ》……です」

浅見は心臓が破裂しそうなショックを受けた。

「だとすると、国井氏の発明は、この蒲生という人に横取りされたということですか」

「いや、それはどうか分かりません。三つの香水を合体するという方式は似ていますが、成分表示などを比較対照してみませんと、完全な類似品かどうかは判断できません」

「なるほど……もしかりに、まったく類似している場合はどうなのでしょう。国井氏が出願したのと同じものを、他人が出願しても構わないのでしょうか？」

「それは法律上、問題ありません。先の特許出願はすでに取り下げられていますから。もちろん、公開されたものについて、異議申し立てをすることは可能ですが」

沼田皇漢製薬と蒲生慎司なる人物が、国井和男を殺し、発明を奪い、国井の出願が期間を経過して自動的に取り下げられ、ほとぼりが冷めた頃を見計らい、特許を出願した可能性は十分考えられる。

そこで、何が起きたのだろう？——

浅見は頭をフル回転させた。

まさに特許権が付与されようとする寸前、アメリカから戸村がやってきた。公開された審査請求を見て、これは国井和男氏が出願したものと内容が等しいのではないか——と疑った。

（そうか、戸村か——）

そして……。

これは想像の域を出ないが、戸村は異議申し立てをしようと動き出し、あるいはことによると、彼らの悪事を告発しようとして、その矢先、殺害されてしまったのではないだろうか。

もしそうだとすると、戸村殺し、さらに言えば国井殺害の犯人は蒲生慎司か、沼田皇漢製薬ということになる。

そう考えながら、浅見は質問した。

「発明の商品化については、特許権を保有する人物の許可が必要ですか」

「もちろん必要です。特許権者の同意なくしては、商品化は不可能です」

「つまり、特許権者が拒否すれば、発明は世に出ないことになるのですね」

「まあ、そうですね。しかし、発明者がせっかく発明したのに世に出さないというのは考えにくいと思いますが」

結城は妙な顔をしたが、浅見は対照的に喜んだ。

「普通はそうでしょうが、発明したものの、それが世の中に害毒を流す結果になると分かったために、発明を封印してしまうこともあり得るのではないでしょうか。それを目的に特許を出願するという」

「なるほど……それはないこともないとは思いますが。しかし、たとえ封印したつもりでも、特許の有効期限二十五年を経過すれば、普遍化してしまいますよ。本当に世の中に出したくない発明なら、出願などしないで、そのまま仕舞《しま》い込んだほうがいいでしょう」

「あっ、そうか、そうですよね……」

折角の着想だったが、すぐに潰《つぶ》された。結城の言うとおり、特許出願はいわば「機密」を公開することでもあるのだ。現に、沼田皇漢製薬の蒲生なる人物が、国井和男を模倣して、「三位一体」と思われる香水の特許を出願しているのである。

だとすると、国井はなぜ特許の出願などを行なったのだろう?

浅見はかえって難しい問題を抱えた恰好《かっこう》で特許庁を辞去した。

虎ノ門の交差点まで歩き、霞が関ビルを仰ぎ見て、ふと気づいた。

(そうか、ダミーか……)

国井の研究が進捗しつつあったことは、西原ばかりでなく、すでに周辺の人間や彼が属していたであろう組織内では知られていたにちがいない。だとすると、「封印」を疑われないためには、完全に伏せてしまうよりは、特許出願という形で、一定の成果を示す必要があったのではないか。

そして特許出願が行われた。だから出願は本意ではなく、あくまでも単なるジェスチャーにすぎず、出願されたものは、まったく価値のない不完全な「作品」だった……そう考えれば、国井が香水文化の先進国であるフランスでなく、わざわざ日本に来て出願した意図も、納得できるような気がする。

それに、国井のもう一つの帰国目的であった「究極の香水」を分散することを韜晦《とうかい》する目的もあったのかもしれない。

しかし、その直後、国井が殺されなければならなかった理由が分からない。犯行の目的は国井の発明を奪うことにあったと考えられるのだが、そのことを知っている人間はごく限られる。西原や沼田皇奈子……。

（沼田皇奈子か……）

皇奈子自身が犯人とは思えないが、後に特許を出願した沼田皇漢製薬の蒲生慎司か、あるいはほかの社員の誰かが、犯行に及んだことはあり得る。

国井が皇奈子に「究極の香水」の一つを渡したことから、残りの二つを奪取しようとして国井を襲った可能性もある。

とはいうものの、特許出願の翌日深夜という切迫したタイミングで、はたして国井を殺すほどの動機が形作られたか……となると、大いに疑問ではあった。

大都会の真ん中に佇《たたず》んで、浅見はビルとアスファルトの迷路に踏み込んでしまったような気分であった。

2

国井和男が「恩人を訪ねる」と言っていたというその「恩人」が、沼田皇奈子の祖父だとすると、国井は湯西川を訪れた後に沼田皇奈子……あるいは沼田皇漢製薬を訪問していたと考えられる。浅見はそのことも確かめてみたかった。

事前に調べてみると、沼田皇奈子は浅見と同じ三十三歳、独身らしい。偶然とはいえ、その共通点が、浅見に親しみと、何やら運命的なものを感じさせた。

皇奈子には沼田皇漢製薬取締役香水研究所所長の肩書がある。三十三歳の若さで取締役というのは、もちろん同族会社だからだろうけれど、「香水研究所」の創設者として、沼田皇漢製薬のその部門での最高責任者として君臨しているにちがいない。

沼田皇漢製薬の本社は宇都宮にあるが、香水研究所は栃木県日光市今市大桑《おおくわ》町にある。今市は例幣使《れいへいし》街道が日光街道に突き当たる交通の要衝だが、大桑町というのは、地図で見ると、市街地を北へ抜けた郊外、日光江戸村やウェスタン村に近いところだ。この辺りは東に鬼怒川が流れ、大谷《だいや》川や小さな川が流れる、もともとは純粋の農村地帯らしい。

浅見は試しに沼田皇漢製薬に電話してみた。交換は愛想よく、香水研究所に繋《つな》いでくれたが、そこで応対に出た女性は、わりと冷たい口調で「ご用件は？」と訊いた。

「『旅と歴史』という雑誌の者ですが、第一線で活躍しておられる女性を紹介するシリーズ企画に、ぜひ沼田皇奈子さんにご登場いただきたいのですが」

それは半分は口から出任せだが、藤田編集長がオーケーを出せば、そのまま記事にするつもりもあった。

冷たい口調の女性だったが、ずいぶん長く待たされた結果、「少しだけなら」という返事をもらってくれた。

「それでは明日、お邪魔しますので、お話をお聞かせください」

午前十時のアポイントを取った。

快晴、爽涼《そうりょう》、ウィークデーの東北自動車道下り線はガラガラに空《す》いていて、快適なドライブになった。

宇都宮からは日光宇都宮道路でおよそ十五分、今市インターを出て北へ二十分で、カーナビが「目的地周辺です」と告げた。

沼田皇漢製薬の香水研究所は、背後に男体山《なんたいさん》から釈迦ケ岳《しゃかがたけ》へと連なる山々を望む、広大な敷地に建つ。白亜の瀟洒《しょうしゃ》な三階建てのビルである。敷地は、一部が駐車場になっている以外は、ほとんどが花壇である。香水の原料として育てられているのか、緑の絨毯《じゅうたん》のような花壇に、色とりどりの花が咲いている。

空気は清浄だし、この辺りなら、地下水の水質もさぞかしいいことだろう。香水の研究開発には、もってこいの環境といえる。

受付の女性が応接室に案内して、すぐにコーヒーを運んできた。インスタントだが、いい香りが漂う。砂糖とミルクを入れたところで、ドアがノックされた。

「お待たせしました」

入ってきたのは、医者が着るような白衣をまとった女性だ。やせ型、長身で、長い髪を無造作に後ろで束ねている。

スッスッという直線的な脚の運びが、日本人ばなれしている。ひそかに想像していたとおりの美人だった。空気が動くと、かすかにシナモンの香りが漂った。

浅見は立ち上がり、名刺を出した。

「お忙しいところ、突然の取材申し込みを受けていただいて、ありがとうございました。ルポライターの浅見といいます」

「沼田です」

沼田皇奈子は、名刺を左手で出した。

「あ、左利きですか」

思わず言った。

「ええ、もともとは右利きでしたけど、子供の頃に事故に遭って、右手がしばらく使えなかったんです。その時に左手ばかり使っていたもので、いつの間にか左利きになってしまいました」

「すみません。いきなり失礼なことをお訊きしました」

「いえ、べつに気にしませんから」

それがきっかけで、かえって打ち解けたムードが漂った。

あらためて名刺の活字を読むと、〔取締役香水研究所所長　調香師〕と肩書があった。

（調香師か――）

いまさらのようにその肩書の重みを感じた。国井和男や西原哲也、戸村浩二などと同列である。そのことを急に思い出して、なぜか緊張した。

「失礼ですが、前もって、簡単な略歴などを調べてきましたが、じつは僕と同い年だと知って驚きました。その若さで取締役、しかも香水研究所の所長をなさっていらっしゃるのですね」

「ははは、それは親の七光で、私が偉いわけではありません」

皇奈子は男っぽく笑って、さらりとかわした。

「一人っ子でしたし、右手の怪我のこともあって、親は私を甘やかして育てたんです。怪我する前まではピアニストになるつもりで、ヨーロッパに行ってましたから、それが挫折《ざせつ》して、かわいそうに思えたんでしょうね。将来、一人でも生きてゆけるように、いろいろ気を使ってくれています」

「確か、その事故というのは、国井和男氏の奥さんが運転していた車の事故だったと聞いたのですが」

「えっ、なぜそのことを？……」

「ええ、予備的な知識は仕入れてきたつもりです。そのことで、国井氏を恨んだりはしなかったのですか？」

「そんな、恨むだなんてとんでもない。気をつけていても、事故は起こるものですもの。それに、国井先生の奥さんはお亡くなりになったのだし。むしろ、先生がお気の毒でなりませんでした」

そのあと、浅見は型どおり、新進気鋭の女性調香師としての生き方や、ものの考え方などを聞いてから、さり気なく質問の本筋に入った。

「ところで、十年前に日光で、国井和男氏が殺された事件のことは、沼田さんもご存じですよね」

「もちろん知ってます。じつを言いますと、事件が起きた日のお昼前頃、本社で先生とお目にかかっていたのです」

「ほうっ、そうだったのですか。お昼前だったのですね？」

浅見は思わず念を押した。皇奈子は怪訝《けげん》な顔をしたが、それが事実なら、国井が小松紀代に言った「恩人」とは、皇奈子の祖父や皇奈子を含む沼田家のことではなかったわけだ。

「沼田さんと国井氏とは、どういうご関係だったのでしょうか？」

「祖父が存命の頃、うちの会社が国井先生に対して、経済的な援助をしていました。ヨーロッパ留学から、世界一流の調香師として名を博すまで、バックアップしたと思います。その後は、私がピアノ留学の時、下宿させていただいたり、事故の後は私に調香師になるための指導をしてくださったり、この香水研究所を立ち上げる時には、うちの社の顧問をしてくださったりして、かえってお世話になりました。父とは年齢も近かったので、家族ぐるみのお付き合いでした。でも、あんな亡くなり方をなさって……」

声がしめっぽくなった。

「国井氏というのは、やはり偉大な才能の持ち主だったのでしょうね」

「ええ、すばらしい天才だったと思います。調香師という仕事は、知識や経験はもちろんですけど、何よりも感覚が決め手ですから、天賦の才がなければなりません」

「その点はあなたも同じ天才ですね」

「ははは、私なんか……でも、もう少し国井先生の薫陶を受けていられたら、先生の何分の一かは習得できたかもしれませんわね」

「その国井氏が、亡くなる直前、画期的な香水を発明というか、創作して、特許の出願をしたと聞きました。しかし、いまだに商品化はされていないようですが、そのことはご存じじゃありませんか？」

「三位一体の香水のことをおっしゃっているのだとしたら、存じてます。調香師のあいだでは、知らない者がいないでしょう。国井先生が出願なさるという噂で、期待されていたのですけれど、実際に出願されたものは、驚くほど画期的というわけではなかったと聞いています。でも、本当はそうではなく、価値ある『究極の香水』であるとも言われます。私としてはそっちのほうを信じたいですけどね」

そう答えたものの、この質問が出たとたんに、皇奈子は急に落ち着かない素振りを見せはじめた。

「その三位一体の香水ですが、じつは国井氏が特許出願したものとはべつに、本物の『究極の香水』というべきものがあって、その三つのうちの一つを、国井氏は沼田さんに預けたという話を聞いたのですが、どうなのですか？」

「さあ、何のことでしょうかしら？　あの、インタビューはこのあたりでよろしいのでしょうね。私はこのあと、仕事に戻らなければなりませんので」

「ちょっと待ってください。そのことは事実ではないのですか？」

「事実ではありませんよ」

皇奈子は表情がこわばった。

「もう一つ、あなたにとっては、思い出したくないかもしれないような古いことをお訊きしますが」

浅見は早口で言った。

「国井氏がその画期的といわれる香水を開発したのは、あなたが怪我をされた、グラースでの交通事故の直前ではないかという、噂があるのですが」

「そうかもしれませんが、私がまだ子供の頃のことですから」

「しかし、そういう噂はお聞きになったことがあるのでしょう？」

「ええ、まあ……」

「噂では、なんと、その事故が、国井氏の発明をストップさせたというのです」

皇奈子は明らかに不快そうに、美しい眉根を寄せて、浅見を睨《にら》んだ。

「それは、どういう意味ですの？」

「これはあくまでも、僕が耳にした噂にすぎませんので、そのつもりで聞いてください。国井夫人が事故を起こしたのは、その香水の副作用だったというのです」

「そんなこと、どなたにお聞きになったのですか？」

皇奈子は、鋭く吐き出すように言った。表情には驚きと、嫌悪の色が浮かんでいる。浅見は、それを無視して続けた。

「しかし、それにもかかわらず、その香水の開発を続け、出願したというのは、常識的に考えるといかがなものかと思うのです。しかも問題の香水は、噂ほど画期的なものではなかった。国井氏ともあろう人物が、いったいどうしたことか、不思議でなりません。さらに不思議なのは、国井氏が出願したのとそっくりの香水を、沼田皇漢製薬が蒲生慎司さんを発明者として出願していることです。こういうのは、道義的な意味で問題があるのではないかと思うのですが」

「浅見さん！」

皇奈子は立ち上がって、険しい目で客を睨み付けた。

「あなた、いったい何者ですの？」

これまでの友好的なムードは、いっぺんで吹っ飛んだ。

「私へのインタビューに事寄せて、べつの話をしたかったんじゃないんですの？」

「いや、決してそういうわけでは……」

「ちょっとお待ちになってて」

クルッと踵《きびす》を返すと、部屋を出ていった。何か、重大な決意をした印象があった。

それから「ちょっと」どころではない、長い時間が経過した。窓のカーテンに当たる日差しの方角が変わったのが分かるくらいだ。待っているうちに、次第にいやな予感が押し寄せてきた。もっとも、皇奈子にあれだけの衝撃的な言葉をぶつけた以上、何が起こっても不思議はないという覚悟もあった。

結局、四十分ほども待たせて、ドアがノックされた。部屋に入って来たのは皇奈子ではなく、中年をそろそろ過ぎる頃といった男。背丈もあり肩幅も広い。押し出しの堂々たる紳士の顔つきである。

「浅見さんですね。蒲生と言います」

紳士は名刺を出した。沼田皇漢製薬株式会社……つまり沼田香水研究所の親会社の〈取締役開発部長　蒲生慎司〉とあった。問題の特許出願者はこの人物なのだ。

「沼田所長は急に気分が悪くなったと申しておりまして、申し訳ありませんが、お引き取りいただきたいそうです」

慇懃《いんぎん》無礼を地でゆくような口調だ。

（そうきましたか――）

そういう形で逃げられることは想定の範囲にあったが、「お引き取り」だけでは済まない何かが、起こりそうな雰囲気である。何が起こるか不安だけれど、まあ、それもあの一撃の効果か——と、腹を括《くく》ることにした。

「そうですか。どうぞお大事にと、お伝えください。ありがとうございました」

丁寧に礼を言って部屋を出た。その後に蒲生が従って来る。

「浅見さんはフリーだそうですが、今回はどこの雑誌の取材ですか」

「『旅と歴史』という雑誌です」

「ほう、『旅と歴史』のような雑誌には、当社みたいなところは合わないのじゃないですかね。沼田所長も言っていたが、何かほかの目的があるんじゃないのですか？」

「ほかの目的ではなく、本来の目的と合致していますが、三位一体の香水の出願について、お尋ねしたかったのは事実です。どういうわけか、沼田所長はその件に関する質問には不快感を示されましたが、何か理由でもあるのでしょうかねえ？」

「いや、不快感は別の理由によるものだと思いますよ。浅見さんは二十年も昔のフランスでの自動車事故のことを質問されたそうではありませんか。彼女にとっては、思い出したくない出来事だったでしょうからね」

「だとしたら失礼をしました。しかし、沼田所長が本当に不快感を示されたのは、三位一体の香水の出願について、道義的な意味で問題がありませんかとお尋ねした時です。そうそう、その発明者は蒲生さんでしたね」

「そうですよ。会社を代表する形で私の名義にしています。事実、私の研究が中心になっていますからね。確かに、三位一体の発想は、かつて国井氏が出願されたものから得たことは否定しません。しかし、そのこと自体には法的にも道義的にも何ら問題はないのです。それとも何か、浅見さんのほうで問題視されるようなことでもあるのでしょうか？」

「いえいえ、僕のほうには何の異論もありません。ただ、国井和男氏が自動車事故を契機に、究極の香水の開発を断念したことをご存じの沼田所長がどのようにお考えか、お聞きしたかっただけです」

玄関ホールを抜けて建物の外に出た。憂鬱《ゆううつ》な話題を払い除《の》けるような、明るい日差しが心地よい。

「ではこれで失礼します」

浅見はお辞儀をした。

「今度、何かを取材される場合には、沼田ではなく、私のほうにおいでください」

蒲生はそう言うと、軽く会釈して玄関の中に引き返した。

3

今市へ向かう道を走り始めて間もなく、背後からきた黒塗りの車が、強引な追い越しをかけて、ソアラの前で停まった。

（やはり――）と思った。

黒塗りの車の左右のドアが同時に開き、男が二人、飛び出した。

一人はソアラの運転席側に近づき、もう一人は退路を断つつもりなのか、車の後ろに立った。もっとも、その気になれば弾《はじ》き飛ばして脱出してもいいのだが、そういう乱暴はしない相手と見きわめているのだろう。

運転席の脇にきた男が、コツコツとウインドウを叩いた。「ちょっとすみません」と言っている。四十歳前後か。黒っぽいスーツを着て、ちゃんとネクタイも締めている。少し人相は悪いが、平凡なサラリーマンに見えないこともない。

（警察か？――）

一瞬、そう思ったが、それなら赤色灯を点《つ》けるだろうし、警察手帳も示すはずだ。

言われたとおり窓を下げると、「ちょっとお話したいのですがね」と言った。なかなか丁寧な口ぶりである。ただし、慇懃だが、うむを言わせない迫力もあった。

「いいですよ」

浅見はあっさり応じた。「なぜ」とも訊かなかったので、相手は意外だったのか、目を丸くして、ニヤリと笑った。

「じゃあ、こっちの車の後ろについてきてくれますか」

「分かりました」

「逃げませんよね」

冗談めかして言っているが、クギを刺したことは間違いない。

「ははは、逃げませんよ。そちらこそ、途中で気が変わったりしないでください」

皮肉をたっぷり込めて言うと、今度はさすがにどういう意味か量りかねたようだ。男はスーッと笑いの消えた顔で、しばらくこっちを見つめていたが、浅見が負けずにずっと見返していると、視線を逸《そ》らして、黙って自分の車に戻った。

浅見は約束どおり、テキの車を追尾したのだが、先方は丸々は信用していないのか、助手席の男がときどき振り返って、こっちの動きを確かめている。この男のほうはいくぶん若そうだが、見るからにヤクザっぽい雰囲気がある。車の後ろに立つくらいだから、度胸もいいにちがいない。

今市の市街地まで戻って右折、日光街道を走って、日光市街に入る直前で右折した。カーナビで位置は分かるが、この道をどんどん行くと、霧降高原へ行くはずである。例の霧降滝からの連想で、とんでもない山の中にでも連れ込まれるのかと緊張したが、右折して間もなく、右手のレストランの駐車場に入った。白い壁に窓が大きい、女性的な可愛らしいレストランだ。見たかぎりでは、犯罪が起こりそうな感じはしない。

新緑の季節で、日光辺りはそろそろ混雑し始めそうだが、市街地やメイン道路から外れているせいか、時間が中途半端なせいか、お客は一人もいない。

店には三十歳くらいのウエートレスが一人いるだけだった。三人が入って行っても、ニコリともしない。愛想が悪いのは、いやな客だからなのかもしれない。

ヤクザっぽい男のほうが「コーラ三つ」と注文した。女性は返事もしないで、カウンターの向こうに消えた。

「おたく、浅見さん、フリーのルポライターをしてるんでしたっけ？」

サラリーマンタイプが、わざとらしく、手帳のメモを確かめながら、言った。

「そうです。あなたは？」

「自分は井上といいます」

「沼田皇漢製薬の方ですか？」

「いや、そうではないですがね、ちょっと関係はあります。まあ、いろいろ、揉《も》めた時なんかに、調整役を務めさせてもらったりしてましてね」

「ああ、なるほど……」

浅見は頷《うなず》いた。要するに、地元の顔役か企業ゴロといったところだろう。ひょっとすると、何とか組の何とか支部みたいなものかもしれない。

いずれにしてもまともな連中でないことは確かだ。だからといって、まさか、いきなり危害を加えるようなことはしないだろうけれど、用心するに越したことはない。

「おたがい、忙しいだろうから、ざっくばらんに訊きますがね、浅見さん、おたくの狙いは何ですか？」

井上は切り出した。

「狙いと言いますと？」

「だからァ、ざっくばらんにと言ったでしょうが。持って回ったことは抜きに、おたく、何が目的なの？　カネですか？」

「ははは、どういう意味ですか。それじゃ、まるで僕が恐喝でもしたみたいに聞こえますが」

「みたいじゃなくて、恐喝そのものじゃないの？　沼田のお嬢さんは、気分が悪くなったって言ってましたよ。ああいう美人を脅すのはよくないね」

「脅してなんかいませんよ」

「とぼけるんじゃねえ！」

脇からいきなり、ヤクザふうの男が怒鳴った。浅見も飛び上がったが、コーラを運んできた女性も、危うくトレーを取り落としかけた。

「びっくりするじゃありませんか。すぐ傍なんだから、そんなに大声を出さないでくださいよ」

浅見は穏やかな声でたしなめた。

「だいたい、僕はとぼけてもいないし、恐喝なんてものも働いていません。もし沼田さんがそう言ったとしたら、それは彼女の勘違いというものです」

「嘘つくんじゃねえ！」

ヤクザがまた怒鳴った。

そういう役割を演じているのか、本気で使命感に燃えているのか。若いだけに、何をやらかすか分からない怖さはある。

ジャケットを着てはいるが、下は黒いスポーツシャツで、ダミ声を張り上げるたびに、肥満ぎみの腹がテーブルの縁を押して、コーラのグラスをカチャカチャ鳴らした。

「嘘じゃありません。僕はただ……」

「それが嘘だって言うんだ」

「かりに恐喝だと思うのなら、なぜ警察に通報しないのですか」

「ふざけるな！　どうせおれっちが、警察に通報なんかしっこねえって、タカを括っていやがるくせに」

「ということは、警察に知られては具合の悪い何かがあって……」

「ウジャウジャ言うんじゃねえよ。カネが欲しいなら欲しいって言えばよ、ちょっとぐらいは恵んでやらねえことはねえんだ。チンピラのカツアゲみてえな、小汚ねえ真似をしやがってよ……」

「黙りなさい！」

浅見はテーブルをドンと叩いて、立ち上がった。三つのコーラのグラスが、しぶきを散らして踊った。

ヤクザは一瞬、怯んで、「おっ」と背中を反らした。

「そういう無礼なことを、あなたのような人間に言われる筋合いはない。静かに話すことができないと言うのなら、僕は帰らせてもらいますよ」

井上に向けて言った。

「まあまあ、そうムキにならなくてもいいでしょう」

井上は面白そうにニヤニヤ笑いながら、相棒に目配せして、黙らせた。

「おたくが恐喝じゃないって言うのなら、まあ、そういうことにしておきましょう。しかし、だとしたらおたく、何をしにきたわけです？　いや、いまさら取材が目的だなんて、言いっこなしにしてもらいますよ」

「確かに、取材もさることながら、ほかにも訊きたいことがあったのは事実です。沼田さんには、沼田皇漢製薬が他人の出願と同じ内容の香水を、特許出願したことについて話しました。それで気を悪くしたのかもしれませんね」

「それだけ？」

「ええ、それだけですよ。詳しいことを知りたければ、沼田さんに聞けばいいですよ。とにかく、そういう香水の特許出願が十年前にあって、二年前に沼田さんの会社から同じ内容の出願が行なわれた。僕としては、その間の事情についてお話をお聞きしたかっただけです。それが恐喝なはずはないでしょう。それとも、沼田さんが恐喝だと言ったのだとしたら、そのことのほうが問題ですよ」

それだけ言うと、浅見は「では」と、踵を返してドアへ向かい、怒りにまかせて――という様子を見せて、店を飛び出した。

ソアラに乗り込んだ時になって、井上と相棒が駆けつけた。

「浅見さん、まだ話は終わってないんですがね」

「いや、これ以上、あなた方と話しても無駄です」

振り切るように車を発進させると、二人も慌てて車に乗り込み、またしても追尾してきた。ただし、今度は交通量が多いから、さっきのように強引に追い越しをかけて、前に割り込むことはできない。

(どこへ行こうかな——)

少し迷ったが、厄介な二人を追い払うのには、警察に横付けするのがいいに決まっている。それに、山北に報告することもあった。

それでも、栃木市まではかなりの道のりである。井上たちがいつ仕掛けてくるか、緊張したドライブが続いた。

とにもかくにも栃木署の駐車場に滑り込んで、振り返ると、井上たちは車の中からこっちを睨んでいる。相手が警察では、さすがに手出しはできないだろう。

受付で呼び出してもらうと、山北部長刑事は驚いた顔で現れた。

「浅見さん、探していたんですよ！　じつは……」

浅見は勢いこむ山北を制して窓際まで引っ張って行った。

「あの車に乗っている男の顔に、見覚えはありませんか」

「ああ、あいつは井上といい、矢崎商事という、いわゆる企業舎弟のやつですよ。もう片方の太ったやつも見たことはある。早い話、ヤクザですな。井上は一度、詐欺容疑で引っ張りましたが、どういう細工をしたのか被害者側が被害届を引っ込めたのと、証拠不十分で釈放しました。なかなかのキレ者です。デブのほうは暴力専門でしょう。で、あいつらが、浅見さんに何かやらかしましたか？」

「ええ、ちょっとチョッカイを出されましたが……あ、引き上げるようですね」

窓から、デカ長に顔を出されたのでは、辟易《へきえき》したのだろう。車が走り出すのを見送って、二人は刑事課の隣にある小部屋に入った。

「それより浅見さん、『おもちゃのまち』が分かったのですよ。それで、早速ご自宅にも電話したんですが、すでに出られた後でした」

山北が待ちかねたように切り出した。

「そうですか、ぼくのほうにも新たな進展があったのです。でも、まあ、山北さんの話からうかがいましょう」

「行方不明の国井由香の足取りを追っていて、入国管理局で、確かに三月三十一日に成田で入国しているところまでは判明しました。さらに、国井由香の立ち回り先として、母方の実家が浮かんできたのですな」

「守山家でしょう、おもちゃのまちの」

「えっ」

山北は狐につままれたような顔をした。

「すいません、報告が遅れて。ぼくも山北さんに連絡を取ろうとしていたのですが……。じつは一昨日、西原氏から呼び出しがあって、会ってきました。なんと、彼はメモの地名に心当たりがあったのです」

それからの山北は、浅見が連絡してこなかったことにふくれたり、西原が事情聴取で隠し立てをしたことに憤激したり、大忙しだった。浅見は山北を宥《なだ》めながら、順を追って「捜査」の状況を話した。山北も、メモにあった今市が、沼田皇奈子の香水研究所を指し示すらしいことに話が至ると、がぜん興味を示し始めた。

特許庁に行ってからの話になると、もはや感心したり恐縮したりしている。特許庁など、捜査本部ではついぞ話題にのぼったこともないのだ。

国井和男が十年前に特許出願をしていたこと。さらにその直後に奇禍に遭ったこと。そして二年前、蒲生慎司なる人物と沼田皇漢製薬によって、それと似たような出願がなされたこと。そこから、国井がダミーの「発明」を出願して、本物の「究極の香水」の秘密を隠そうとしたのではないかと推理したこと。

そうして沼田皇漢製薬の香水研究所を訪ね、沼田皇奈子に会い、道義的な疑義があるという話をぶつけたところ、矢崎商事の洗礼を受けたというストーリーである。

「なるほど、矢崎商事とつるんでいるとなると、沼田皇漢製薬が大いにクサいってことですな。その蒲生慎司という男と併せて、少し洗ってみましょう。それに守山家も気になりますので、当たってみます」

「お願いします」

「それはそれとして、沼田皇漢製薬や蒲生だとか沼田皇奈子が、戸村浩二の事件に関係してる可能性はありますかね？」

山北としては、管轄外である国井和男の事件よりも、そのほうが気になる。

「同じ香水繋《つな》がり、しかも沼田皇奈子さんは国井家との繋がりがあるのですから、どこかで結びついているかもしれませんね」

いまのところ、それ以上のことは何とも言いようがない。

「要するに、今回の事件はすべて、その『究極の香水』なるものを巡って起きていることは間違いないってことですな」

「まず間違いないでしょう。さっきも、沼田香水研究所を訪問しただけで、ああいう連中が接触してくるくらいだから、テキも危機感を抱いて必死になっている証拠です」

「だったら浅見さん、むやみに動かないほうがいいですな。あいつらは何をやらかすか知れませんからね。これからは連絡を密にして、なるべく、自分と行動を共にしてくださいよ」

「分かりました、気をつけます」

浅見は素直に頭を下げたが、今後も山北の忠告を守りきれるかどうか、自信のある話ではなかった。

第七章　同級生

1

栃木署を出たあと、しばらくは背後を気にしたが、追跡車はなさそうだった。それでも浅見はいつもより慎重に、スピードも控えめに走った。

帰宅すると、玄関に出迎えた須美子が心配そうに「坊っちゃま、大丈夫ですか」と訊《き》いた。

「大丈夫だけど、どうかした？」

「ええ、すごくお疲れみたいです」

「ははは、いつもどおりだけどね」

浅見は笑ってみせたが、内心ではそうかもしれない——と思った。予想外の敵と遭遇して、いつもとは違う緊張感を強いられたのは事実なのだ。この程度で済んでいるうちはいいが、あの手の連中が本気になったら、身の安全も保証のかぎりではない。

自室に入って、ベッドに寝ころんだ。緊張から解放されたせいか、ふだんは滅多に考えもしない「死」ということが、ふっと脳裏を過《よぎ》った。

そうなのだ、誰だって自分の死を真剣に考えたりはしない。しかし、死は突然、襲ってくることがある。ほんの少し前まで笑っていた自分が、気がつくと（？）司法解剖のベッドに横たわっているなんてこともあるかもしれない。

ゾーッとしたが、その連想から、国井和男の妻や西原哲也の妻の事故死の場面が頭に浮かんだ。

国井夫人を惑乱させ、車を暴走させた原因が「究極の香水」から発生した未知の物質だったという、その不気味さを思った。

今回の事件に関わってから、浅見もにわか仕込みで、香水や周辺の化学知識を詰め込んだ。それと同時に、脳に関する資料を読み漁《あさ》った。その過程で、脳内生理活性物質には、モルヒネによく似た働きをする「βエンドルフィン」というホルモンがあることを知った。

βエンドルフィンは、脳内麻薬物質とも呼ばれ、モルヒネのように耽溺《たんでき》性があるのだそうだ。

その記述を読んだ時、浅見は（これだ――）と思った。

もしも、「究極の香水」から発する物質が、脳内にβエンドルフィンのようなものを発生させた場合、モルヒネのような耽溺性を発生させるのではないだろうか。

専門的なことなど、皆目分からない素人の着想だから、当たっているとは思わないが、とにかく、それに類するようなメカニズムがあるのかもしれない。インフルエンザの「タミフル」の副作用でさえ、世界中の専門家が寄ってたかっても、いまだに真相が解明されていないのである。

国井和男にしたって、成分や物質の組み合わせで「究極の香水」を開発したものの、それが思わぬ副作用を生ぜしめる危険性について、何らかの不安を抱いていたのではないだろうか。開発と同時に特許出願を行なわなかったのは、そのためにちがいない。

その危惧《きぐ》が、二人の女性の死によって、図らずも証明された。

開発の実験には西原も関与していた。だとすると、単に国井の助手として働いただけでなく、西原もまた「究極の香水」の秘密と、同時に危険性も知っていたと思われる。

その意味で、西原も「事故」の責任の一端を担っていたことになる。事故の補償を国井に求めた形跡がないのは、その理由によるのかもしれない。発明を封印した国井ばかりでなく、西原もあえて「究極の香水」の開発を継続しなかったのも頷《うなず》ける。

的外れかどうかはともかくとして、浅見の空想は、はてしなく広がった。

国井と西原の二人が「究極の香水」の秘密を封印した意思を、彼らの娘である由香とマヤは受け継いだ可能性はある。娘たちが協同して、新しく無害の製品に昇華させる時まで、商品として世に出すことはしない……という、父親たちの良心を無にすることはないだろう。

それに対して、沼田皇奈子の場合はどうだろう。必ずしも国井の思いどおりにはいかなかったのではないか。

皇奈子本人はともかく、彼女の父親であり親会社の社長でもある沼田一義や蒲生慎司は国井たちとは異質で、「究極の香水」の秘密を知ってしまえば、封印するどころか、むしろ積極的に商品化への道を急いだはずだ。

問題は沼田や蒲生が「究極の香水」の秘密を知り得たかどうかだが、少なくとも二年前、蒲生慎司を発明者として特許の出願を行なっている点から言っても、「三位一体」の手法については承知していたと考えていい。

ただし、皇奈子が国井から預けられた香水だけでは、特別な物質を発生させるメカニズムは分からない。「究極の香水」を完成させるためには、残る二つの香水が必要なのだ。その在り処を尋ね当て、奪い取ろうとして、血眼になっている沼田や蒲生の様子が目に浮かぶようだ。国井和男を殺し、戸村浩二を殺した以上、もはや歯止めのかからない状態になっているのかもしれない。

「坊っちゃま、お食事ですよ」

須美子の声に沈思黙考の世界から我に返った浅見は、慌てて「ああ」と、間の抜けた返事をした。ドアを開けると、須美子が心配顔で佇《たたず》んでいた。

「何度も声をおかけしたのに……ご気分でもお悪いんですか？」

「そんなことはないさ。ちょっと考え事をしていただけ。そうか、もうそんな時間か」

すき焼きの旨《うま》そうな匂いが立ち込めて、ダイニングテーブルには、兄陽一郎を除く全員が顔を揃えている。

「食いしん坊の光彦が遅れるなんて、珍しいわねえ」

母親の雪江が皮肉を言った。

「ええ、ちょっと追い込みの仕事があったもんで……すき焼きとは豪勢ですね。何かいいことでもあったのかな？」

「叔父《おじ》ちゃま」

智美が脇から浅見の袖を引っ張り、雅人がテーブルの下で足を蹴飛《けと》ばした。

「な、なんだよ、どうしたんだい？」

姪《めい》と甥《おい》の不意打ちを食らって、浅見は一度坐《すわ》った椅子から腰を上げた。

「あなたにとっては、どうでもいいことなのでしょうけど」

雪江が冷やかに言った。

「今日はわたくしの誕生日ですよ」

「あっ、そうか……おめでとうございます。それで、いくつになったんですか？」

「そんなこと……レディに歳など訊くものではありませんよ。さ、和子さん、いただきましょう。煮えすぎて、お肉が固くなってしまわないうちにね」

兄嫁の和子は困ったような笑顔で、姑《しゅうとめ》や子供たちのために鍋の中身を取り分けている。それからしばらくは食べることに専念して、会話も途絶えた。

「いいなあ、こういう平和な雰囲気。世の中の殺伐とした出来事も忘れてしまいそうですね」

浅見はしみじみ言った。一連の事件を思えば、これは実感であった。

「その前に、そのような殺伐としたことに関わらないようにすることですよ」

雪江の言うことは手厳しい。

「でもね、さっき光彦が言ったとおり、わたくしもつくづく歳を感じましたよ」

「僕は何もそんなつもりは……」

「いいのよ、いまさら。本当の話、このあいだ久々、女学校の同級会に出てみて、みんながいいおばあさんになっちゃったのにびっくり。わたくしも、傍目《はため》にはあんなふうに見えるのね」

「とんでもありませんわ。私の母なんか、お義母さまより二つも下なのに、もっとしわくちゃです」

和子はそう言ったが、あまりいいフォローにはなっていない。

「同級会はもう、これっきりにします。昔話ばかりして、つまりませんしね」

「そういえば、僕も同級会には出席していないなあ。もっとも、僕の場合は、啄木《たくぼく》じゃないけれど、友がみな偉く見えて、面白くないからですけどね」

「それはあなたが悪いんでしょ」

「ははは、それは言えてますね」

笑いながら、浅見はふいに、電撃のようなショックを感じた。一瞬、何かが見えた――と思った。

(ん？　何だ？――)

見据えようとした視線の先では、牛肉とシラタキが、グツグツ煮えている。

(そうか、同級生か――)

すぐに席を立ちたいのを我慢して、とにかく食事を終えることにした。たぶん、無意識に、ガツガツと忙しい食べ方になったのだろう。雪江は嘆かわしそうな目を、次男坊に注いでいた。

「ちょっと用事を思い出したので、お先にご馳走《ちそう》さま」

断りを言って食卓を抜け出し、浅見はソアラで外出した。浅見家の電話はリビングにあるので、話が筒抜けなのだ。かといって、雪江未亡人制定の「憲法」によって、携帯電話を所持することも禁じられている。秘密の用件の時は、いちいちこうして、自動車電話を利用しなければならない。まったく不便なことだ。

2

平塚《ひらつか》神社の境内に車を停め、栃木署の山北に電話をかけた。

「やあ、浅見さん、ちょうどよかった。いま退庁しようとしていたところです」

山北は大きな声で言った。

「すみません、お引き止めして」

「なんのなんの、そんなことはいいですが、用件は何です？」

「このあいだ、湯西川の田所さんと、野門の小松紀代さんのところで同級生の話が出ましたね」

「ああ、そうでしたな。同級生が五人だったとかいう話でした」

「そのうち、湯西川に残っているのは田所さんと、それに野門に紀代さんがいて、一人は亡くなったそうですが、あと一人の消息を調べられませんか」

「いいですよ、お安い御用です。たぶん田所さんか紀代さんに訊けば分かるでしょう。だけどまた、何だって急に？」

「いや、ちょっと気になっただけです。強いて言えば勘みたいなものですかね」

「はあ、勘ね。まあいいでしょう」

山北はすぐに確かめて、折り返し電話すると言った。

浅見はそのまま平塚神社の境内で待機することにした。日中なら団子の平塚亭も店を開いているのだが、夜の境内は暗く、侘《わび》しい。幽霊のたぐいが怖い浅見にとっては、あまり居心地のいい雰囲気ではなかった。

山北の電話は思いの外、早かった。

「小松紀代さんに話を聞きましたがね、面白いことになりましたよ」

いきなり、勢い込んで言った。

「国井氏の幼馴染《おさななじ》みは小野瀬《おのせ》秀夫《ひでお》っていうんですがね、なんと、この男は戸村浩二の事件の時に、自分が聞き込み先の葬儀の会場で事情聴取していたんですな」

「えっ、戸村さんの？……」

「そうなんです。戸村の父親の従兄弟《いとこ》にあたるとかで、そんなに近しい間柄ではなかったみたいだが、住所がですね、なんと栃木市箱森町《はこのもりまち》……これはどこだと思います？　錦着山の麓なんですよ」

「…………」

息を呑むほど驚いた。これほど意表を衝かれたことは、浅見の人生の中でも、そんなに多くはない。

「しかもですね」

　山北の声はますますトーンが上がった。

「小野瀬は小学校の頃、国井氏が溺《おぼ》れかかったのを助けているのです。つまり、国井氏にとっての命の恩人というわけです」

「じゃあ、国井さんが訪ねると言っていた恩人とは、この人のことだったのですか」

「どうやら、そのようですなあ」

「それで、小野瀬さんに対する事情聴取の結果はどうだったのですか？」

「いや、事件には無関係でしたね。もちろん当人は否定したが、それでも一応、ウラを取ってアリバイも調べました。戸村の死亡推定時刻前後を含めて、小野瀬にはアリバイがはっきりしていました。彼の母親の容体が悪くなって、病院でつきっきりでいたそうです。看護師の証言も取れていますよ」

「国井氏の事件の時はどうだったのでしょうか。日光署の捜査本部は、小野瀬さんに対して、調べは行なっているのでしょうか？」

「そのことなんですがね、捜査記録には小野瀬の名前はないらしい。もっとも、小野瀬は運転免許を持ってませんのでね。事件とは関係ない。かりに事情聴取をしても無駄だと考えたのかもしれませんな」

「しかし、命の恩人ということが分かった以上、無視はできないでしょう」

「それはそうなんですがね……だけど浅見さん、どっちにしても十年前の話ですよ。国井の事件とも、戸村の事件とも関係ないことが分かっているんだし。いまさら引っ張り出しても、意味はないんじゃないですかなあ」

「意味がないかあるかは、当人に会ってみなければ分かりません。国井さんにとって、小野瀬さんは単なる幼馴染みというだけではなく、とにかく命の恩人なのですから、田所さんや紀代さんと会うのとは違う、特別な意味があったはずです。奥さんの実家で追い返されて、傷心を抱いていた国井さんが、どんな思いで小野瀬さんを訪ねたのか、ぜひ確かめたい。例のメモに『錦着山』と書いたほどですからね」

「ああ、まあ、それはそうですがね」

「というわけで、僕は明日にでも小野瀬さんを訪ねようかと思っています」

「だったら、自分も行きますよ」

「いや、警察は関係ないと断定したんじゃありませんか」

「それはそうですが、浅見さん一人で行かせるわけにもいかんでしょう」

「とにかく、今回は僕に任せておいてください。何となく、そのほうがいいような気がするのです」

「ふーん、また例の勘ですかい？」

「そうかもしれません。では失礼」

浅見は山北を振り切るように、急いで電話を切った。

翌日、浅見にしては早朝といっていい時間に栃木へ向かった。

見当をつけて近くまで行って、一回だけ道を尋ねてすぐに分かった。小野瀬秀夫の家は錦着山の山裾近くにひっそりと佇《たたず》む、古い二階屋だった。探し当てて、建物の前にソアラが到着した時、目の前の車から山北部長刑事が部下とともに現れた。

「民間人の浅見さんに単独行動させるわけにいきませんからね。それにしても、すっぽかそうとは水臭い。おかげで余計な張り込みをさせられて、二時間も待ちましたよ」

苦笑いをして、愚痴を言った。

「そしたら、行きますか」

山北が先に立って歩きだそうとするのを、浅見は慌てて制止した。

「お願いですから、ここは僕だけに任せてください。それに、ちょっと心づもりがありますから」

「どうしても、ですか？」

山北は疑わしそうな目をしたが、結局、逆らえないと判断したようだ。部下に目配せして、車に戻った。

チャイムを鳴らすと、曇りガラスの向こうに人影が差して、なぜか少し待たせてから、「どちらさんですか？」と訊いた。宅配便か何かのつもりで出てきて、様子が違うのに気づいたのだろうか。

「浅見という者です。突然で申し訳ありませんが、国井和男さんのことでお話を聞かせていただきたくて伺いました」

そう言うと、また少し間を置いて、鍵を外す気配があった。

格子戸を引き開けて、初老の男が顔を見せた。

(どこかで会ったかな?――)

浅見は第一印象でそう感じたが、記憶が形を成す前に、「ま、どうぞ入ってください」と言われた。

玄関に入って名刺を渡した。相手は名刺を一瞥《いちべつ》しただけで、「何か?」と、探るような目で浅見の背後を窺《うかが》っている。誰か連れがあるのでは……と訝《いぶか》しんでいるのだろう。

「小野瀬秀夫さんですね。失礼ですが、以前、どこかでお会いしたことがありますね」

「そう……でしたかな」

小野瀬は苦笑いを浮かべながら、ものうげに視線を浅見の名刺に移した。

その仕種《しぐさ》で(あっ――)と思い出した。

「確かあの日、巴波《うずま》川で鯉に餌をやっておられましたね」

国井由香の手紙に誘われて、初めて栃木市を訪れた日のことだ。幸来橋の上で待ちぼうけを食らいながら、ぼんやり向けた視線の先で、川の鯉にパン屑《くず》を与えている老人の姿が、目の前の小野瀬にダブッた。その時の印象よりはいくぶん若く見えるが、間違いない。小野瀬も否定はしなかった。

「すると、あの手紙をくださったのは、あなただったのですか?」

「そう、でもあるし、そうではない」

禅問答のようなことを言い、「上がりますか」と背を向けて、奥へ向かった。浅見は急いで靴を脱いだ。

昔ふうの障子のある座敷に入る。障子を開け放った廊下の、ガラス戸の向こうは庭で、丹精込めた植木が目を楽しませる。

「母親が入院中なので、お茶は出せません」

「あ、どうぞお気遣いなく。すぐに失礼しますから」

「さあ、それはどうですかな。すぐに済む話だとは思えないが」

「話の内容次第ということですか」

長い話になることを、小野瀬のほうから提示したのは意外だが、浅見にとっては願ってもない展開だ。

「早速ですが、小野瀬さんと国井由香さんの関係は、由香さんのお父さん、国井和男さんの繋がりなのですか」

「まあ、それもありますがね。もっと別のことがある」

「と言いますと？」

「わしの甥っ子……といっても、正確にいうと従兄弟の息子ですが、そいつと由香さんの繋がりですな。つまり、二人は婚約しておった」

「戸村浩二さん、ですね」

「そうです」

当人の口から改めて明らかになった事実を受け入れると、これまでの謎がどんどん解明されそうな気がしてくる。

「わしが子供の頃、両親は離婚しましてね。まだ湯西川に住んでいた頃です。母親はわしのことを思って、父方の小野瀬の姓のまま別れてくれたのだが、母親の旧姓は戸村です。もっとも、親戚付き合いはほとんどなくて、この家も、母親の兄である戸村家の長男が亡くなって、跡継ぎが絶えて、ようやく譲ってもらったようなありさまです。母親の弟、つまり浩二の祖父は早くから東京に出てそれなりに成功して、こんな古屋は見向きもしなかったのですな」

小野瀬はたんたんと語る。浅見にしてみれば、もっとほかに知りたいことがあるのだが、じっと堪えた。

3

「そんなわけだから、浩二もうちとはまったく付き合いがなかったのです。それが、ひょんなことから突然、うちに現れた。そしてなんと、国井和男君の娘さんと婚約したというのですよ。世の中は狭いもんですなあ。ははは……」

ふいに小野瀬は笑いだした。

「いや、和男君などと気安く呼んでいますがね、本来なら『国井先生』と呼ばなければならない相手です。現に浩二は尊敬の念を込めてそう呼んでおりました。しかしわしは子供の頃の呼び名でしか、彼を呼んだことがないもんですからね。先生などとは、照れ臭くて呼べたものではない。決して不遜《ふそん》なわけではないのです」

「そのことなら気になさらないでいいのだと思います」

浅見は小野瀬に対して、好意的な感情が湧いてきた。

「それでは話の先を続けますか。えーと、浩二が和男君を尊敬していたところまででしたかな。とにかく学生時代から和男君のことを尊敬していて、初期の研究論文に至るまで勉強していたらしい。ただ、残念ながら和男君があいうことになって、生前の和男君に会うことはできなかったのですがね。ともあれ浩二はパリへ行って、和男君の忘れ形見である由香さんに出会い、幸運なことに恋人として付き合ってもらえるところまで進んだそうです。

その浩二がなぜわしのところに来たのかというと、由香さんに見せてもらった和男君の遺品にわしの名前があったからでした。浩二は驚いたでしょうな。戸村家内ではろくな噂も出ないような、うだつの上がらない存在だった小野瀬のおやじが、尊敬する国井先生の、日本における数少ない友人の一人だというのですからな。しかも由香さんにわしのことを訊くと、和男君から命の恩人として忘れてはいけない人間だと教えられていたそうです。日本へ帰ったら、必ず挨拶に行くようにとも言っていたらしい。

そして今年の二月、浩二がアメリカのAという化粧品会社の日本支社で勤務することになった時、うちに挨拶に来てその話をしました。由香さんもいずれ、日本に帰って結婚することになるだろうと言っておりました。わしはそれで初めて和男君に娘さんのいることを知ったわけですがね。いや、それどころではなくて、わしのおふくろが十年前に和男君から預かり物をしたままになっていたのですな」

「えっ……」

浅見が思わず叫んだので、小野瀬は驚いて話を中断した。

「どうかしましたか？」

「その預かり物ですが、香水の瓶ですね」

「ほほう、よくお分かりですな。確かに香水の瓶が入った、寄木細工の箱でした。しかしどうしてそれを？　いや、浅見さんならそのくらいのことはお分かりなのかもしれませんがね」

「は？　それはどういう意味でしょう？」

「つまり、わしが見込んだ目に、狂いはなかったということです」

「じゃあ、やはりあの国井由香さんの名前で手紙を僕にくれたのは、小野瀬さんだったのですね」

「いや、正確に言うとそうではなく、手紙は由香さんが書いたものですよ。ただしそうしなさいと知恵を授けたのはわしです。ご無礼かとは思いましたが、浅見さん以外に頼れる方はおりませんでしたのでな。妙な猿芝居を打ちまして、申し訳ありませんでした」

「いや、そんなことはいいのですが……とにかく話を戻しましょう。その預かり物をした経緯はどういうことだったのですか？」

「十年前のその日、おふくろの話によれば、夕方時分だったということです。見知らぬ男がわしを訪ねて来て、たぶん『国井和男』と名乗ったと思われます。しかしその頃、おふくろはすでにボケが始まっていましてね、そうでなくてもたぶん、湯西川の子供時代の和男君のことは憶《おぼ》えていなかったでしょうが。とにかくわしは留守だったもんで、わけの分からないまま、袱紗包みを受け取ったのだそうです。

わしが帰宅して『クニイ』という名前をうろ憶えで言われたのだが、誰のことか分かりませんでね。いささか薄気味悪い思いで袱紗包みを広げてみると、中から寄木細工の箱が出てきた。さらに箱を開けるとどうやら香水の瓶であるらしい。おふくろはもちろんだが、わしも見たとおり、香水にはおよそ縁のない男でしたから、どういうことなのか、さっぱりわけが分からない。おふくろは、その男が『後でまた来る』と言っていたというので、そのままにしていたのです。

そうしたところが翌日、日光の霧降滝で人が殺されていて、その名前が国井和男だというじゃないですか。それでわしも思い出した。ひょっとすると湯西川の国井和男君ではなかったのか……とね。その和男君が殺されて、しかも預かり物までしている。これはえらいことになったと思いましたよ」

「それにもかかわらず、警察に通報しなかったのですか？」

「えっ？　ほほう、警察に通報しなかったことも、すでにお見通しですか。さすがに浅見さんですなあ」

「そんな、感心している場合ではありませんよ。なぜ通報しなかったのですか？」

「警察は嫌いですからな」

小野瀬は表情も変えず、いともあっさり、言ってのけた。

「嫌いとか、そういう問題ではないでしょう。犯人側の犯行動機は、ひょっとすると、その箱を奪うことにあったとも考えられます。もしそうだとすると、事件解決のために、小野瀬さんからの通報が役立ったかもしれないじゃありませんか」

「いや、ボケたおふくろの証言など、何の役にも立ちませんよ」

「国井さんの時はともかく、今度の戸村さんの事件の場合はどうでしょう」

「ははは、浅見さんはお兄さんが警察のえらいさんだから、そういう天の邪鬼は分からないでしょうがね。とにかくわしは警察は大嫌いなのです」

兄のことまで知っているというのが、いささか不気味だ。

「どうしてですか？　過去に何かいやなことでもあったのですか？」

「そのとおりですよ。いや、浅見さんだって知ってるはずですがなあ」

「えっ、僕がですか？」

「そうですよ。忘れてしまいましたか、わしのことを」

「小野瀬さんのこと？……幸来橋でのことなら憶えてますが……」

「いや、もっと以前のこと。ほら、会津の漆器工場の事件（『風葬の城』講談社文庫）のことですよ」

「あっ……」

そう言われてみると、浅見にも小野瀬の面影に、遠い記憶があるような気がした。会津若松の漆器工場を見学した時、たまたま遭遇した殺人事件のことである。その事件で、被害者の最も身近にいたために容疑を向けられ、警察の取調べにあい、七日間も勾留された人物がいた。それが漆器職人の小野瀬秀夫だったのだ。

「遅ればせながら、あの節は本当にありがとうございました。事件直後のゴタゴタで、浅見さんに直接、お会いしてお礼を申し上げる機会もなく、後でご住所を聞いて、手紙を差し上げただけでしたので、わしのことなど憶えてなくても当然ですが、浅見さんのご活躍で身の潔白が証明されたことは、片時も忘れたことがありません」

小野瀬は改めて頭を下げた。

「そうだったのですか。いや、僕は事件のほうばかり向いていて、無我夢中でしたから、小野瀬さんのようにとばっちりを受けた方のことには、まったく気が回らなかったのです。失礼しました。なるほど、それで警察不信に陥られたのですね」

「そんなわけで、今回の事件でも、警察に申し出ることなど、最初からこれっぽっちも考えませんでしたな。むしろ隠すことばかり考えました。ところが、隠していられない事態が起こりまして、またしても浅見さんに助けてもらわなければならなくなりました。それもこれも、あの時お世話になったことが、忘れられなかったからなのです。あの事件で、浅見さんが類まれな名探偵であること。しかも警察と違って、人情味のある解決をなさることに、深い感銘を覚えたものでした。それはともかく、ご迷惑をおかけして、重ね重ね恐縮です」

またまた頭を下げた。

「いえいえ、そんなことはぜんぜん構いませんが、それより、何がどうなっているのか、筋道を立てて話してください」

「では、最初からお話ししますかな」

小野瀬は唇を舐《な》めて、視線を天井に向けてから、話しだした。

「浩二がパリの由香さんの家へ行ったのは、去年のクリスマスの時でした。その際、わしの名前を見たのです。そうして帰国後、この家に来てその話をしました。和男君の娘さんと浩二が知り合いで、それも結婚を言い交わしたほどの間柄とは、まさに驚きでした。

それでわしは、十年前の和男君からの預かり物のことを話しましてね。現物を出して見せたら、今度は浩二が飛び上がって驚いた。それから、この香水がいかに素晴らしいものであるかを熱心に語りました。わしは香水のことなど、まるで分からない人間なので、浩二の話を聞いても、とても理解できたものではなかったのですがね。

浩二が言うには、何でも、和男君の業績を研究している過程で、三位一体の香水が存在することを知ったというのです。三つの香水を一つにすることによって、これまでになかった素晴らしい夢の香水ができる……その三つのうちの一つがこれなのだ……と、その話をする時は目を輝かして喋《しゃべ》っておりましたっけが……」

「分かります。国井和男さんはそういう香水を開発したものの、不完全であるばかりか、危険な部分があることを知って、自分の時代での開発を封印し、後継者と目される三人の女性に分散して預け、いつの日か実を結ぶことを期待したのです」

「そうですか、そこまでご存じでしたか。それならば余計な説明は無用ですな。浩二は、そのうちの一つが和男君の助手というのか、パートナーというのか、ごく親しくしていた西原という人が所有していること、もう一つは沼田皇漢製薬というところにあることが分かったと言っていました。あと一つの行方は不明だったのだが、それがここにあるなんて、信じられないと感激していましたよ。

そして、これは本来、和男君の娘さんである由香さんに渡るはずのものだと言うのです。それでわしは、和男君の娘さんが来たら、いつでもお返しすると言いました。浩二は自分が持って行ってやるとか言ってましたが、それはだめだと断りましたよ。従兄弟《いとこ》の息子だからといって、甘えるんじゃないとね。しかし、浩二があういうことになるのなら、渡してやればよかったかもしれませんな」

小野瀬はそれが唯一の心残りなのだろう。皺《しわ》の深く刻まれた目を瞬いた。

4

「その後、浩二さんはどうしたのでしょうか？」

浅見は訊いた。

「よくは分からないのですがね、浩二はしきりに『失敗した、由香さんとのことを言うんじゃなかった』とぼやいておりましたよ。つまり、沼田皇漢製薬の人間に、三つ目の香水を発見したことだけでなく、国井由香さんと付き合いがあると話してしまったのですな。何も分かっていないわしを相手に、そんなふうに愚痴を言うくらいだから、よっぽど責められて、困っていたのでしょうな。ばかなやつです」

小野瀬は悲しげに笑った。

「というと、沼田皇漢製薬側から、脅しに近いようなことを言われていたのですね」

「ああ、そう言ってました。十年前の和男君の事件のことを持ち出されたそうです」

「えっ、国井和男氏を殺したのは自分たちだと言ったのですか？」

「まさか、そこまでは言いませんが、その香水に関わるとろくなことにならないという口ぶりだったそうです。ブツを狙《ねら》っているやつが身近にいるから気をつけろとも言われたそうです。だから浩二は『自分だけでなく、由香さんまで国井先生のようになるのではないか』と心配してましたな」

「なるほど……そんなに戸村さんが困っていたのに、小野瀬さんはこの香水を渡さなかったのですね」

「そういうことです。いや、たとえ渡していたとしても、浩二はこれをその連中に渡しはしなかったでしょう。もしそうするつもりなら、わしのところにあることを教えればよかったのですからな」

小野瀬は弱々しく、笑った。

「いま思うと、浩二にとってこれは宝物だったのでしょうなあ。この香水を見せた時、浩二はそれこそ三種の神器に触るように、おそるおそる手にしてました。『これがあれば、国井先生の理想が実現できる』と、いやに威勢がよくなったり、『いや、自分には無理かな』と、弱気になったり……わしは言ってやったのですよ『これは浩二の物でなく、由香さんに渡すべき物であることを忘れるな』とね。すると浩二は、我に返ったように『そうです、そうしなければならない』と、今度は正義の味方のような顔をしておりました。

いや、冗談でなく、浩二はおそらく自分だけが和男君の後継者だと、一途《いちず》に思い込んでいたんじゃないですかな。香水の世界にはそういうところがあるのか、それともこの三位一体の香水なるものに魔力があるのか。わしの目には、浩二もその魔力みたいなものに冒されているように見えましたがね」

「戸村さんも、国井さんに負けず劣らずロマンチストの化学者だったのですね」

「ところが、それから一週間もたたぬうちに、浩二の自宅が家捜しされたのだそうです」

「え、ほんとですか？」

「浩二がそう言っていました。留守の間に、西原が訪ねて来て、後で部屋の中が荒らされていることが分かったそうです」

「それは本当に西原氏だったのですか？」

「マンションの管理人に、西原と名乗ったそうですよ。以来、浩二は西原という男を警戒するようになりました」

「僕の知っている限り、西原氏はそんな悪人ではないと思いますよ。国井氏もそれを信じていたからこそ、西原氏に香水の一つを委《ゆだ》ねたのです」

「ふーん、そうでしたか。しかし浩二は思いこんでいましたな。沼田皇漢製薬のやつが『身近なやつ』と言ったのは西原のことではないかと言っていました。とにかく、沼田皇漢製薬にも西原にも、絶対にこの香水の在り処を知られてはならないと強調してました。幸い、わしの家のことは誰も知らないので、由香さんが日本に来るまで、しばらく預かっておくことにしたのです」

「それはおそらく疑心暗鬼というものだったでしょう」

浅見は残念そうに言った。

「いや、単なる疑心暗鬼ではありません。とどのつまり、その浩二の危惧は、間違っていなかったことが証明されたのですからな」

「えっ、それはどういう意味ですか?」

「なぜって、浅見さん……」

小野瀬は呆《あき》れ顔になった。

「その証拠に、浩二は殺されてしまったじゃないですか。しかもですな、浩二が心配したとおり、西原がこの香水のことを知ったとたんに殺されたのですからな。浩二から香水が見つかったと聞いた由香さんが、西原に言ってしまったのですよ。浩二からきつく口止めされていたにもかかわらず、黙っていられなかったようです」

国井由香が西原マヤのところに、香水が見つかったらしいと知らせてきたことは、浅見も西原親子から聞いている。しかし、その背景にこういう経緯があったとは思いもよらなかった。ましてや、戸村浩二が由香に口止めをしていたこと、それが破られたことなど、想定外のことばかりだ。

「それにしても、西原氏が犯人だなどと、決めつけるのは、早計だと思いますが」

浅見はそう言ったが、自信があってのことではない。彼自身、西原親子に対して、戸村の死に直面した由香が疑惑を抱く可能性のある話をしているのだ。由香と小野瀬の胸に疑心暗鬼が生じたのは、その予測を裏付けたにすぎない。

「これは浅見さんらしくもないですな」

小野瀬は不満そうだ。

「西原が犯人であるかないかは、半分半分でしょう。ありのままを見れば、西原が犯人である可能性のほうが高いんではないですかなあ。繰り返すが、西原が香水のことを知ったとたん、浩二は殺されたんですよ。だからわしは、由香さんに西原には気をつけろと言っているのです」

「あっ……」

浅見は気がついた。

「すると、国井由香さんはこちらのお宅にいるのですね？」

「ははは、ばれてしまいましたか。まあ、浅見さんにはいずれ話すつもりでしたがね。由香さんはひとまず、この家に潜んでいてもらっているのです」

小野瀬は「ちょっと待ってください」と奥に引っ込んだ。建物は古いが部屋数は多いのか、奥で何か話している気配は伝わってこない。しばらくすると足音が聞こえ、小野瀬に続いて、若い女性が部屋に入ってきた。

「紹介します。国井由香さんです。こちら浅見光彦さん」

色白で、目が大きく、ショートヘアの、見るからにキュートな感じの女性だ。しかし、表情は冴《さ》えない。「由香です」と言った声にも、張りがなかった。

「小野瀬さんに勧められて、浅見さん宛に手紙を出させていただきました」

自己紹介に続けて、そう言った。

「そういうことです。浅見さん以外に相談できる人もいなかったものですからな。それに、ずいぶんオーバーに、いまにも殺されそうな感じに書かせたのは、浅見さんにどうしても助けに来てもらいたかったからです。わしが自分で書いて送ってもよかったのだが、女性からの手紙のほうが効果的だと思ったこともあります。浅見さんの主義は『義を見てせざるは勇なきなり』だと思いましたしね」

それは否定しないが、何だか見透かされたような気分ではあった。

「その手紙ですが、日付は戸村浩二さんの遺体が発見される前日になっていましたね。まるで事件を予測したような結果になりましたが、それはどういうことだったのですか？」

浅見は訊いた。

「私が日本に来る前に、浩二さんから身の危険を臭わせるメールが届いたのです。不審なメールで幸来橋に呼び出されたといって脅《おび》えていました。そこで小野瀬さんにご相談したら、浅見さんにお願いするのがいいと」

「そういうことです。これはただごとではないと思いましたよ」

小野瀬が言った。

「すみません、私が軽率だったばかりに」

由香が小さくなって詫《わ》びた。

「いやいや、あんたが悪いわけではない。憎いのは西原ですよ。まあ、浩二や由香さんにしてみれば、西原のことを疑う気など、これっぽっちもなかったのでしょうがね」

「でも、私にはどうしても西原さんがそんなことをするとは思えないのですけど」

「よく分かる。しかし、人間、欲に目が眩《くら》むと何をするか分からないもんです」

小野瀬は宣言するように言った。

「由香さんは西原のところに連絡すると言ったのだが、それはやめたほうがいいと、わけを話して、浅見さんに手紙を出させました」

「それにしても」浅見はジャケットのポケットから見つかったメモのコピーを見せながら尋ねた。「この内容……手紙の四月十日午前九時を示すような数字と、『幸来橋』の待ち合わせ場所まで一致していたのは、どうしてですか？」

「このメモは、もともと父のジャケットに入っていたものなんです」

由香が言った。

「父が亡くなった時に車に残されていたジャケットで、いわば父の遺品になりました。それを浩二さんが貰《もら》ってくださったんです。その隠しポケットに、この紙が入っていました。四つの地名に何の意味があるのか分かりませんでしたけど、浩二さんは面白がって、それもそのままポケットに仕舞《しま》いました。幸来橋のメモは浩二さんが書いたものだと思います。電話で言っていた日時と一致していますし……。亡くなる時に、そのジャケットを着ていたなんて、なんだか不思議な気がします」

由香は涙ぐんでいる。

「その呼び出しのことを由香さんから聞いたもんで、浩二に何かあってはいけないと思い、手紙にあんなことを書かせたのですよ」

小野瀬は苦笑したが、その笑いをすぐに引っ込めて言った。

「ところが、わしの不安は不幸にも的中してしまった。その手紙を出した翌日、浩二があんなことになりました。覚悟はしていたが、恐ろしかったですな。すぐに西原の犯行だと思いました。由香さんにもそう言ったのだが、由香さんはそんなことはあり得ないと否定する。わしはそうは思わないと言う。どっちにしろ、警察が捜査を始めるだろうから、それを見守ることにしようということになりましてね。とにかくこの家から動かないほうがいいと判断して、それ以来、ずっとこの家に身を潜めているのです。一方で浅見さんに会わなくてはと思い、幸来橋に行ったのはいいが、刑事らしいのが二人いたので、わしはさっさと退散することにしました」

小野瀬の長い「事件ストーリー」がひとまず終結した。浅見はいろいろな思いが脳裏に錯綜《さくそう》して、ため息が出た。

「それでもなお、警察には通報しなかったのですね」

「もちろんです。わしは構わないが、そんなことをすれば西原のところに警察は走るでしょうからな。それは由香さんとしては大いに困るというわけです。しかし、わしは心配だったので、こちらも浅見さんにお願いしようと考えたのです」

「それが、西原さんの『香りの展覧会』への案内状ですね」

「そうです。浩二のもとに来ていた案内状の中身を利用して、由香さんに内緒でわしが宛名を書いて送りました」

「しかし、こちらの封筒からも、ずいぶんなまめかしい香りがしましたが」

「もともと、案内状に香りをつけてあったのでしょう。かなり強い匂いがしていましたから」

「なるほど……。そういうことでしたら、手紙で済ませず、直接、頼みにいらっしゃればよかったのではありませんか」

愚痴の一つも言ってみたかった。

「おっしゃるとおり、結果から言えばそうかもしれませんが、私のほうにも一抹の不安がありましてね。何といっても浅見さんのお兄さんは警察庁のえらいさんでしょう。ストレートにお願いして、もし断られるようなことになればとか、警察に秘密を明かしたのと、同じようなことになりはしまいかと思ったのです」

「しかし、手紙だけでは、いたずらかと思って無視する可能性もありましたよ」

「いえいえ、浅見さんに限って、それはないと信じました。なぜかというとですね、内田康夫が書いた浅見さんの事件簿の『上野谷中殺人事件』というのに、救いを求める手紙を無視したために、その人が殺されるのを、未然に防ぐことができなかったのを、浅見さんが大変悔やんでいた話がありましたから」

「ああ、確かにそういう辛《つら》い出来事がありましたね」

図星を衝かれて、浅見は胸の底から湧いてくる苦い思いを嚙《か》みしめた。

5

チャイムが鳴った。そう大きな音ではないのだが、一瞬の静寂が漂っていたせいか、飛び上がるほどのショックだった。

「あっ、忘れてました」

浅見は立ち上がった。

「誰ですか?」

小野瀬が不審の目を向ける。

「じつは、刑事さんを二人、待たせてありましてね」

「刑事……」

「ええ、こちらのお宅に伺うというので、ストップをかけておいたのですが、そろそろ限界がきたようです」

「何ということ……じゃあ、浅見さんは刑事を連れて来ていたのですか」

「いいえ、連れて来たわけではなく、先方が勝手に現れたのです。しかし小野瀬さん、いつまでも警察抜きにしておくわけにはいきません。この辺が潮時でしょう。警察に本格的な捜査を促すためにも、状況をオープンにする必要がありますよ」

それでもまだ物言いたげな小野瀬を尻目に、浅見は玄関へ向かった。

玄関の引き戸を開けると、山北は開口一番「長いですなあ」と文句をつけた。

「すみません。いろいろ複雑な事情がありましてね。その分、山北さんの収穫も多いと思いますよ」

ともかく玄関に入ってもらって、小野瀬を呼びに行った。小野瀬はフグのように頰を膨らませながら、それでも玄関まで出た。

「戸村浩二さんの葬儀でもお話をうかがった栃木署の者ですが、事件のことで、少しお話を聞かせてください」

山北は改めて手帳を示して、言った。こうなっては小野瀬に拒む理由はない。「どうぞ、上がってください」と、座敷に通した。座敷からは由香の姿は消えている。

「えーと……」

言いかけたものの、山北は何を訊けばいいのか、分かっていない。

「いろいろお訊きになりたいことがあると思いますが」

浅見が助け船を出した。

「一通りのことは僕がすでにお聞きしましたので、必要な部分をかいつまんで、僕からお話ししましょうか」

「ああ、それがいいですな」

山北はほっとしている。

十年前の国井和男の訪問から話す必要があるから、長い説明になった。

しかし、山北の関心は戸村浩二の事件に集中している。国井和男の事件など、どうでもいいことのように先を急がせた。

戸村関係の時系列の動きは概《おおむ》ね次のようなものになる。

帰国した戸村浩二は小野瀬家に来て、国井由香とのことを話した。そして、由香の父親・国井和男のもとに小野瀬の名前があったことを話す。

そして、小野瀬が国井和男から預かった香水の話になった。

戸村は驚いて三位一体の香水の話をした。三つの香水の一つは西原哲也・マヤが、もう一つは沼田皇漢製薬の沼田皇奈子が持っていることが分かっている。そしてその最後の一つが、なんと小野瀬秀夫の手元にあったのである。戸村の驚愕《きょうがく》がひととおりでなかったのも当然だ。

その三つの香水を一つに合体させ、「究極の香水」を開発することを夢見た戸村は、沼田皇奈子に自分の発見を告げた。ところが、戸村の意に反して、沼田皇漢製薬の関係者からは警告めいたことを言われた。驚いた戸村は香水のことを秘密にしようとしたのだが、西原には、国井由香を通して、その存在が知られてしまった。その直後、自宅が「西原」と名乗る人物に家捜しを受けたのである。

「戸村さんは誰を恐れたんです？」

山北が訊いた。

「それは西原でしょうな。浩二が香水の在り処を知っていると聞いたとたん、浩二を殺したのだから」

小野瀬は当然のように言った。

「いや、そんなふうに断定してはいけませんよ。いまはっきりしているのは、そういうタイミングで事件が起きたということだけなのですから」

浅見は窘《たしな》めたが、山北はすぐに乗り気になった。

「まあいいじゃないですか。西原氏に動機があることははっきりしているのだから、とりあえず当日のアリバイ調べなど、やってみますよ。このあいだはそういう予備知識は何もなかったが、今度は話が違う。明日にでも、ホテルに出向いて、事情聴取を行ないたいですな」

「おや、いま西原は自宅にいないのですか」

小野瀬が訝しげな顔をした。

「身の危険を感じて、ホテル住まいをしているのです」

「えっ、どういうことです？」

「戸村さんが恐れたようなことを、西原さんも警戒しているのですよ」

浅見は西原親子の状況を説明した。

「ふーん、気に入りませんなあ」

小野瀬は鼻を鳴らした。

「だいたいミステリー小説なんかだと、いちばん被害者らしいやつが犯人だったりするもんですからなあ」

「それはミステリーの読みすぎです」

山北が話をもとに戻そうとして割って入る。

「まあ、その辺でいいでしょう……。そして四月二日に、戸村さんは遺体で発見されたというわけですか。だというのに、小野瀬さんは警察に届け出ることをしなかった。これは明らかに、市民としては無責任な行為ですよ」

「いいではありませんか。多少、遅くはなったけれど、こうしてきちんと警察に通報する結果になっているのですから」

浅見はとりなした。

「分かりました。しかし小野瀬さん、今後はひとつ、警察に協力していただきたい。お願いしますよ」

山北は頭を下げ、小野瀬も仕方なさそうに頷いて、物問いたげに浅見を見た。浅見は彼の意図を察して、訊いた。

「由香さんのことですか？」

「そう、どうしますかね」

「それは、できればご紹介したほうがいいと思いますが」

「しかし、彼女が何と言うか」

「すみませんがね」

山北が再び割って入った。

「何かあるなら、二人だけでコソコソしないで、はっきり言ってくださいよ」

「いや、国井由香さんを山北さんに引き合わせたほうがいいかどうか、検討していたところです」

「えっ、引き合わせるって……すると、ここに国井由香さんがいるんですか？　そんなこと、検討するまでもないでしょう」

鬼のような顔になった。

「分かりました」

小野瀬が由香を呼びに行った。由香は大の男四人が屯《たむろ》する座敷に、かすかな香水の匂いと共に、それこそ蝶のように舞い降りた。庭を背景にして、少し窮屈そうに脚を斜めに崩して坐った姿は、楚々《そそ》として美しい。

浅見はともかく、若い刑事は逆光のせいもあるのか、眩《まぶ》しそうに目を細めている。

山北はあらためて、戸村が殺害された日の前後について由香に質問し、西原との関わりを確かめた。

「しかし、殺された戸村さんだって、西原氏を恐れていたのでしょう?」

「いえ、そうはっきりと言ったわけじゃなくて、いろんな人に狙《ねら》われているって言ったのですけど……」

由香は小野瀬の顔色を窺うようにして、言った。

「いや、由香さんに西原が犯人だと言ったのはわしですよ。だってそうでしょう。由香さんが西原に、浩二が香水を持ってると喋ったとたん、殺されちまったのですからな」

「そのことですが」と浅見は言った。

「由香さんは西原さんに何て言ったんですか? 正確なところを教えてください」

「確か、マヤさんに『戸村さんが父の香水の一つを見つけたらしい』っていうメールを送ったと思うのですけど」

由香は自信なさそうに答えた。

「『見つけた』ですね? 『持っている』ではないのですね?」

「ええ、その時点では、小野瀬さんが香水を持ってらしたのですから、戸村さんが持っているとは言わなかったはずです」

「どっちも大した違いはないでしょう」

小野瀬は言った。

「いえ、大いに違いますよ。そうですよね、山北さん？」

「は？　ああ、まあ、違うって言えば違いますがね。似たようなものだと言えば、似たようなものだし……とにかく、帝国ホテルにいる西原氏を事情聴取すれば白黒ははっきりする。よろしいですかな、浅見さん」

「僕のほうから連絡を取りましょう。ホテルに乗り込むのは近所迷惑ですから、一度、栃木署に出向いてもらうのがいいかもしれませんね」

「ああ、そうしてもらえると助かりますな。しかし、大丈夫ですかね？　逃げたりはしませんか——」

山北はすでに、なかば被疑者扱いをしている。山北本人はいい男なのだが、警察の体質はそういうもので、だから一般庶民に敬遠されるのである。

「それより山北さん、西原さんだけでなく、もう一つの香水を持っている沼田皇漢製薬のことも無視しないでください」

浅見は言った。

「戸村さんは、沼田皇漢製薬の人間にも香水を発見したと話していたのです。そうですね、小野瀬さん」

「ああ、それは確かに、そうです。しかし、浩二の部屋を家捜しするなど、はっきりと行動に移したのは西原ですから……」

「いや、そんなふうに断定してはいけないと言っているのです」

浅見は慌てて小野瀬の口を封じた。そうでないと、警察は単純に西原にだけ、捜査の矛先を向けかねない。

6

「一つだけ、気になっていることがあるのですが」

浅見が山北の代弁をするように言った。

「由香さんは、お母さんのご実家がこのすぐ近くにあるのに、なぜ小野瀬さんのお宅にいて、そちらへは行かなかったのですか？」

「それはだから、わしがそうしたほうがいいと言ったのですよ」

小野瀬が言った。

「ご実家の住所は西原も知ってますからな。必ず立ち回るに違いないと……」

「そうじゃないんです」

由香が少し強い口調で言った。

「小野瀬さんはそうおっしゃってくださいますけど、本当は私が行きたくないんです。十年前、父を門前払いにした祖父の家なんかに私は行きません。だって、もしあの時、父を迎え入れてくれていれば、父は出歩くこともなかったし、あんな目に遭わないで済んだかもしれないんですもの。

それに、この香水も祖父の家で預かってもらえていれば、小野瀬さんのお宅にあることもなかったのだし、戸村さんが香水に出会うこともなくて、殺されたりしなかったはずです」

由香が話しやむと、誰もが息を潜めたように、シーンと静まり返った。浅見でさえ、言うべき言葉を失っていた。

まったく、原因を遡《さかのぼ》ってみると、由香の言うとおりなのだろう。しかし、そんなことは誰も予測できない。運命が仕掛けた罠《わな》は、思いもよらぬ結果をもたらすものである。

「それは違うよ、由香さん」

小野瀬が悲しそうに言った。

「娘を奪われた、お祖父《じい》さんの気持ちも分かってやらないといけないな。それにいまは、そのお祖父さんも亡くなられて、お祖母《ばあ》さんだけで暮らしているのだろう。由香さんが顔を見せてあげたら、どんなに喜ぶかしれない。過ぎたこと、昔の恨みは忘れなきゃ……などと偉そうなことを言うわしも、なかなかそれができないのだけれどね」

「そうですよ小野瀬さん」

浅見が言った。

「警察も憎らしいでしょうけど、そろそろ許してあげてもいいんじゃありませんか。僕の兄も警察の人間だから、小野瀬さんに警察批判をされると、辛いものがあります」

「ははは、浅見さんを悩ますとなると、申し訳ないですな。しかし、わしの依怙地《いこじ》は警察が原因というわけではないのです。そもそもは親父《おやじ》がわしとおふくろを捨てたことから、この僻《ひが》み根性が始まっていると言っていい。だから由香さんのお祖父さんの気持ちも、よく分かるのですよ。お祖父さんは和男君を追い返した後、きっと後悔したにちがいない。しかもその直後に和男君が亡くなってしまったのですからな。取り返しのつかない過ちを犯したと思ったことでしょうな」

小野瀬の述懐から、一座の人々にいろいろな想いが錯綜して、沈黙が漂った。ことに、由香の気持ちを思いやって、誰もが言葉を発しにくい状態であった。

「私、行きます」

由香がポツリと言いだした。

「祖母のところへ、行きます。前、行った時は、父は取りつく島もなく追い返されたって聞いただけで、帰ってきてしまったんですけど、祖母の話をもっと聞いてあげるべきだったんです。やっぱり、私、行きます」

「そうだねえ、それがいいね。わしもおふくろを病院に預けてきてしまったが、気になって仕方がない。いくらボケたといっても、人恋しくしているにちがいない。由香さんのお祖母さんはしっかりしておられるから、なおさら寂しいでしょうな。会いに行ってあげなさい。そうしなさい」

「お送りしましょう」

浅見が立ち上がった。それにつられるように、全員が腰を上げた。

「われわれもついて行きますよ」

山北が宣言した。

「お祖母さんから、何か目新しい話が聞けるかもしれませんからな」

由香が着替えを済ませ、パリから持ってきているスーツケースに身の回りの物と香水の箱を詰め込んでくるのを待って、二台の車がスタートした。小野瀬は残り、これから病院へ母親を迎えに行くと言っていた。

カーナビゲーションに守山家の住所をセットして、あとは機械の指示任せだ。山北の覆面パトカーは、つかず離れず、スッポンのようについてくる。

小野瀬の家から守山家のある「おもちゃのまち」までは三十分程度の道のりである。薄暗い家の中にいたせいか、街並みや、陽光に輝くばかりの新緑の風景が眩しい。

由香は物思いに沈んだように、黙りこくっている。浅見は女性と二人きりになると、口数が少なくなる体質だ。しかも相手は婚約者を喪《うしな》ったばかりである。どういう言葉をかければいいのか、思い浮かびさえもしない。

東武宇都宮線の線路を越えて、信号を左折すると、「おもちゃのまち」駅で、そこから守山家はすぐだった。この界隈《かいわい》は宇都宮のベッドタウンとして開発が進む、スーパーや銀行も揃った新しい街だ。「おもちゃのまち」と呼ばれる地区は、広いスペースに玩具《おもちゃ》メーカーの工場やオフィス、展示場などが建ち並ぶ。それに隣接して、静かな住宅街が広がっていた。

カーナビが「目的地周辺です。音声案内を終了します」と、そっけなく告げた。

「この辺りですね。分かりますか？」

浅見は訊いた。由香はフロントガラスの向こうを眺めて、風景の記憶を呼び覚まそうとしている。

山北が心得て、車を降りると家々の軒先を確かめながら歩いて行った。

「あ、あそこです」

由香が叫ぶのと、山北が振り返り、手招きするのと同時だった。

7

守山家は小さな前庭のある、ごくふつうの古い二階屋だ。車を道路脇に寄せて停め、刑事を一人車に残して、由香、浅見、山北の順にささやかな門を入った。

躊躇《ちゆうちよ》する由香に代わり、浅見がチャイムボタンを押すと、家の奥のほうから「はーい」という、年老いた感じの女性の声がかすかに聞こえて、間もなく玄関ドアが開いた。

半開きのドアの脇に顔を覗かせたのは、八十歳をとっくに越えたと思われる老女だ。刻まれた皺にもかかわらず、面差しがどことなく由香に似通っている。隔世遺伝ということがあるから、母親以上に由香に似ているのかもしれない。

おたがいがそう思うのか、老女も由香も、顔を見つめ合い口をポカンと開けたまま、しばらくは声も出ない。

「由香ちゃん、来てくれたのね」

老女が絞り出すような声で言った。

「ええ、来ました。ごめんなさい」

由香はあどけない少女のように答えた。胸が詰まって、それ以上は言葉にならないのだろう。いまにも泣きそうな顔だ。

その脇で、浅見はお辞儀をした。

「突然、お邪魔してすみません。僕は浅見という者です。こちらは栃木警察署の山北部長刑事さんです。じつは、本日は、由香さんをお連れするのと同時に、国井和男さんの事件のことなどについて、少しお話をお聞きしたくて伺いました」

唐突な申し出だから、さぞかし老女は戸惑うと思ったが、それほどではなく、「ここでは何ですから、どうぞお上がりになって」と、ドアをいっぱいに開け、三人の客を招じ入れてくれた。

老女は先に立って応接室に案内した。古い建物だが、大切に使っているらしく、壁も床もさほどの歳月を感じさせない。かつての暮らし向きのよさを物語るように、天井からはシャンデリアが下がり、センスのいいアンティークの調度品、そして、娘時代に由香の母・真由子が使っていたものだったのだろう、アップライトピアノもある。

「申し遅れました。私は菊江《きくえ》と申します」

老女はあらためて挨拶した。

山北が警察手帳を出して、事情聴取の態勢を作るのを、菊江は制した。

「あの、お差し支えなければ、お茶をお出ししたいのですけれど」

相当な年配のはずなのに、ボケどころか、落ち着いたしっかりした応対といい、言葉の選び方といい、年輪の重さに圧倒される思いがする。

「は、よろしくお願いします」

山北は県警本部長にでも会ったように、不動の姿勢を取った。

菊江はお茶と和菓子を運んでくると、三人を等分に見渡せる席に坐った。

「早速ですが」と、浅見は少し無粋な口調で切り出した。

「十年前に国井和男さんがこちらのお宅にいらっしゃった時のことをお聞かせください。その際、ご主人が国井さんを拒否なさったのだそうですね」

「ええ……」

その時の情景を思い出すのか、菊江はハンカチを取り出して、目頭を押さえた。

「和男さんが突然、訪ねてみえて、何か大切なお話があったようなのですけど、主人が話も聞かずに、玄関先で追い立ててしまったのです。和男さんがお土産を出す間もありませんでした」

「そのことですが、それは、単なるお土産ではなかったのですよ」

浅見が由香を促した。由香は膝の上に載せた袱紗《ふくさ》包みを広げ、寄木細工の箱を取り出した。箱の中身を見て、菊江は「まあ、きれい」と、若々しい声で言った。

「これが、由香ちゃんが以前話していたあの香水ですの？」

「そうです。国井さんが創作した、最後の香水です。これを由香さんに託すために、こちらのお宅に預けるおつもりだったと思われます」

「そうでしたか……。やはり、あのことがあったからでしょうか」

「あのこと、とは、何でしょうか？」

「あ、いえ、主人がね、その時、申していたことなのですけれど……」

菊江は言い淀《よど》んだ。三人の客は、彼女が口を開くのをじっと待った。

「主人はこう言ったんですのよ。『あれは長いことないな』って」

「えっ、どういう意味でしょう？」

その翌々日には、国井和男は死体となって発見されるのである。よもやそのことを予知したとは考えられない。

「和男さんは重い病……たぶん肝臓ガンに冒されていて、余命いくばくもないだろうと、そう申しておりました。主人は宇都宮病院の内科部長を務めておりましたから、そういう症例はよく存じていたと思います。そんなわけですので、後になってその時のことを悔やんで、『入れてあげりゃよかった、可哀相なことをした』って、四年前に、自分が亡くなるまでそう言っておりました」

「そんなふうに根は優しいご主人が、国井さんをそこまで毛嫌いされたのは、よほどお二人のご結婚に反対だったのでしょうか」

「それだけではありませんのよ」

菊江は苦笑して、首を横に振った。

「主人とは、国井さんのお父様の代から引きずった因縁がございましたの」

「はあ、因縁と言いますと？」

「それは、長いお話になりますから」

「長くてもわれわれは平気です」

山北が身を乗り出した。

「どういうことか、ぜひ話してください。いや、話してもらわないと困ります」

相手が拒めば、拷問でもしかねない意気込みだ。

「昔、この近くに陸軍の飛行場がありましたのよ。ご存じじゃないでしょうけれど」

「そのことなら、自分らも知ってますよ」

「あら、ほんとに？　この辺りの人でも、お若い方は知らないみたいですけど」

「それで、その飛行場がどうかしたんですか？」

「主人の実家はその飛行場のすぐ近くにあって、滑走路やら何やらの施設を拡張する時、立ち退きにあって、いまのこの場所に引っ越してきたのです。私が主人と結婚する、ほんの少し前でした。私の父は帝大病院の教授でして、主人は父の研究室にいて、それで私と知り合って、結婚することになったんですけど、ちょうどその頃、戦争が激しくなって、主人は宇都宮病院に招聘《しょうへい》されて、郷里に帰ってまいりました」

「ご実家は何をなさってたのですか？」

浅見が訊いた。

「昔の地主ですわね。この辺り一帯に農地を沢山持っていて、小作の人や使用人も大勢いて……主人はそういうのが大嫌いで東京へ出てしまったのですけど……」

「飛行場はどうなったんです？」

山北は飛行場にこだわる。

「そうそう、その飛行場の施設に、主人の学友がいらしたんです。大学で植物学を専攻してらした方。たぶん軍の要請があったのだと思います。飛行場の拡張は滑走路だけではなく、何かの研究施設もあって、そこに招かれていらしたのじゃないかしら」

「その方が国井治さんですね」

浅見が感動を抑えて、言った。

「ええ、そう、よくお分かりですこと。やがて主人と同じように、由香ちゃんの祖父になる方ですわね。その国井治さんと主人とは、学生の頃から犬猿の仲と言いましょうか、水と油みたいな関係でしたのね。『あいつは軍部にべったり。帝国主義の走狗《そうく》だ』って、主人はいつも怒ってました。その国井さんがここにいらして、それこそ軍部にべったりの研究を始めたんですもの、主人の神経がピリピリするはずですわね」

「国井さんの研究の内容を、ご主人はご存じだったのでしょうか？」

「私は詳しいことは存じませんけど、いまで言うと、たぶん化学兵器のようなものじゃないかって、主人は申しておりました」

「なるほど……それで、その国井治さんの息子さん、和男さんがお嬢さんの真由子さんに結婚を申し込んだと知って、激怒なさったわけですね」

浅見は、長くなりそうな話を、一挙にタイムスリップさせた。

「ええ、かいつまんで言うと、そういうことになりますわね」

菊江はもう少し、昔語りをしたかったのだろう、物足りない表情を見せた。

「主人は、真由子がこちらに和男さんをお連れして、結婚したいと言って、名前と素性を明かしたとたん、まるで悪魔にでも出会ったみたいな顔になって、和男さんを追い返してしまいました。でも、とどのつまり、真由子は和男さんを諦《あきら》めきれずに、駆け落ち同然に家を出て、そのまま音信不通のようなことになりましたの。

そのうちに、風の便りに、二人が海外に渡ったと聞いて、いよいよ手の届かないところへ行ってしまったって、どんなに悲しかったことか……とくに主人は、一人娘の真由子を掌中の珠《たま》のように可愛がっていましたから、すっかり気落ちして、その姿は見ているこちらのほうが辛くなるほどでした。

そんな時、突然、真由子から手紙が届いたんです。自分たちはいまフランスにいて、由香という娘もでき、幸せに暮らしている。和男さんの仕事の関係でしばらくこちらで暮らす――と書かれていました。私は真由子が元気でいてくれるだけで、とりあえず安心しました。それからはときどき手紙や電話のやり取りをしていました。

でも主人は、どうしても二人を許す気にはなれなかったみたいです。真由子はそんな父親と、それに和男さんにも気を遣って、実家に連絡していることを隠していたのか、いつも私が一人の時、そして和男さんが留守の時を選んで電話をしてきたようです。あの子の希望で、こちらから電話をすることもありませんでした。でも、そのことは和男さんも、うちの主人も気づいていたのだと思います。気づいていながら、知らないふりを装っていたのでしょうね。

何だか、笑えない喜劇のようなお話でしょう。ところが、そうやってせっかく、直接は見えないものの、真由子たちの様子を感じながらの穏やかな暮らしができるようになった矢先、あの忌まわしい自動車事故がおこってしまいました」

たんたんと語る長いモノローグが、突然、途切れ、明るい応接室が一転、陽《ひ》が翳《かげ》ったように暗い静寂に包まれた。

菊江はそっと目頭を押さえてうつむき、それにつられたように、由香も急いでハンカチを目に当てた。

言葉が途切れてしばらく経ってから、浅見は「守山さん」と、優しく励ますように声をかけた。

「その事故があったことで、ご主人はますます和男さんを憎むようになってしまったのですね」

「ええ、そうなんですのよ。謂《い》われのない憎しみだっていうことは、主人も分かっていました。真由子が起こした事故でしたし、真由子にとって、和男さんと過ごした歳月がどんなに幸せだったかしれないと分かっていましたけど……でも、あの時は、主人はもちろん私も、真由子を亡くした悲しみに押しつぶされてましたから」

老女の目に新しい涙が浮かび、由香はもう顔を上げることもできないほどで、肩を震わせて泣いている。

「和男さんからの連絡を受け、私たちはフランスへ参りました。でも、あちらの葬儀には出席せず、真由子の遺骨を、和男さんから奪い取るようにして持ち帰って、日本で供養してあげました。本当はその時、まだ小さい由香ちゃんも連れて帰りたかったのですけど、私たち以上に嘆き悲しんでいる和男さんを見ると、さすがにそんなむごいことはできないと、主人も思い止《とど》まりました」

菊江は言葉を止めて、由香を見つめた。あの時の小さな少女が成長して、立派な女性になって、いま自分の目の前にいることが、信じられない——と言いたげな表情だった。

浅見も山北も黙って、年老いた未亡人の言葉の続きを待った。

ずいぶん長い沈黙の時間が流れたあと、菊江の口から、疲れたような、嗄《しゃが》れた声が漏れだした。

「そして十年前、突然、和男さんが訪ねてきたんです。その頃は主人もまだ元気で、玄関先で応対している私を押し退《の》けて、ほとんど叩き出すみたいに和男さんを追い返してしまいました。主人にとっては、十年経ってもなお、恨みつらみは消えることがなかったのでしょうね。でも、それからほんの二日後に、和男さんが亡くなったっていうニュースが流れたんです。その時は、さすがの主人も驚いて、言葉もでないくらいでした。でも、私がもっと驚いたのは、事情を聞きにいらした警察の方に、『和男はうちに来ていない』と言い張ったことでした。私にも、警察に余計なことは言うな、事件にも絶対にかかわるなって、きつく言い含めたのです」

「うーん、なぜ、そんなことを……」

　山北が唸った。

「じつは主人は、極度の警察嫌いでした。戦時中に宇都宮病院で、薬の配給をめぐって軍部を批判したことがあるのです。そのとき、特高警察に連れて行かれてかなり酷い取り調べを受けたようです。私には、何があったかをほとんど話さないのですが、以来、警察というと対応が尋常ではありませんでした」

　これで、長い話は終わった。菊江は精根尽き果てたように、目を閉じ、ほうっと吐息を漏らした。

8

　つもる話もあるだろうから……と、由香を守山家に残して、浅見と山北はひとまず引き上げることになった。

「この後、どうしたらいいのでしょう？」

　由香は心細そうに言った。西原親子と断絶状態のままだと、日本で頼れるのは守山家だけということになる。かといって、このまま何もかも放置して、「第三の香水」を抱えて離日するわけにもいかない。

「心配しなくても、西原さんは小野瀬さんが言うような人ではありませんよ」

浅見は言った。隣で山北が不満そうに唇を尖《とが》らせている。

「それは明日か明後日、西原さんが栃木署に来て、事情聴取に応じれば明らかになることです。それまでお祖母さんの傍にいてください。ただし、しばらくは独りで出歩かないこと。小野瀬さんの心配も理由のないことではないのですからね」

すでに夕刻近く、守山菊江は晩ご飯を召し上がって行って……と勧めたのだが、二人の「捜査員」は固辞して車に戻った。

山北は浅見の車に同乗して、後ろから刑事の運転する車がついて走った。街を出はずれる辺りに、田舎家を模したような、ちょっと風情のある和風の料理店があったのでそこに立ち寄った。浅見が天丼を注文すると、二人の刑事もそれに倣った。

「さっきの菊江さんの話ですが」

浅見はお茶を啜《すす》ってから、言った。

「当時の捜査本部は、守山家も突き止めていたんですね」

「そりゃそうですよ、警察だってやるべきことはやっていますよ。しかし、日光署のやつらも、もう少しきちんと教えてくれりゃいいのに」

山北はぶぜんとした顔になった。

「まあ、十年前のことですし、これでわれわれも、国井氏の帰国後の足取りをほぼ解明できましたから」

事件の前夜、国井が宇都宮市内のホテルに宿泊していたことは分かっているが、その日の行動の一部が判明したわけだ。

宇都宮のホテルを出た足で、国井は沼田皇奈子と会い、それから湯西川の田所を、さらには小松荘の紀代を訪ね、そして錦着山の小野瀬を訪ねた。

その後の足取りははっきりしない。次に国井の所在が明らかになるのは、翌日の朝、霧降滝近くの藪の中で、死体となって発見された時だ。

「そうして、守山家に預ける予定だった由香さんのための香水を、結局、小野瀬さんのところまで持って行ったということですか」

守山家を出てからの国井の行動を、浅見は頭の中の地図をなぞるようにして思い描いた。沼田皇漢製薬、湯西川の田所家、野門の小松荘、錦着山の小野瀬家、霧降滝……と、ソアラで走った道や風景が、頭の中のスクリーンを流れてゆく。

霧降滝を別にすれば、国井は自らの意思でそれらの道を辿ったのだ。

とどのつまりは、最後に訪れた小野瀬家に「三位一体」の三つめの香水を預けた。守山家にはね除《の》けられた国井にとって、そこから先には、もはや香水を預けるべき寄る辺はなかったにちがいない。

「どうして小野瀬さんのところだったのですかねえ？」

浅見は思案をそのまま口にした。

「はあ？　どういう意味です？」

山北が少し間抜けな声を出した。

「いや、どうという意味もないのですが、守山さんのお宅で玄関払いされた後、香水を預かってもらうあてもなく、さぞかし国井さんは気落ちしたことでしょう。そして湯西川へ向かった。もはや幼馴染み以外、思い当たる場所はありません。しかし、頼りにしていいものかどうか、悩んでおられたにちがいありません。いくら幼馴染みといっても、四十年の歳月が経過しているのですから。

最後の小野瀬さんのお宅でも、『後で取りに来る』と言って預けているのは、必ずしも確信があったわけでないことを物語っています」

そう言いながら、浅見は何か大事なことを見落としているような気がして仕方がなかった。

「一つ考えられるのは」

山北が警察官らしい、思慮深い顔を作って言った。

「緊急避難的なことじゃなかったのですかなあ。つまりその、何者かに付け狙われているのを察知したとかですな。その証拠に、国井氏は小野瀬宅を出た後、拉致《らち》されたと見られるのだから」

「なるほど」

そういうことだったのかもしれない。

「しかし、もし付け狙っていたのだとすると、犯人側は最後の訪問先が小野瀬さん宅であることを知っていたはずですよね。そこに香水が預けられた可能性があることにも気づきそうなものです。それなのになぜ、小野瀬さん宅に押し入ったり、家捜ししたりしなかったのでしょうか？」

新たな疑問が浮かんできた。

「なるほど」

今度は山北が頷いた。

「してみると、犯人の目的は香水ではなく、単に国井氏の所持している金品だとかを奪うことだったのかな。それだと、日光署の捜査本部が結論を出した、強盗目的の殺人事件ということになりますな」

素朴な口調で、推論がいっぺんに逆戻りするようなことを言った。だからといって、それを非難することはできない。

「そうですよね。確かに、国井和男さんを襲った犯人が、第三の香水を狙った証拠は何もないのですからね。むしろ、香水のことなどまるで知らなかったとしたほうが正しいかもしれません」

国井和男＝「究極の香水」という結びつきにあまりにもこだわりすぎていたのではないか……という反省が、急速に思考を支配してきた。

「そうすると、戸村の事件のほうも同じってことですかね。単なる強盗殺人……」

「さあ、それは分かりませんよ。そもそも、国井さんと戸村さんの事件が、同一線上にあるとしてきたことが錯覚なのかもしれないのですから」

「しかし、手口が似ているじゃないですか。拉致して殺害するという」

天丼を運んで来た女性が、「拉致」だとか「殺害」だとかいう会話に、びっくりして、慌てて引っ込んだ。

「そうでしょうか、似ていますかね。国井さんの場合は鋭利な刃物で心臓付近をひと突きでしょう」

浅見は箸《はし》を海老の天ぷらに突き刺した。

「それに対して戸村さんの場合は、致命傷になる外傷はなく、暴行によってショック状態になった……のが死亡原因だったそうじゃないですか」

「どっちにしても、大して違いはないでしょう」

「そんなことはない。大違いだと僕は思いますけどね。つまり、国井さんの場合は最初から殺す意図があって殺した。しかし、戸村さんの場合は結果的には殺したとしても、暴行を加えているのです。これは単なる憎悪によるものでなく、明らかに拷問を試みたものと想像できるのではありませんか？」

「まあ、そうかもしれませんな」

「拷問の目的は、『究極の香水』の在り処を聞き出すことだったと思います。ところが、戸村さんは口を開かないまま、ショック死してしまった。これは犯人側にとって想定外の事態だったでしょう。慌てふためいて、手近な場所……県庁堀に投げ棄てているあたりにも、連中の周章狼狽《ろうばい》ぶりが見て取れます。ジャケットの隠しポケットに、『おもちゃのまち』や『幸来橋』などのメモが入っていたことに気づかなかったのも、その証拠と言っていいでしょう」

「じゃあ、犯人は戸村を殺害する意思はなかったってことですか？」

「いや、とどのつまりは殺害したのでしょうね。しかし本来の目的である、香水の在り処を聞き出すことは達成できなかったのだと思います。だからこそ、小野瀬さんのお宅に押し入ることもなかった。そして、見当違いの西原さんのほうにばかり目を向けて、西原家や西原親子をターゲットにしている」

「というと、西原氏は戸村殺害には関与していないってことですか」

「当たり前ですよ。あの西原さんが犯人だなんていうのは、絶対にありえませんよ。しかし、山北さんの気が済まないでしょうから、一応、事情聴取をなさるのは仕方のないことですけどね」

「浅見さんにそう言われると、何だかやる気が失《う》せますなあ」

山北はつまらなそうに、蓮根《れんこん》の天ぷらを音を立てて食った。

「それより山北さん、沼田皇漢製薬の蒲生氏のほうを、きちんと調べるほうが先決だと思うのですが」

「ああ、それは分かってますよ。明日、早速出掛けてみます。そっちのほうは任しておいてください。その代わり、浅見さんのほうは西原氏を確保しておいてくださいよ」

「確保だなんて、どうしても被疑者扱いをしたいんですかねえ」

浅見は苦笑したが、西原に今日の結果を報告に行くこと、そして、国井由香が連絡しなかった事情を波風立てないように説明しなければならないと思っている。

第八章　預けなかった理由

1

十時頃、帰宅すると、須美子が待ち構えていた。

「池上署の堀越さんから電話がありました。お電話くださいとのことです」

堀越警部補の携帯電話の番号をメモしておいてくれた。

「やあ、浅見さん、入りましたよ」

堀越は勢い込んで言った。息子が名門校にでも入ったような、嬉しそうな口ぶりだったから、よほどいいことがあったのかと思ったら、そうではなかった。

「西原さんのお宅に、空き巣が入りました。浅見さんが警戒していたとおりです。警察が張っている時は何も起こらなかったのだが、ついさっき、日が暮れて間もなく、隣家の人が、怪しげな人間が出て行くのを見たと知らせてきまして、行ってみたら、やはり家の中が荒らされた形跡がありました。テキは昨夜のうちに入り込み、日中、家捜しして、夜になるのを待って引き上げたみたいです。冷蔵庫の中身を飲み食いしたりして、相当に手慣れた、荒っぽい連中ですね。それにしても、もし西原家の住人が帰宅して、鉢合わせでもしてたら、どういうことになっていたか。まあ、留守でよかったですよ」

確かに堀越の言うとおりだ。西原の判断は正しかったのである。

「それで、西原家の人たちはどこにいるのか、浅見さんは知っているのでしょうね」

「知っています。よければ僕から連絡して、堀越さんのほうに電話させます」

そういうことになって、浅見は帝国ホテルにいる西原に電話した。空き巣が入ったことを告げると、「やはり……」と絶句した。

「ヨーロッパでもそうだが、警察はそうなるまで、何もしてくれませんからね。自分の身は自分で守るしかないのです」

西原はそう言った。日本人にはまだそこまで切迫した意識はない。だから「独り暮らしの老人襲われる」とか「一家何人殺し」といった強盗殺人事件のニュースが絶えないのである。日本の家屋は、侵入者に対してほとんど無防備と言っていい……そういうことが言いたいのだろう。

「一応、池上署の堀越警部補に電話だけしてあげてください。僕は明日、そちらへ伺います。国井由香さんと会ったことなど、今日、栃木に出掛けて行って、いろいろ分かったことがありますから」

「えっ、由香さんに会ったのですか？」

「ええ、会いました」

「どこにいたんですか？　元気でしたか？　どうして……」

質問攻めに遭いそうなので、浅見は被《かぶ》せるように言った。

「細かいことは明日、お話しします。何はともあれ、池上署の堀越さんのほうに電話してください」

その夜はひさびさ、何もかも忘れて熟睡できた。「旅と歴史」の原稿書きもない。もっとも、物書きの端くれとしては、たえず原稿書きに追われているのでなければいけないとしたものなのだが。

翌朝、午前十時ピタリに帝国ホテルに着いた。この時間にそろそろチェックアウトする頃だと思ったのだが、西原親子はまだホテル住まいを切り上げる気はないそうだ。

「事件のケリがつくまで、自宅に戻る気になれません。日本の警察は優秀と言われていますが、それほどのことはありません。司法の考え方がどうも、加害者側の人権を尊重する体質なのが問題ですな」

ひとくさり警察批判をしてから、「で、由香さんはどこで何をしていたんです?」と訊《き》いた。マヤも真剣な眼差《まなざ》しで、父親の脇から浅見を見つめていた。

「由香さんは来日したとたん、フィアンセの戸村浩二さんが殺されるという、きわめてショッキングな事件に遭遇して、ひどい疑心暗鬼に陥ったようです。それで、西原さんまで信じられなくなって、小野瀬さんという、国井和男さんの幼馴染《おさななじ》みのお宅に逼塞《ひっそく》してしまったのです」

善意の人、小野瀬秀夫の助言もあって、西原親子どころか警察も含め、まったく外界から身を潜めてしまった事情を話した。

マヤは「かわいそう……」と言い、西原は「分かりますよ。われわれだって、浅見さん以外、警察も何も信じていませんからね」と言った。

「その信じられない警察が、一応、型通りの事情聴取をしたいと言っているので、明日、僕と一緒に栃木署まで行きましょう」

「そうですか。私のほうは異存ないですよ。それで多少なりとも捜査が前進してくれれば、それに越したことはありませんからね。明日などと言わず、いっそ今日でもよかったですよ」

「いや、今日は山北さんは沼田皇漢製薬のほうの調べにかかっています」

「じゃあ、沼田皇奈子さんも調べられるのですか？」

マヤが不安そうに訊いた。

「まあ、香水研究所のボスですから、一通りの事情聴取はあるでしょう。しかし本命は親会社の沼田皇漢製薬の取締役で開発部長をやっている蒲生という人物です」

「ガモウ……さん、ですか」

西原が小首を傾げた。

「どこかで聞いた名前ですな。どこだったのだろう……香水関係の人ですか？」

「専門は薬品関係のようですが、親会社という性格上、香水研究所のほうにも何らかの形で関与していると思います。現に、二年ほど前、『三位一体』の香水で特許出願を行なっているくらいですから」

「えっ、三位一体ですか」

「ええ、国井和男さんの向こうを張ったような香水ですが、実体は十年前、国井さんが出願して、結果的に取り下げになったものと、ほとんど変わらないもののようです。専門的なことは知りませんが、国井さんの『究極の香水』とは似ても似つかぬものではないかと思っています」

「あっ……」

西原が不意に思い出した。

「そうだ、A社のパーティで聞いた名だ。ほら、戸村君が勤めていたアメリカ資本の化粧品会社です。二月の二十何日でしたか、私も招待されて顔を出したが、そのパーティ会場で誰かが名前を呼んでいましたな。フランスの友人に『カモー』という男がいるので、あれっと思ったので憶《おぼ》えているのです」

「西原さんがそのパーティにいらっしゃったのは、やはり戸村さんの関係ですか」

「そうです。戸村君がらみの招待者名簿に、たぶん私の名前があったのでしょう。その席上で『ガモウ』という名前を耳にしました。それだけのことで、どういう人か顔も分かりませんがね」

「では、戸村さんとは話したのですか」

「もちろんです。彼はいろいろ気を遣ってくれましてね。日本にあまり知り合いのいない私に、ベッタリ付き添って、飲み物の世話まで焼いてくれました。A社の日本支社長にも紹介され、ゆくゆく顧問に就任してくれなどと、えらく買いかぶられました。ところが、その後急によそよそしくなってしまったのです」

「その時、戸村さんとはどんな話をしたのでしょう？」

「どんな話といっても、まあ、私や戸村君のような人間が話すことといえば、香水関係の話題ってことになりますな。彼は、先生とは実際には会ったこともないのだが、由香さんに協力してもらい、秘蔵の資料を研究して、私以上に、じつによく国井先生のことを知ってましたからね」

「『究極の香水』のことも知っていましたよね」

「ええ、国井先生が十年前に出願した『三位一体』の香水のことも知っていて、そのデータもしっかり調べて、あれには何かウラがあるのではないかと、穿《うが》ったことを言ってました。つまり、国井先生ともあろう人が、あの程度のものを特許出願するのはおかしいというのです。研究開発のデータを精査したところ、ある過程から先の部分が不自然に欠落している。これは明らかに意図して開発を中断し、データを隠蔽《いんぺい》したにちがいないが、西原先生のお考えはどうですか……と訊かれましたよ」

「それで、西原さんは何てお答えになったのですか？」

「そのとおりだと言いました」

「えっ、そうおっしゃったのですか？」

「言いました。国井先生の沽券《こけん》にも関《かか》わるような重要な部分ですからね。本物の『三位一体』の作品があり、これぞ『究極の香水』というべきものだと教えてあげました。ただしその最終データは国井先生が破棄した。なぜそうしたかというと、『究極の香水』には予測しえなかった瑕疵《かし》があり、それを克服しなければ、『究極の香水』どころか神を冒瀆《ぼうとく》する『悪魔の香水』になるだろうからだ。国井先生や私の時代にこれに手を染めることを放棄し、由香さんや沼田皇奈子さん、そして私の娘たちの世代に開発の継続を委《ゆだ》ねられたのだと」

「それに対して、戸村さんの反応はどうだったのですか？」

「それはもう、感動していましたよ。ロマンですね……と、涙ぐむほどでした。彼は商業主義に毒されない、純粋な調香師の精神の持ち主でしたね。だから私は、もし由香さんが許すなら、きみも『究極の香水』の開発に参画するのがいいと言ったのです。データは破棄されたが、理論的なことは三つに分散された香水に封印されている。それを個別に分析して、成分比率や配合の条件等を試行錯誤するしか、創作の方法はないだろうことも話しました。彼は驚いてましたよ。そこまで信頼されて、いわば秘密に属することまで打ち明けてもらえるとは思っていなかったのではないでしょうか」

「いや、それは僕も驚きました。西原さんがそこまでオープンになさるとは……」

「これも国井先生と同じ、ロマンですな。いま若者に託さなければ、『究極の香水』は雲散霧消してしまう。それには三人の娘たちだけでは不安で、誰か中核となる化学者的なコーディネーターが必要だと思ったからです。戸村君ほどの条件を備えた人物は、二度と現れることはあるまいと思ったからですよ」

「なるほど……そのお考えは正しかったのだと思います。戸村さんは死ぬまで、その秘密を守り抜きましたからね」

戸村は暴行を受けながら、ショック死に到《いた》るまで、「究極の香水」の秘密を明かさなかったのだ。

2

「ひとつ気になることがあるのですが」と浅見は言った。

「戸村さんと話している時、周囲に人はいませんでしたか？」

「ん？　ということは、誰かに聞かれはしなかったかという意味ですな。いや、立ち話だったが、近くには誰もいませんでしたよ。われわれは会場の端の壁際にいましてね、騒がしい会場の中ではそこが比較的静かだったもので、心置きなく話ができたのです」

そう言いながらも、西原は不安を抱いた様子だ。

「まあ、強いて言えば、ごくたまに通り過ぎる人がいましたが、その程度ですな。かなり専門的なややこしい内容だから、通りすがりに小耳に挟んだぐらいの断片的な話では、意味不明でしょう」

そんなふうに言い訳じみたことを言わなければならないということは、逆に気掛かりな点があるようにも思える。しかし浅見は、それ以上、追及することをしなかった。

「由香さんに会いたいわ」

マヤが憂わしげに眉をひそめて言った。

「私たちのことまで疑わなければならないなんて、彼女、すごく寂しい状態ですよね。早く会って、慰めてあげたい」

「幸い、その状態は昨日で終わったと思います。お母さんのご実家でお祖母《ばあ》さんと二人、きっとお母さんの娘時代のことなど、いろいろ積もる話があるでしょう。しかし、マヤさんが行ってあげたら喜ぶでしょうね」

「そのお宅の電話、分かりますか？」

「分かりますよ」

浅見が電話番号を教えると、マヤは自分のケータイを使って電話をかけた。先方は守山菊江が出たらしい。挨拶など、しばらく会話を交わしていたが、由香は留守なのか、マヤは自分の電話番号を伝え、「ではまた、後ほどお電話します」とケータイを畳んだ。

「ちょっとお出かけしているんですって」

マヤは浮かない顔で言った。

「出かけた……独りで、ですか？」

浅見は眉をひそめた。昨日、独りで出歩かないようにと言ってきたはずだ。

「どこへとか、言ってましたか？」

「いえ、ちょっとお出かけ……っておっしゃってました」

ちょっとということは、近所で買い物でもするつもりなのだろうけれど、地理不案内の土地で、大丈夫なのだろうか。

「まあ、子供じゃないのだから、心配いらないでしょう」

西原は不安がる浅見を慰めた。

「しかし、由香さんにとっては、日本は外国みたいなものですからね」

浅見は完全に不吉な予感に取りつかれてしまった。こういう「勘」に関しては、浅見には妙な自信がある。

三十分ほど経過すると、もはや我慢の限界だ。浅見はホテルの電話に向かった。

守山菊江は穏やかな声で「昨日はありがとうございました」と礼を言ったが、浅見はそれすらもまだるっこく感じられた。

「由香さんはお帰りになりましたか」

「いいえ、まだでございますのよ。お昼頃までには戻ると申しておりましたけど」

「どちらへいらしたのでしょうか？」

「湯西川だそうです。和男さんが訪ねた場所へ行ってみたいと申しまして」

「えっ、湯西川へ行ったのですか」

「はい、もうそろそろ着く頃ではないでしょうかしら」

「お一人で、ですよね。行き方、交通機関などは分かるのでしょうか？」

「いいえ、車ですのよ。レンタカーを借りて行くそうです。道が分かるのと訊きましたら、昨日、浅見さんのお車に乗せていただいて、カーナビの使い方を覚えたので、心配いらないのだそうです」

「何てことを……」

無鉄砲もはなはだしい。

「あの、何かいけなかったのでしょうか」

こっちの気配を感じるのか、菊江は心配そうな声で言った。

「由香はフランスでは、どこへ行くにも車の生活ですし、運転技術に不安はないと申しておりましたが」

「はあ、しかし日本では左側通行……いや、そういう問題ではなくて……」

浅見は言うべき言葉を失った。どこへ行くにしても、彼女には説明しがたい危険が待ち構えているかもしれないではないか。

「何かあったら電話をくれることになっておりますから、どうぞご心配なく」

「あ、携帯電話を持っているんですか」

「はい、プリ何とかいう、前払いで買える携帯電話を持って行くそうです」

「そうですか。それではお帰りになったら、先程の西原マヤさんの電話にご連絡をください。よろしくお願いします」

父親の訪ねた場所……というと、湯西川の田所家へ行くというのだろうか。人家の少ない土地だから、近所で訊けば、昨日「おもちゃのまち」で守山家を探したのよりは簡単に見つかるだろうけれど、それにしても向こう見ずなことではある。

じりじりするような時間がゆっくり過ぎてゆく。浅見ばかりでなく、西原親子も漠然とした不安を抱いている様子だった。しかし、いつまでもこうして待っているわけにもいかない。浅見はついに決断した。

「栃木のほうへ行ってみます。ケータイは持っていませんが、自動車電話がついてますから、由香さんから何か連絡があったら、すぐに知らせてください」

「あら、浅見さんはケータイをお持ちではないのですか？」

マヤは不思議がった。浅見家では恐怖の雪江未亡人の威令が行き届いていて、家族の崩壊を促進させるようなケータイの所持は許されていない……と、浅見はジョークを交えながら説明した。

互いに電話番号を交換して、浅見は部屋を出た。

銀座インターから首都高速に入り、東北自動車道へ向かう。下り線は空《す》いていて、十二時前には佐野藤岡《さのふじおか》インターを通過した。その時、電話のベルが鳴った。しかし、走行中で受話器が取れない。浅見は佐野サービスエリアに入った。

電話はすでに切れていたが、マヤのケータイからだ。浅見は折り返して電話した。

「あ、浅見さん、いま、由香さんのお祖母さんから電話があったんです。由香さんから電話があって、それが少しおかしな内容だったので、お伝えしたいって、そうおっしゃっているのですけど」

「おかしいとは、どんなふうにですか？」

「あの、笑うっていう意味のおかしいではなくて、何か変だっていう意味みたいだと思ったのですけど」

「ああ、それはたぶんそのとおりでしょう。それで、何て言ってましたか？」

「由香さんは、いま湯西川に来ているって言って、ちょっと気になることがあるので、調べてから帰りますって……」

「気になること……とは、何でしょう？」

「何なのか、お祖母さんが訊こうとした時には、電話は切れてしまったそうです」

「湯西川の田所さんのところには行ったのかどうか、分かりませんか」

「さあ……」

「いいでしょう、僕のほうからお祖母さんに電話してみます」

礼を言って、すぐに守山家に電話をかけ直した。守山菊江はのどかな口調で「先程はどうも失礼いたしました」と、おそらく電話の向こうで頭を下げているにちがいない。

浅見は挨拶もそこそこに、由香の電話について質問した。湯西川へ行ったというが、田所家は訪ねたのかどうか、とりあえずそのことが知りたかった。

「はい、田所さんのところには寄ったようですわ。いま、お宅を出たところだけれど、ちょっと気になることがあるので、調べてから帰るって、そう申しておりました」

「ちょっと気になるとは、何のことか、おっしゃってはいなかったでしょうか」

「はい、訊きましたけれど、お祖母さんには分からないことと申しまして……ただ、何か匂いがどうしたとか、申していたようです。慌ただしく電話を切ってしまいましたので、それ以上のことは聞けませんでした。いつ頃帰るのかなども」

「分かりました。また何か、由香さんから連絡がありましたら、西原マヤさんのところに電話してあげてください」

電話を切って、ふたたび東北自動車道を走り始めたが、浅見は襲ってくる胸騒ぎで、運転の感覚までが失われそうだった。

3

由香が「匂い」のことで気になると言ったという、そのことが浅見を大いに不安にさせている。

浅見には想像もつかないほどの、国井和男の血を受け継いだ由香の鋭敏な嗅覚が、何かの「匂い」に「おかしな」ものを察知したのだ。

由香が感じ取った「匂い」とは、警察が犯罪の気配を感じる時の「臭い」とは違うのかもしれない。しかし、いまは何となく、その両者に共通するものがありそうな気がしてならなかった。

由香の電話の「気になることがあるので調べる」という言い方も不安材料の一つだ。そんなことをしてはいけない。素人が怪しいものの「臭い」に首を突っ込むのは危険だ……と、いつもそうしている素人の浅見が、どうしようもない危機感を抱いている。

日光宇都宮道路に入って、今市インターで下りた。浅見はふと思いついて、道路脇に車を停め、山北部長刑事のケータイに電話した。

「はい、山北です」

用心深く抑えた声が、浅見からの電話と分かると、とたんに「やあ、浅見さん」と、オクターブが上がった。

「いま、今市のインターを下りたところから電話しているのですが、沼田皇漢製薬の事情聴取のほうはどんな具合ですか？」

「えっ、なんだ、そこまで来ているのなら、寄ってくれればいいのに。沼田皇漢製薬のほうは、朝いちばんから昼過ぎまでしっかりやりましたよ。いましがた終了してきて、近くのファミレスで飯を食ってるところです。しかし、これと言って、収穫らしきものはありませんでしたな。戸村の事件の際のアリバイも一応、整っている。これからウラを取らなければなりませんがね」

「誰と誰から聴取したのですか」

「主立った連中から、一通りやりました。沼田皇奈子も入ってます。いやあ彼女はなかなかの美人ですなあ。かなり気が強そうだが、浅見さんにはあのくらいしっかりした女性のほうがいいんじゃないですか」

「それより、蒲生氏はいたのですか？」

「は？　ああ蒲生ですか。もちろんいましたよ。最初から最後まで、ほかの人間の事情聴取にまで付き合って、いささか邪魔になるくらいでしたな」

「そうですか、ずっと一緒でしたか」

浅見は何となくほっとできた。

「それより浅見さん、今日は何です？　西原を連れて来たんじゃないでしょうな」

「ええ、西原さんとはけさ、会いましたが、栃木署に連れて来るのは明日の予定です。じつは、西原さんのところにいるあいだに、ちょっとした問題が起きまして」

「はあ、何でしょう？」

「国井由香さんが一人で外出して、湯西川へ行ったというのです」

「えっ、湯西川へ？　しようがねえなあ。道は分かるんですかね」

「いや、そういう問題じゃなくて……山北さん、一緒に湯西川へ行きませんか」

「はあ、それはいいですが、湯西川に何かあるんですか？」

「国井由香さんが一人で行ったというのが、少し気がかりなのです。それとですね、僕たちは、少し方向を見誤っているのではないかと思えてきたのです」

「どういう意味です？」

「いままで、何もかもを香水に結びつけて考え過ぎたのではないかと」

「は？　それでいいんじゃないのですか？　すべては国井和男氏の香水から始まっているのじゃないですか」

「確かに、基本的には国井氏の『究極の香水』が出発点にあるのですが、ただ、犯行動機のすべてを、香水争奪戦に結び付けて考えていたのが正しかったかどうかは疑問だということです。たとえば、国井氏の事件と戸村さんの事件とでは、その犯行動機がぜんぜん別のものだった可能性はあるわけで」

「それはそうですがね。それで、何が言いたいんです？」

山北ののんびりした口調に、浅見は焦燥感が募ってきた。

「とにかく、とりあえず、いまは湯西川の由香さんのことが気になるんです。山北さんも行く気があるなら急いでくれませんか。話は車の中でします」

「ははは、何だかうちの課長みたいな口調になってますな。承知しました。これからそっちへ向かいます。今市インターを出たところなら、二十分もかからないでしょう」

山北の言ったとおり、それから十分少しで覆面パトカーがやって来た。山北は浅見の車に乗り換え、部下の運転する車は例によって後からついてくる。

「何がどうなったんです？」

山北は助手席に納まるなり、訊いた。

「まず国井氏の事件ですが、あの事件は国井氏が帰国して間もなく発生していましたね。当時、警察の捜査では、強盗か行きずりの犯行と見なしていました。ところが今回、香水がらみという新たな事実関係が浮上したことから、僕はそこに本当の動機があるのではないかと考えました」

「そのとおりですよ。いや、浅見さんだけでなく、自分もそう思いましたからな」

「しかし、香水の秘密を盗む、あるいは聞き出すことを目的とした犯行と仮定すると、あまりにも性急過ぎる。第一、殺害してしまったのでは、秘密を聞き出すどころではないでしょう。現に、十年後のいまに至るも、香水の秘密は明らかになっていないのです。だとすると、殺害の動機はじつは別のところにあったのではないか——むしろ、警察の判断のほうが正しかったのではないか——とさえ思えてきたわけです」

「まあ、そういう考え方もありますがね」

「ただし、単なる強盗や行きずりの犯行であるとは、いまも思ってはいません。しかし香水の秘密を狙《ねら》った犯行だとするには、あまりにも計画性がなさすぎる。国井氏殺害事件はそのどちらでもない、何かまったく別の理由なり動機なりがあったのではないか……何らかの、突発的な怨恨《えんこん》が動機ではないかと考えることも必要でした」

浅見は言葉を切って、少し間を取った。

「えっ、怨恨ですか？」

案の定、山北は異を唱えそうな顔で、浅見の横顔を覗《のぞ》き込んだ。

「突発的な怨恨というと、車同士のトラブルとかですか？　追い越しをかけたとか、そんなことで殺しまでゆくケースも、あるにはありますがね」

「ええ、そういうことかもしれませんが、それ以外にも、いろいろ考えられるのではないかと思ったのです。突発的であり、偶発的な場合もあるでしょう。ただ、必ずしも単純な原因とばかり言えないのは、国井和男氏の不可解な行動です」

「ふーん、何か不可解なことをやらかしていましたかね？」

「国井氏は守山家で玄関払いを食らって、傷心を抱えて湯西川へ行ったのです」

「そう、ですな」

「預けるあてのなくなった、由香さんのための香水をどうしようか、思い悩んでいたことでしょう。そうして湯西川の幼馴染みのことを考えた。そしてまず田所さんのところを訪ねます。地元で生まれ育ち、警察官であり、長いこと駐在を務めて、社会的にも信用のできる人物ですね」

「確かに」

「ところが、国井氏は田所さんのところに立ち寄りながら、香水を預けなかった。そして野門の小松紀代さんのところを訪ねた。そこにも預けることなく、最後に錦着山のキーワードの小野瀬さんのところへ行って、そこに香水を預けました。それも一時的にだったと思われます。結果的には長いあいだ、小野瀬さんのお宅に預けられることになったのですが」

「そう、ですが？」

　山北は、それがどうした……という目を向けた。浅見は真っ直ぐ、フロントガラスの前方を見据えたままだ。

「二つの疑問があります。一つは、なぜ小野瀬さん宅に預けたのか、です」

「はあ……なぜなんです？」

「小野瀬さん宅に預けたのは、相手が少なからずボケのきたおばあさんだったことを考えると、かなり不自然です。しかし、それでも国井さんは香水を預けなければならなかった。その理由は、山北さんがおっしゃっていたように、背後に不穏な気配を感じていたからではないでしょうか」

「というと？」

「何者かに尾《つ》けられていることを察知したのだと思います。それを証明するように、現実に国井氏は襲撃されたのですから」

「なるほど……それで、もう一つは？」

「もう一つは……」

浅見は交差点でハンドルを切った。

4

今市から湯西川へは国道１２１号、会津西街道を行く。

「かなり以前から、ぼんやりと気にかかっていたことなのですが、国井氏はなぜ田所さんのところに預けなかったのか……不思議ではありませんか？」

浅見は言った。

「それは、いくら幼馴染みだからといって、赤の他人を信用しきれなかったからってことじゃないんですか？　浅見さんだって、そう言ってなかったですかね？」

「ええ、そうも思ったのですが、それなら、小野瀬さんのところに預ける理由も、同じように希薄です。いくら小野瀬さんが恩人とはいえ、信用ということなら、むしろ元警察官の田所さんのほうが信用できたはずだと思います」

「そのとおりですよ。田所さんが小野瀬さんより信用できないというのは、考えられませんなあ。いやしくも元駐在所勤務の警察官ですよ。われわれみたいな町場のお巡りは信用できないかもしれないが、駐在所の警察官は、地元と密着しているだけに、真面目で、純朴で、信用のおける人物が多いと思いますけどね。田所さんも、見た感じ、そうだったじゃないですか」

「一般論としては、確かにそうかもしれません。しかし、山北さんは気がつきませんでしたか？　僕たちが訪ねた時の田所さんの様子は、明らかにふつうではなかった。たとえば先回りして小松さんのところに行っていたことも、いまにして思うと、少し妙です。何かしら後ろめたいことがあるのを隠している感じでした。それと同じような怪しい気配を、国井氏も感じたのではないでしょうか」

「怪しい気配って、いったい何を感じたんです？」

「今日、国井由香さんが湯西川へ行き、田所さんを訪ねた後、お祖母さんに電話で、気になることがある……と言ってきたのだそうです。何か『匂い』が気になったらしく、それについて調べると言っています」

「はあ……つまりクサイってことですな」

「いや、クサイではなく、匂いです。人並みはずれた鋭敏な嗅覚《きゅうかく》に引っ掛かる、何かの匂いを感じたということでしょう」

「何の匂いですかね？」

「それを確かめに動いたのでしょう。ちょうど、十年前、由香さんのお父さん、国井和男氏がそうしたように……です」

「えっ、国井氏もそうだったんですか？」

「たぶん……」

「で、何の匂いなんです？」

「それは分かりませんが、国井氏が田所さんに香水を預けるのを躊躇《ちゅうちょ》するような性格の匂いだったのではないかと思います」

「何だろう？　この前、田所さんに会った時には、何も臭わなかったですがね。浅見さんはどうでした？　体臭とか、いやな臭いを感じましたか？」

「いや、そういうものではなく、僕のような鈍感な嗅覚では、キャッチできない程度の匂いなのでしょう。いまさら言うまでもなく、国井和男氏の特技は、人並みはずれた嗅覚の鋭さです。そのことは田所さんも『道に迷っても、草木の匂いで帰り道が分かった』と言ってました。その国井氏と、それに今日、娘さんの由香さんもお父さん同様、何か、怪しい匂いと、怪しい気配を嗅《か》ぎつけたのではないでしょうか」

「ふーん……怪しい匂い、ですか。たとえばそれはどういうものです？」

「たとえば……」

浅見は言い淀《よど》んだ。仮説を樹《た》ててみはしたものの、あまりにも飛躍しているような後ろめたさがある。素人のたわごとと笑われそうな気がしないでもなかった。

「これはあくまでもここだけの話で、決して断定できるわけではありませんが、たとえば麻薬の匂いだったかもしれません」

「麻薬……というと、ＬＳＤとか、そういった類《たぐい》のものですか」

「僕は詳しくありませんが、そういう化学的に抽出された有機化合物ではなく、大麻とか、植物から直接摂取するものではないかと思います」

「うーん、なるほど……大麻草を所持してましたか。しかし、いやしくも元警察官である田所氏が、麻薬に手を染めるとは考えられんですなあ」

同じ栃木県警の人間として、山北は承服しがたいものがあるのだろう。不満そうに、鼻の頭に思い切り皺《しわ》を寄せた。

「僕だって、そうは思いたくありませんけどね」

浅見は表情を曇らせた。山北の反発は想定されたことだった。だからこそ、言うべきか否か、迷ったのだ。しかし、警察官といえども人間である。第一、警察官の犯罪など、それほど珍しいことではない。

「要するに浅見さんは」

山北が不快感を露骨に見せて、言った。

「国井和男氏を殺した犯人は、田所さんだと言いたいのですか」

「いや、そこまでは言ってませんよ」

浅見は慌てて、左手をハンドルから離して左右に振った。

「僕はただ、国井氏が、いったんは田所さんのところに香水を預けるつもりだったのに、何かの事情で取り止《や》めた。その理由の一つとして、あるいは大麻の所持などということがあるかもしれないと言ったのです。大麻の匂いを嗅げば、国井氏は方針を変えたにちがいありませんから」

「うーん、大麻の所持ですか……元警察官がですか……考えたくないですなあ」

「僕だって、そんなことは想像したくもありませんよ」

「しかし現実にはあり得ることですな」

山北は諦《あきら》めたように認めた。

「ただし、大麻の匂いが、はたして嗅覚を刺激するほど漂うものかどうか、僕には知識もありませんけどね」

「そうですなあ。自分も実際に嗅いだことはないが、まあ、鼻を近づければ分かるかもしれませんけどね。むしろ、花の香りとか、マツタケの匂いのほうが分かりやすいですな。国井氏は木や草や土の匂いで、方角が分かったというから、かすかな匂いでも嗅ぎ分けられたんでしょうかなあ」

「草の匂い、ですか……」

浅見はドキリとした。

「そうだ、大麻草を栽培している畑があったら、その匂いが漂うのではないでしょうか。湯西川が大麻草の栽培に適した土地かどうかは知りませんが、あの付近は平家落人《おちうど》の里というくらい、隠れ里のイメージがあります。どこかでひっそりと大麻を栽培していても、気づかれないのじゃないでしょうか」

「えっ、いや、そんなこと言ったら、地元の人に怒られますなあ」

山北は慌てて、誰も聞いているはずのない周囲を見回した。

「まあ、栃木県は大麻草の生産量日本一で、鹿沼《かぬま》市粟野《あわの》辺りは有名ですから、絶対にないとは言いませんがね。しかし、ほんのちょっと前まで駐在巡査だった人物がそんな無茶な……しかもですよ、それがばれたからって、訪ねて来た幼馴染みを殺してしまうなんてことは、あり得ませんよ」

「田所さんが犯人だなんて、僕は言ってません。ただ、とにかく、由香さんが何か異変を感じ取ったことは間違いないのです」

「それにしたってねえ、あの田所さんが、駐在巡査だった……」

山北はしきりに首を振っている。

「その点は僕も同じ気持ちです。僕の勘違いであることを祈ってます。しかし、状況証拠を勘案するかぎりでは、少なくとも疑ってかかるべきではないでしょうか。山北さんだって、相手が警察官だから躊躇《ためら》っているのであって、これがもし一般の民間人や暴力団員だったら、一も二もなく捜査対象にするのではありませんか？」

「うーん、そう言われると、確かに否定はできませんな。だけどねえ、よっぽど魔が差したってことならともかく、元警察官がそんなことをするかなあ」

「魔が差したのではなく、現実に魔性の者がいたのかもしれません」

「魔性の者？……どういう意味です？」

山北はびっくりして、身を乗り出し、運転席の浅見の横顔を覗き込んだ。

「田所さんの単独犯行だと考えると、信じたくない気もするでしょうが、実際は複数犯による犯行のようです。何か背後関係があると仮定すれば、国井氏殺害という凶行に及んだ状況も説明できます。たとえば、背後に暴力団が介在しているとかです」

「えっ、マル暴がらみってことですか。それにしたって、田所さんは警察の……」

「それですよ。その固定観念に縛られていては、その先に進むことはできません。もちろん麻薬にしても暴力団がらみにしても、あくまでも仮定の話ですし、警察官だった田所さんが犯罪に手を染めたとするなら、それなりの理由があってのことだと思います。それが何なのか、とにかく僕たちは、田所さんの人となりや、過去の経歴について何も知らないのと同然ですからね。かりに推測どおりだったとしても、地道に駐在巡査を務めていたはずの人が、いったいなぜ麻薬になんか手を出したのか。そういう人物の個人的な歴史にも興味があります」

「興味ねえ……どうも、浅見さんは客観的すぎるのが気に入りませんな」

山北は憮然《ぶぜん》として、しきりに首を振っている。「興味」の対象が元警察官だったこともあるし、素人に興味本位で犯罪捜査をやられたのでは、たまったものじゃない――と言いたげだ。

浅見もその気持ちは分からないではないけれど、その特殊な感覚や性格は浅見自身、改めようがないものだ。

第九章　美しき三位一体

1

新緑のシーズンを迎えて、湯西川の温泉街は賑《にぎ》わっていた。楽しげに散策する観光客に遠慮しながら、無粋な二人を乗せたソアラが通り過ぎる。

「自分は刑事だからいいが、浅見さんも忙しい商売ですなあ」

山北は同情半分、哀れみ半分のような言い方をする。商売というわけでもなく、むろん金にもならないのだが、われながら不思議な性分だと、浅見もつくづく思う。

田所家に着くと、車の気配を察知して夫人が現れた。前回よりは心なしか顔色が悪く、表情も冴《さ》えない。目を伏せぎみにして、どことなくオドオドしているように見える。

「あの、主人は留守ですけど」

ろくな挨拶もしないで、こっちが何も訊《き》かない前に言った。

「どこへ行ったんですか？」

山北が訊いた。

「さあ、たぶん畑のほうではないかと思いますけど」

「畑というと、どっちです？」

「あの森の向こうです」

さらに坂を登った、峠のようになった辺りの森を指さした。

「ちょっと、奥さんでもいいのだが、話を聞かせてもらえないですか」

山北は押しの強い口調で言った。

「はい、どうぞ上がってください」

夫人はあまり気が乗らない様子だが、断るわけにもいかないのだろう。山北が「ここからでもいいですか」と、縁側からいきなり座敷に上がり込むのを、「どうぞ」と、仕方なさそうに許している。

障子を開けて座敷に入ると、浅見も山北も無意識に鼻をうごめかした。ごくふつうの家庭の匂いが漂っている。昔は囲炉裏を燃やしていたのか、柱や壁にしみついたような煙の匂いが残っている。目当ての大麻の匂いがあるのかどうか、とても嗅《か》ぎ分けられるものではなさそうだ。

座敷には塗りの剝《は》げた座卓が横たわっている。座布団も煎餅《せんべい》のように薄く、暮らし向きがあまりよくない気配が伝わってくる。

浅見と山北は座布団に坐《すわ》って、夫人がお茶をいれてくるのを待った。浅見としては気が急《せ》くが、急がせることもできない。

いかにも田舎の家らしく、座敷は十六畳ほどの広さで、古びた家具が並んでいる。桐の和ダンスの上に、写真立てに納まった、親子三人の写真がある。まだ夫妻が十分に若い頃のもので、中央に高校生ぐらいの少年が笑っている。体格がよく丸坊主で、太い横縞《よこじま》のユニホームを着ているのは、明らかにラグビーの選手であることを思わせる。

その隣には、何かの大会で優勝したらしいチームの集合写真が飾ってあった。前の写真はそれを記念して、親子で撮った写真なのだろう。

「息子さんですか?」

お茶と例の温泉饅頭《まんじゅう》を運んできた夫人に、浅見が訊いた。

「はい、息子です。ずいぶん古い写真でお恥ずかしいです。主人が自慢なもんで、飾っておりますけど」

「ラグビーの選手だったのですね」

ラグビー好きの浅見は立って行って、写真立てをしげしげと眺めた。

少年からおとなになりかけの若者が、身内から溢《あふ》れるような笑顔を見せている。大柄で精悍《せいかん》だが、剽軽《ひょうけい》な一面もありそうな、典型的なスポーツマンタイプだ。

チームの集合写真には優勝旗と並んで校旗を掲げている。「S」という、東京にある大学の付属高校のユニホームであることも分かった。栃木県の大会で優勝して、全国大会への出場が決まった時の記念写真なのだろう。どの顔も誇らしげに笑っている。

写真の前を離れかけて、ふと浅見は(どこかで見たことがある……)と振り返った。

両親に挟まれて、得意そうに笑っている少年の面差しに、かすかな記憶があるような気がした。しかし、その年代のスポーツ少年には、誰にも共通した雰囲気が備わっているものではある。

「息子さんは、お仕事は？」

「宇都宮のほうの会社に勤めてます」

「いま、おいくつですか？」

「四十を少しこえたところです」

そうか。自分よりはるかに年上なのだ。写真の少年の顔を見ていると、そのことが想像しにくい。

「じゃあ、独立なさったのですね」

「いえ、独立なんて、そんな立派なもんじゃありません。できの悪い子で……」

どうやら夫人は、それ以上は話したくない様子だ。

しかし、写真は四つ切りサイズに伸ばして飾っている。よほど気に入った写真なのだろう。三人とも白い歯を見せて笑っているところを見ると、「できの悪い子」ではなかった頃の、家族にとって記念すべき写真なのかもしれない。

「ところで、お昼少し前頃ですが、若い女性が来ませんでしたか？」

席に戻って、浅見が訊いた。この質問にもし、夫人が首を振ったら厄介だと思った。

「はい、お見えでした」

夫人は素直に頷《うなず》いた。しかし、相変わらず顔に、愛想笑いすらない。

「国井由香さんですね？」

「そうでした」

「ここに坐ったのですか？」

座卓の前を指さした。

「はい、そこにお坐りでした」

山北の座布団に、顎《あご》を突き出した。

「それで、何かお話はしましたか？」

「はい、主人と少し話してました。私はお茶をいれたりしてたもんで、あまり話してはいないのですけど」

「どんな話をしてたでしょうか？」

「さあ……あまりよく聞いてなかったものですから」

「国井和男さん……由香さんのお父さんが来た時のことを話したと思うのですが」

「ああ、そうでした。父がお世話になりましたって、お礼を言われましたけど、べつに何もお世話などしていないのですけどね」

「それから何を話しましたか？」

「さあ、何でしたか……じきに帰って行かれましたので」

「どのくらい、こちらにはいたのでしょうか？」

「そうですなあ……十分かそこいらでなかったでしょうか」

「お饅頭は食べましたか？」

「いえ、饅頭をお出ししたのですが、召し上がらなかったです」

「じゃあ、ずいぶん慌ただしく帰って行ったのですね。奥さんともあまり話す時間もなかったくらいですから」

「はあ、そうですなあ。急いでおられたのではないでしょうか」

「いまから、どれくらい前ですか？」

「かれこれ、二時間くらいです」

「それで、この後、どこへ行くとか、そういうことは言ってませんでしたか？」

「栗山東照宮さんへ行かれるとおっしゃってました」

「東照宮……」

浅見は思わず山北と顔を見合わせた。父親が訪れた場所を訪ねるという、その企てはいいのだが……。

「東照宮へ行ったとすると、小松さんのところにも行ったのでしょうね」

「はあ、そうだと思います。主人に電話番号を聞いてましたので」

山北がすかさず小松荘に電話している。先方は女将《おかみ》の紀代が出たらしい。しかし、ふた言三言喋《しゃべ》っただけで、山北は浅見に首を横に振ってみせた。国井由香らしき女性が訪ねて行った形跡はなかった。電話も受けていないということだ。

「行かなかったみたいですな」

山北が浮かない顔で言うのを聞いて、浅見は不安が現実のものになりつつあるのを感じた。

「国井由香さんですが、栗山の東照宮へは、どっちの道を行ったか、分かりませんか」

「上の道から行ったみたいです」

夫人は日焼けした、皺の刻まれた手を挙げて、峠へ向かう道を示した。由香は父親の辿《たど》った道を選んだのだろう。

「お宅の畑がある場所は、その道の方角ですね」

「はい、そう、ですけど」

「そんな山のほうに畑を作って、不便ではないのですか?」

「不便ですけど、ほかに土地はなかなか見つからなかったもんでして」

「あ、そうすると、ご主人が退官なさってから、畑を始められたのですね?」

「いいえ、それよりも前です。主人でなく、息子が畑をやりたいと言うもんで」

「えっ、息子さんは会社にお勤めではないのですか?」

「はあ、勤めてはいますけど、畑もやりたいということで」

「ほうっ、働き者なんですね」

「さあ、働き者なんていうもんではないと思いますけど。遊び半分ではないでしょうか。小屋まで作って、ときどき仲間を連れて来たりして、困ったもんです」

夫人は、必ずしも息子の仲間に好意を持っていないのか、口ぶりの強さから察すると、どうやらそういう状況があまり気に入っていないらしい。

「でも、いいことじゃありませんか……」

浅見はお世辞を言いかけて、笑ったまま顔が強張《こわば》った。

「仲間……」という単語から、不吉な連想がはしった。反射的に、タンスの上の写真に目を向けた。

「あっ……」

思わず声が出た。夫人も山北もびっくりして、浅見を見つめた。

「奥さん、すみませんが、その畑へ案内していただけませんか」

「えっ、畑へですか？　けど、知らない人を連れて行ったりしたら、息子に叱られるもんで……」

「そういうことを言っている場合ではないですよ」

浅見の意図を察知して、山北がごつい口調で言った。

「すぐに案内してもらわないと、警察としては困るのです」

何も「警察」まで持ち出さなくてもよさそうだが、元駐在夫人としては、「警察」の単語には弱いらしい。「はあ、そしたら」と、力なく立ち上がった。

2

山北は部下を田所家に残し、三人で浅見のソアラに乗りこんだ。峠へ向かう道を五百メートルほど走ったところで、助手席の夫人が「そこ、左へ行ってください」と言った。本道を逸《そ》れ、森へ向かう細道に入った。舗装もされていない道だ。おそらく「畑」へ行く以外に使うことのない道と思われる。

「行き止まりになりそうですな」

山北は不安そうだが、浅見は黙って車を進めた。田所の家を大きく迂回《うかい》するような方向で、道はゆるやかな坂道を登ってゆく。左右は雑木林だ。道はさらに細く、農道か林道のような砂利道になってきた。

森の手前に車が一台、停まっていた。田所のちっぽけな軽自動車だ。浅見はソアラをその隣に停めた。

「ご主人、やはりここに来ていたのですね」

しかし、田所の姿は見えない。さらにその先、森の中へ道が続く。

浅見は車の外へ出て、大きく伸びをした。山北も降りて、浅見の真似をした。

「どうするんです？」

「そうですね。どうやら畑はこの先らしいですね。行ってみましょう。ここからは歩いたほうがよさそうです。田所さんもそうしているようですから」

意味を解せないでいる山北を尻目に、浅見は助手席の夫人に向かって「ここで待っていてください」と言った。夫人は怯《おび》えたような目になって、返事もできない。

車を離れるまではゆっくりしていたが、森に入って夫人の視野から出ると、浅見はいきなり走り出した。山北が驚いて負けじとついてくる。

「どうしたんです？」

息を切らせて訊いた。

「急がないと、間に合わないかもしれませんよ」

浅見も呼吸が苦しい。日頃の運動不足が祟《たた》っている。

森の中は若葉の匂いが立ち込めているが、問題の大麻の匂いも混じっているのかどうかは分からない。

森を出た先は視界がひらけて、ススキが繁《しげ》っている小さな草原がある。そこを突き抜ける道の先に作業小屋ふうの建物があって、車が二台、停まっているのが見えた。

「山北さん、あれ……」

浅見は立ち止まり、遅れてくる山北を振り返った。

丈の高いススキ原の向こうに、大麻草が整然と畝を作り、栽培されていた。どう見ても野生のものではない。ゆるやかな風に乗って、素人にも分かるほどの匂いが寄せてくる。

二人とも、しばらく声もなく佇《たたず》んだ。

「これを、元警察官である田所がやってるんですかね」

山北は吐き出すように言った。

「いや、田所さんご本人が栽培しているかどうかは分かりません。かりに畑の面倒を見ていたとしても、それには何か事情があったのでしょう」

浅見は大麻畑に向かって歩きだした。山北もついてくる。

「どんな事情があるんです？」

「さっき、田所さんのお宅で見た息子さんの写真ですが、あの息子さんはたぶん、以前、僕が沼田皇漢製薬を訪れた際、絡んできた、矢崎商事の井上と一緒にいた男ですよ」

「えっ、ほんとですか？」

「あの写真は少年時代で丸坊主でしたが、まず間違いありません」

「というと、この大麻畑もあの息子の仕業ってことですか」

「もちろん彼一人の仕事ではないでしょう。背後には井上たち矢崎商事が絡んでいることは間違いない」

「そうか、国井氏が殺されたのは、さっきの大麻の匂いを嗅ぎ当てたからですな」

山北は愕然《がくぜん》と気づいた。

「たぶん……」

浅見は沈痛な面持ちで頷いた。

「詳しい事情はともかく、国井さんは香水を預けるつもりで、昔馴染《むかしなじ》みの田所さんを訪ねてきたものの、田所さんの周囲に漂う大麻の臭いを察知して、急遽《きゅうきょ》、香水の話を持ち出すのをやめ、引き上げたのでしょうね。小松紀代さんのところで、国井さんが、田所さんに体を大事にするよう伝えて欲しいと言っていたというのは、そのことを言いたかったのでしょう。田所さんはそれに気がついた。そしてその時、田所家には息子も井上もいたのだと思います。そして、その二人が国井さんを追いかけ、国井さんが小野瀬さんのお宅を出た後、どこかで接触して殺害に及び、遺体を霧降滝に遺棄したものと考えられます」

「うーん……」と、山北は唸《うな》った。

「田所は制止できなかったのかな」

「たとえ気がついても、止めるのは難しいでしょうね」

「確かにそうかもしれん。あの連中は後先のことを考えずに、即、行動を起こす。飛び出しナイフみたいなやつらです。しかし浅見さん、国井氏殺害には、田所自身は直接関係していないと思っていいのですな」

　山北はややほっとした口ぶりだ。

「となると、戸村浩二殺害もその二人の犯行ですかね」

「さあ、それはどうでしょう。あの二人だけの犯行とは考えにくいです。国井さんを殺害したのは、大麻の秘密をバラされてはいけないという、きわめて衝動的で単純な事件ですが、戸村さんの場合はもっと計画性が感じ取れます。明らかに、香水の秘密を奪取しようとしたものと考えていい。犯行自体は矢崎商事の仕業でしょうけど、背後には企業……つまり沼田皇漢製薬辺りが介在していて、むしろそのほうが重要だと思います」

「そういえば、浅見さんが井上と田所の息子に追いかけられたのは、沼田皇奈子を訪ねた帰りでしたね。じゃあ、あの蒲生ってやつの指示で動いたってことですか」

「たぶん……沼田皇漢製薬としては、沼田皇奈子さんが怪我をさせられたという貸しがあるから、香水の開発に参画する権利があると主張したつもりかもしれません。しかし、いまはそれよりも由香さんの行方を探しましょう。あの小屋が気になります」

浅見と山北は、大麻草の茂みに身を隠すようにして、小屋に急いだ。

近づくと、小屋は農家の納屋のような建物で窓がまったくないことが分かった。大麻の栽培や処理がどういうものなのかは知らないが、収穫した大麻草を蓄えるためのものなのだろうか。

二台の車の一台には見覚えがあった。沼田皇漢製薬から追いかけられた、あの車に違いない。その車に背後を塞《ふさ》がれる恰好《かっこう》で停まっているもう一台のほうは、レンタカーであることを示す「わ」ナンバーで、これに由香は乗って来たと思われる。

車がそのまま入れそうな大きな木製の戸の前に立って、二人は息を潜めた。中からはかすかに男の声が聞こえる。

(由香は無事か？……)

山北が「入りますか？」と囁《ささや》いて、浅見も覚悟を決めた瞬間、女性の悲鳴が聞こえた。

「やめてーっ」と叫んだ。続いて鈍い打撲音が聞こえた。

二人は戸を押し開けて、中へ飛び込んだ。小屋の中の暗さに目が慣れると、奥のほうに人の姿が見えた。田所だ。向こう向きに立っていたが、こっちの気配に気づいて、ゆっくりと振り向いた。

戸口から差し込む明かりが照らしだした顔は、鬼のような凄絶《せいぜつ》な形相であった。その手には棍棒《こんぼう》を摑《つか》んでいる。

田所の奥の土間に人が二人、倒れている。手前に男、その向こうの女性は明らかに国井由香だ。

「田所、やったのか！」

山北が怒鳴った。

どういう精神状態なのだろう、二人の客を見て、田所は顔をひしゃげたように歪《ゆが》め、笑った。その表情のまま、一歩二歩とこっちへ向かってくる。

「田所、武器を捨てろ！」

山北はまた怒鳴った。浅見は気づかなかったのだが、上着の内側に隠していた拳銃《けんじゅう》を取り出して構えている。

田所はそう言われて初めて気づいたように足を止め、握った棍棒を見つめると、不潔なものを捨てるように、慌てて放り投げた。

「浅見さん、由香さんを、早く」

山北に励まされ、浅見は急いで由香に駆け寄った。本来、死体に対しては、ものすごく臆病な男だが、この際は不思議に勇気が湧いてきた。

手前に倒れている男……田所の息子の手には飛び出しナイフが握られていた。

当然、由香も血まみれになっていることが予想された。浅見はさらに勇気を出して、由香の上に屈《かが》み込んだ。由香は仰向《あおむ》けに倒れているが、幸い、血が流れている様子はない。背中を刺されたのか……と思って、抱き起こしてみたが、それらしい傷もなかった。

急いで頸動脈《けいどうみゃく》の動きを確かめた。しっかりリズムを刻んでいる。

「生きてます！」

浅見は叫んだ。

衣服の乱れもほとんどなく、殴打されたような様子もない。どうやら意識を失っているだけのようだ。

それを確認して、今度は田所の息子の様子を見た。こっちのほうは頭部に殴打を食らっていることがひと目で分かる。斜め右後頭部に裂傷ができて、血が滲《にじ》んでいる。

山北はケータイで署に連絡、応援の出動とともに、救急車を二台要請した。

その時、ふいに田所が「正当防衛であります」と言った。警察官時代のように、挙手の礼をしている。目が血走って、もはや狂気に陥っていることが見て取れた。

3

パトカーと救急車が到着した時には、由香はすでに意識を取り戻し、ほぼ正常に復していた。救急車で搬送するというのを断り、自分でレンタカーを運転して行くと言う。さすがにそれは許されず、山北と共に浅見の車に同乗して、ともかく日光署まで行くことを命じられた。レンタカーの返却手続きは、警察がやってくれる。

「さて、何があったのか話してもらいましょうかな」

助手席の山北が後部シートの由香を振り返って、少しごつい口調で言った。一人で出歩いたことを怒っているのだ。

「すみません、ご迷惑をおかけしました」

「ご迷惑どころか、あんた自身が危うく殺されるところだったのですぞ」

「ほんとにすみませんでした」

由香はひたすら謝るばかりだ。これには山北も苦笑するしかない。

「田所さんのお宅で、大麻の臭いに気がついたのですね？」

浅見が誘い水を向けた。

「ええ、そうなんです」

由香はほっとしたように答えた。

「あのお宅に行って、庭先に立ったとたん、大麻の臭いが漂っているのでびっくりしました。大麻は日本にはないのだそうですけど、パリではときどき、ハシシュを所持している人に出会うことがあります。

それで驚いたのですけど、お宅に上がったら、不思議なことに臭いが薄らぎました。臭いの根源はお宅ではなく、外にあることが分かりました。そのことを田所さんにいうと、信じられないのか、すごく迷惑そうな顔をされたのです。何となく気まずくなって、田所さんご夫妻には、父がお世話になったお礼のご挨拶だけして、早々に失礼して外に出ました。

やっぱり臭いは外のほうがきつく、それも山の森のほうから流れてくる風に乗っているように思えました。十年前、父が走って行ったという峠越えの道の方角です。あちらには何があるのですかって奥さんに訊くと、この先はもう何もありません。うちの畑があるだけです……と答えました。

その時、もしかすると、父もこの臭いを嗅いだのじゃないかしらって思いました。そうしたら、もう自分の気持ちが抑えられなくなって、父もきっとそうしたにちがいない、臭いの根源を探し求めてみたくなったのです。それから車の窓を開けっ放しにして、峠越えの道を走りました。

ところが、峠まで行くと、臭いが消えていることに気がつきました。これはきっと、臭いの風の通り道を横切ったか、抜け出したにちがいないと思いました。

もう一度、麓のほうへ走りました。間もなく臭いの通り道にぶつかりました。臭いの通り道は、谷状になった道に沿って、田所家のほうへ流れ下っていることが分かりました。その発生源は、小さな脇道へ曲がる辺りであることも探し当てました。森へ向かうあの林道のような道です。臭いはその森の奥から流れ出てくるのでした」

「そして、あの小屋を見つけて、入り込んだのですか」

浅見は彼女の無謀と度胸のよさに、ほとんど呆《あき》れた。自分ならそういう無茶はしないと思う。しかしそれは臆病《おくびょう》というものかもしれなかった。

「小屋の奥のほうには、化学実験でもするような道具がありました。大麻のことは詳しく知りませんけど、どことなく香料の抽出に使う用具に似ています。成分を抽出したり合成したりする道具かもしれません。棚にはその製品らしいものも仕舞《しま》ってありました。

それを調べていると、外に車の音がしました。慌てて小屋を出ようとした時、外から男の人が入ってきました。日本人にしてはずいぶん大柄な人で、戸口に立ちはだかるようにして、『おまえは誰だ！』と怒鳴られ、思わず小屋の奥へ後ずさりしました。

男の手にナイフが握られているのに気がついて、私は父と同じように、ここで殺されるのだと思いました。浅見さんたちの言いつけを守らなかったことを後悔しました。でも、もうおしまいだと思うと、悔しくて、ひと言言ってやろうと思い、『私の父を殺したのはあんたなのね！』って言いました。

男は『そうだ』と笑いました。それから、十年前のことを得意そうに話しました。父が田所さんのお宅に来た時のことです。父は田所さんに、『いやな臭いがする』と言ったのだそうです。『こういうものに手を染めるのはよくない』とも。田所さんは何のことか分からずに、『どういう意味か』と訊いて、父はそれをとぼけていると勘違いしたのか、嘆かわしそうに『警察官ともあろう者が……』とだけ言って、帰ったそうです。

その時、男は仲間と隣の部屋にいたんです。男は田所さんの一人息子なんですって。息子と仲間は、父が帰って行った後を追って、飛び出しました。

そういう話を、男は長々と喋りまくりました。それから、私に、おとなしくすれば、殺したりはしないと言いました。その代わり、おれの女になれ、ですって。あなたのような薄汚い男の女になるくらいなら、死んだほうがましよって言ってやりました。ほんとにそう思ったんですもの。

そうしたら男は本気で怒って、ナイフを持ち直して迫ってきました。私は一度は逃げましたけど、男の後ろの戸口から、もう一人、仲間が入ってくるシルエットが見えて、もうだめだと思いました。

壁際に追い詰められた私が動けなくなったのを見て、男は愉快そうにニタニタ笑って、明らかに楽しんでいました。男はひっきりなしに、意味不明のことを喋りながら近づいてきて、私の目の前に立ちはだかりました。振りかざしたナイフが頭の上から落ちかかってくるように見えて、私は何か叫んだつもりですけど、その直後に目の前が真っ暗になって、何も分からなくなりました」

由香の長い話はようやく終わった。

そこから先は、むしろ浅見と山北のほうが詳しい。

「由香さんが見たシルエットは田所さんだったのですよ。息子の犯罪を止めるために追ってきて、間一髪のところで、棍棒を揮《ふる》い、あなたを助けた。それが親としてできる、唯一の罪滅ぼしだったのでしょうね」

息子は意識不明のまま、病院に搬送されたそうだ。死なないまでも、かなり深刻な後遺症が残るかもしれないという。もしそういうことにでもなったら、田所はどうするのだろうか。いや、息子の心配をする前に、田所が罪に問われないという保証はない。少なくとも犯人蔵匿の罪は犯しているのだ。

その田所が、警察の事情聴取に対して、事件の根源ともいうべき、国井和男が訪問した当時のことを語っているのを、後になって浅見も聞いた。

田所の息子は、少なくとも高校時代までは「悪い子」ではなかったそうだ。

田所はその息子についてこう語った。

「息子は高校を卒業した後、大学受験に失敗して就職も決まらず、いまはやりのニートのような状態でした。そこへ、ちょっとした事件の処理のことで相談を受けたことのある蒲生が、就職を世話してくれると言ってきたのです。私も息子もよろこんだのですが、そこが矢崎商事だった。まさかその会社が、企業舎弟のようなヤクザな会社とはつゆ知らず、気づいた時には息子もドップリとその世界に浸《つ》かってしまっていました」

息子は彼の「勤め先」である矢崎商事の命令で、井上らと共に、山の中の荒れ地を開墾して、大麻の栽培を始めた。十三年前のことである。当初、しばらくは田所も気づかなかったのだが、国井和男が来訪して殺されたのを契機に、息子たちの悪事を知ることになった。駐在の職を退いたばかりの頃だ。

「警察官として生きてきた自分の生涯を否定するような結果を考えると、どうしても、息子を突き出すことができませんでした」

田所は涙ながらに、そう供述した。単に大麻の栽培だけならまだしも、息子は殺人という大罪を犯してしまったのである。それからは罪の意識に怯える毎日だったそうだ。

そうして審判の日が訪れる。国井和男の娘由香が訪ねて来て、父親とそっくりの行動をした。

大麻の臭いを嗅ぎつけ、怪しみ、その根源を突き止めようと動いたのである。今度こそ、田所は観念した。もし由香が大麻畑を発見し、警察に届け出たならば、その時こそ年貢の納めどきだと思った。

その矢先、息子が帰ってきた。そして森の中の畑へ行くという。よしたほうがいいと止めたが、何の理由もなかったから、息子はかえって怪しんで、畑へ向かってしまった。仕方なく、田所もその後を追うことにした。もはや結末まで見えているような、覚悟ができていた。

車を森の手前に置き、棍棒を片手に大麻畑を渡って行った。

案の定、息子は由香に迫っていた。しばらく様子を見ていたが、悲鳴を上げる由香を、ほとんど面白半分にナイフをかざし、壁際に追い詰める息子を見て、しぜんに足のほうが動いた。息子がナイフを振り下ろす寸前、田所の棍棒が一閃した。

4

田所の自供に基づいて、日光署は矢崎商事の井上に任意での同行を求め、日光署内で尋問《じんもん》を行なった。取調べには本来、管轄外である栃木署の山北部長刑事も、事情通であることを理由に加わっている。

井上は田所の息子・啓一《けいいち》が確保されたことを知ると、案外、素直に自供を始めた。田所啓一はこの時点では依然、意識不明だったのだが、山北は巧みに誘導して、井上の供述を引き出したとも言える。国井和男殺害については、ほぼ推測したとおりの動機であり、手口であった。犯行には井上伸也《しんや》、田所啓一と、もう一人、江川という若い男の三人が関わった。錦着山の小野瀬宅まで尾行して、チャンスを窺《うかが》っていたが、国井がふたたび車に乗り、栃木市街に入ったところで車を停止させ、江川が刃物を突きつけて後部座席に国井を押し込めた。傍目《はため》に怪しまれないよう、平和的に振る舞ったという。その後、その車は井上が運転し、田所啓一の運転する車に追随して、深夜の大芦川畔で国井を下ろし、江川が物も言わずに刺殺した……と言う。その時、手帳と財布を盗んで、盗み目的の犯行であるかのように工作した。ただし、隠しポケットにメモがあったことは、警察同様まったく気づいていなかったそうだ。

ところで、国井和男殺害の実行犯である江川は、数年前バイクの事故で死亡していた。つまり、死人に口なしで、江川に罪を被せようとしているとも考えられるが、それは今後の調べで明らかになることだろう。

とはいえ、山北の狙いは、国井和男の事件ではなく、本命は戸村浩二殺害を暴くことにある。こっちのほうも井上はたやすく落ち、戸村殺害の事実を認め、沼田皇漢製薬の蒲生の教唆があったことを自供した。ただし、殺意はなかったと弁解している。暴行を加え、さらに拷問しようとした時、戸村は急に苦しみだし、心拍が停まったそうだ。おそらく心室細動のような症状を起こしたものと考えられる。しかし、たとえそうならなくても、戸村を生かして帰すつもりはなかったにちがいない。

山北は日光署を出て、沼田皇漢製薬へ向かい、蒲生に任意での同行を求め、それを「獲物」

にして、栃木署に凱旋《がいせん》した。

由香は日光署での事情聴取を終えると、浅見のソアラで、何はともあれ、おもちゃのまちの守山家へ急いだ。すでに守山菊江には電話で状況を説明してあるが、菊江は心配のあまり気を失いそうだと言っていた。

暗くなって、ようやく守山家に到着した。夕食時刻はとっくに過ぎていて、遠慮する浅見に、菊江が「ご一緒にお食事を」と誘い、由香も懇願するので、浅見は厚意に甘えることにした。正直なところ、ひと休みしたいほど疲労困憊《こんぱい》してはいた。

食事中、菊江はしきりに「是非泊まっていって下さい」と勧めたが、さすがにこれは固辞した。

「明日、西原さん親子を連れて来ます」

山北と約束した「義務」でもあることを説明した。

「浅見さんて、不思議な方ですね」

由香がひどく感動して、尊敬の眼差しで見つめるのには、浅見は閉口した。

「こんな厄介で危険な事件を、まったくのノーギャラで働いて解決するのでしょう。信じられません」

「ははは、それは言えますね。自分でもときどき、何をやってるんだか……と思うことがありますよ。しかし、由香さんだって、ずいぶん危険なことをしたじゃないですか」

「でも、それは父の死の真相を知りたいと思ったからです」

「それにしても危なかった。お祖母さんにお話しして差し上げましょうか」

「だめ、だめですよ」

由香が制止するのを振り切るように、浅見は昼間の由香の「武勇談」を語った。菊江は呆《あき》れて、怒ることを忘れたようだ。

「こうして笑い話になるからいいですが、まかり間違えば、いま頃はお通夜の相談でもしているかもしれないところですよ。今後は、と言っても、これから先、もうこんな危険な目に遭うことはないでしょうが、軽挙妄動は慎んでください」

「は？　ケーキョ何ですって？」

半分以上、フランス人の由香には、難しい四文字熟語は理解できないのだろう。キョトンとした目があどけない。

「軽はずみで、向こう見ずなことはしないという意味ですよ」

菊江が諭すように言った。

「そうですね。いのちは大切にします」

由香は神妙な顔になって、頷いた。

その時、浅見は彼女があの大麻畑で、死んでもいい覚悟だったのではないか……と思った。愛する戸村浩二が死んで、天涯孤独になって、生きることの意味を見失っていたのかもしれない。そうでもなければ、いくら大胆で、いくら父親の死の真相を調べたかったにしても、あの「死地」に飛び込んで行く勇気は湧かないだろう。

「これから先は、由香さんには大きな使命がありますね」

「使命？……」

「ええ、国井先生の残した三つの香水を、いかにして三位一体の『究極の香水』に仕上げるか。その仕事の中心人物は、ほかならぬ由香さんなのですから」

「私なんか……」

はじけるような笑顔になりかけて、由香は一転、表情を暗くした。

「皇奈子さん、どうしているかしら」

沼田皇奈子の身の上を心配している。親会社の取締役の蒲生慎司が、戸村の事件に関与しているとなれば、当然、社長の沼田一義も警察の追及を受けるだろうし、皇奈子が所長を務める香水研究所との関連も取り沙汰《ざた》されることになるだろう。

「皇奈子さんは大丈夫ですよ」

浅見は努めて明るく言った。

「事情聴取はされるかもしれませんが、もともと彼女は事件とは無関係なのです。すぐに調べは終わりますよ。それよりも、親会社のほうが打撃を受けるでしょうから、今後は香水研究所が独立して、日本の香水業界でリーダーシップを取れるような会社を創ってゆくべきです。そのためには『究極の香水』の開発が恰好のテーマになります。由香さんを中心にして、皇奈子さんとマヤさんが支えあい、当面は西原さんにコーディネーターを務めていただく……そういう姿が望ましいのじゃないでしょうか」

「すごい……」

由香は感嘆の言葉を呑《の》み込んで、浅見の顔に見とれた。

「ははは、偉そうなことを言っちゃいましたかね」

浅見は大いに照れて、茶碗《ちゃわん》を捧《ささ》げ持って、顔を隠した。

「いいえ、ほんとに偉いのだと思います。どうしてそんなふうに、先の先まで思い描くことができるのかしら。浅見さんは天才なんですね。浅見さんこそ、リーダーシップを執っていただきたい人ですよ」

「とんでもない。僕にはおよそ実務能力はありませんからね。だからこそフリーのルポライターなんていう、いうなればヤクザな商売をしているのです」

「ヤクザだなんて……そうなんですね。父がよく言ってました。日本人の長所も欠点も、謙虚すぎるところなのだって。それが日本人らしさというものだって。浅見さんを見ていると、ほんとにそう思えます。じれったいくらいですけど、それがすごく素敵です」

褒められたのかどうか、浅見にはよく分からなかった。とにかく照れ臭くて、由香の感嘆の眼差しを持て余したことは確かだ。

「一つだけ、どうしても知りたいことがあるのですけど」

由香が、辛《つら》そうに言った。

「戸村さんを殺した犯人は、遺体を県庁堀とかいう街の真ん中のようなところに棄《す》てたということですけど、どうしてそんな目立つ場所に棄てたのかしら」

「それは、きっと浩二さんが国井和男さんのジャケットを着ていたからですよ」

浅見が断定するように言った。

「えっ、父のジャケットって……それ、どういうことですか？」

「ジャケットには『Ｋｕｎｉｉ』のネームが入っていました。それを見て、矢崎商事の二人は、十年前に自分たちが手にかけた国井先生の亡霊が蘇《よみがえ》ったような気がして、震え上がったのでしょう」

浅見は自分がその場に居合わせたように、寒そうに肩をすくめた。

「だから死体遺棄の場所を探すどころか、隠しポケットのメモを見つける余裕もなく、香水を探す手がかりになるかもしれない電子手帳と財布を奪っただけで、遺体を投げ捨てたのだと思いますよ」

真相はいずれ、警察の捜査を待たなければ分かりはしない。しかし浅見は、犯人の心理に憑《ひょう》依《い》すれば、そういう情景が見えてきそうな気がした。

翌日、浅見は西原親子を帝国ホテルに迎えに行った。二人はもちろん、昨日の「活劇」を知らない。車の中で、浅見は山北と一緒に湯西川の田所を訪れてからの一部始終を、かいつまんで語った。

田所の息子が国井和男殺しの犯人の一人であったというのには、二人とも仰天した。そして、彼らが戸村を死に至らしめた犯人でもあったこと、そのバックには沼田皇漢製薬の蒲生取締役がいたことを知って、もはや声も出ない様子だった。

「蒲生は自分の業績を上げるために、焦っていたのではないかと思います。ひょっとすると、矢崎商事というヤクザに、バクチか何かの借金でもあって、脅されていたのかもしれない。国井氏のものとそっくりな内容の特許出願を行なっているのも、会社側や矢崎商事に対する一つのパフォーマンスだったのでしょう。そうこうするうちに、三位一体の香水の秘密を嗅《か》ぎつけ、その一つを沼田皇奈子さんが持っていることを知り、彼女に取り入ろうとした。研究所を運営するにあたり、皇奈子さんのほうもそういう蒲生を頼りにしていたのでしょう。だから、僕が沼田皇漢製薬を訪ねていってあの香水の話を持ち出した時、僕を強請《ゆす》りか何かと勘違いした彼女は、蒲生に応対させたのです」

浅見はあの日、皇奈子を取材し、帰りに矢崎商事の二人に脅されたことを話した。

「そうですか。そんな事があったのですか。だとすると、やはりA社のパーティで戸村君とあの話をした際、蒲生氏が立ち聞きしたのでしょうかなあ」

西原はその時の情景を思い浮かべるのか、目を閉じて天を見上げた。

「そんな危険な話を、パーティ会場でするなんて、少し軽率だったのじゃありませんか？」

マヤが叱るように言った。

「うーん、マヤの言うとおりだな」

西原は苦笑した。娘に叱られるようになったことに辟易《へきえき》したのか、それともそんなふうにマヤが成長したのを喜んでいるのかもしれない。

「いつ盗み聞きされたのか、まったく分からないが、結果的には彼に聞かれてしまったのですな。ということは、蒲生氏が戸村君を殺した犯人と断定していいのですかな」

「少なくとも、教唆はしたと、警察は見るでしょうね」

浅見は言った。

「蒲生氏が西原さんと戸村さんの会話を聞いたとしても、ほんの聞きかじった程度でしょう。とはいえ、国井氏が特許出願したダミーとは別に、本物の『究極の香水』があると知って、興味を惹《ひ》かれたことは間違いありません。蒲生氏は『三位一体』の香水の一つが皇奈子さん、もう一つが西原さんの手元にあることは知っていました。そして戸村さんが、本来由香さんのものである最後の香水の在り処を知っていると聞いて彼に狙いをつけたのです。そうは言っても、蒲生氏は薬物の専門家ですが香水に関してはあまり詳しくないのでしょう。何も確信があるわけでもないくせに、沼田社長の手前、そして矢崎商事の脅しを逃れるために、文字どおり夢の香水の幻想を創り出したのだと思います」

栃木署に顔を出すと、山北部長刑事がいきなり言った。

「昨日の夜中に大麻畑が火事で全滅しましたよ！　どうやら、田所の奥さんが、灯油を撒《ま》いて火をつけたらしい」

「ほうっ……」

浅見は言葉もなかった。田所夫人が、阿修羅《あしゅら》のような形相で畑一面に灯油を撒き、火をつけた姿が思い浮かんだ。

「まったく、親子三人とも、どうなっているんだかねえ」

山北は悔しがったが、浅見にはそういう田所夫人の心情も理解できるような気がした。息子の悪行を、この世から抹殺したかったにちがいない。

「しかし浅見さん、みんなもう少し警察に協力的であってほしいですなあ」

「そうですね、今回はさまざまな事情を抱えた関係者の警察嫌いが、事件をより複雑にしてしまった感はありますね」

「ま、われわれ警察の最近の体たらくからすると、まず態度を改めるべきはこちらのほうかもしれませんけどねえ」

「兄のことを考えると、僕も人ごととは思えません」

浅見と山北はともに悄然《しょうぜん》となってしまった。

エピローグ

あれから一カ月が過ぎた。浅見にはとっくに平常の日々が戻っている。

国井由香から「明後日パリへ帰ることにしました。その前に、皆さんでお会いできないでしょうか」という電話が入った。

場所は帝国ホテルで、西原が小さな個室を予約してくれたそうだ。

約束の六時に少し遅れた。浅見が部屋を訪れると、思いがけなく三人の女性が顔を揃えていた。国井由香と西原マヤと、それに沼田皇奈子である。五人分の椅子が用意されたテーブルの正面に、本日の主役である由香が坐り、それを挟んで右に皇奈子が、左にマヤが向かいあいに席に着いている。

その構図を見た瞬間、浅見はボッティチェリの「春」に描かれた「三美神」を思い浮かべた。三人の美女になぞらえると、さしずめ皇奈子が「花の盛り」、由香が「喜び」、マヤが「輝き」ということになるだろう。その「三美神」がいっせいにこっちを見たのには、ドギマギしてしまった。

坐った。

「やあ、よく来てくれましたな」

末席にいる西原が世話役然として、浅見を迎え入れてくれた。浅見は西原と向かい合う席に坐った。

「浅見さん、その節は失礼しました」

皇奈子は心底、申し訳なさそうに頭を下げた。香水研究所の応接室から「脱出」した時のことを言っている。

「いや、こちらこそ、ご無礼したと思っています。しかし、あんなことがあって、あなたとまたお会いできるとは思いませんでした。今日、お招きいただいた由香さんに感謝しないといけない」

「あら、それだと、浅見さんがいちばん会いたかったのは、皇奈子さんだったみたいに聞こえるじゃないですか」

マヤが少しはしゃいだ声で言った。

「そういうわけじゃないですよ。あれからどういうことになったのか、ずっと心配だったのです」

浅見は笑って弁解しかけたが、すぐに真顔になって、訊《き》いた。

「沼田さんのところへは、警察がしつこく押しかけたと思いますが、一段落ついたのでしょうか？」

「ええ、ようやく落ち着きました。皆さんにはいろいろご迷惑をおかけしましたけど、何とか立ち直れそうです」

皇奈子が思ったよりすっきりした顔をしているのに、浅見はほっとした。

部屋の一隅にいたマネージャーらしき男が歩み出て、「では、始めさせていただいてよろしいでしょうか」と宣言した。

次の間に控えているウェーターが、ワゴンで料理を運んでくる仕組みになっているらしい。初めに飲み物が出た。浅見は車だからとワインを断って、ジンジャーエールにしてもらった。西原はもちろん、三人の女性ともアルコールはいけるくちのようで、全員にワインが注《つ》がれ、乾杯した。

「由香さんの旅立ちを祝って」

西原が音頭を取り、さらに「浅見さんへのお礼を込めて」と追加した。

「もう一つ、いいですか」

浅見が発言を求めた。

「国井和男先生の『究極の香水』の完成を願って」

「うん、いいですな。それはきみたち三人の肩にかかっているのですよ」

西原は「娘たち」を見渡し、それぞれに目配せを送ってから、あらためて「乾杯」と言った。三人の女性はそれに応《こた》えるように頷《うなず》いて、グラスのワインを飲み干した。浅見が惚《ほ》れ惚《ぼ》れするような飲みっぷりである。

ほんの一カ月……いや、ついこのあいだまで、警察の取り調べで、かなりの心理的なプレッシャーがあったと思うのだが、西原も三人の女性も、それを感じさせない。

オードブルから始まる、フルコースのフランス料理だった。

「浅見さんに、その後の経過をお話ししておきたいのですけど」

料理の切り換わりを捉《とら》え、皇奈子が西原に断って、話しだした。浅見と同じ三十三歳だが、さすがに香水研究所の屋台骨を背負っているだけあって、はるかにおとなびて見える。

今回の「事件」で、沼田皇漢製薬に吹き荒れた嵐は相当なものだったようだ。しかし、事件に絡んだのは結局、蒲生慎司ただ一人ということで決着した。例の矢崎商事との付き合いも、蒲生が単独で行なっていたもので、会社の幹部も従業員も、直接は関わっていないことが明らかになった。

とはいえ、そういう人物が取締役にいたこと自体の責任は回避できない。沼田社長は退陣し、会社の機構も大きく変わるそうだ。

「私の研究所は、沼田皇漢製薬という会社から独立することになりました。これからは西原先生のご指導を受けながら、由香さんとマヤさんと三人で、日本一の香水会社になるよう、頑張ってゆくつもりです」

皇奈子は記者会見でもするように、四角張って宣言した。

「いいですねえ。聞いただけで、非常に魅力的な会社を想像してしまいますよ」

浅見はお世辞でなく、言った。

「そうなるといいんですけど……」

皇奈子は正直に、不安を覗《のぞ》かせた。

「大丈夫。路線はすでに国井先生が敷いてくださっているのだからね」

西原の言葉は頼もしい。

「究極の香水を実用化できるまでは、あとほんの少し、軌道修正を工夫すればいいのだ。国井先生にしても、ああいう不幸な事故がなければ、とっくに完成しておられたはずなのだよ。きみたちなら、必ずやり遂げる」

「その時は浅見さん、応援してくださるのでしょう?」

由香が甘えるような口調で言った。

「もちろんです。ぼくも物書きの端くれですからね、コネのある雑誌や新聞に、新しい香水会社のことを書きまくります」

「軽井沢にいらっしゃる、浅見さんのご友人の、小説家の方も書いてくださるかしら」

「いや、あのセンセには黙っていたほうがいいですよ」

浅見は慌てて手を横に振った。

「あの人は、聞いた話は何でも小説のネタにしてしまいますからね。おまけに、あの人が書くのは、すべてミステリー仕立てだから、ろくなことになりません」

この三美神がモデルとなれば、いやが上にも張り切って、あることないこと、無責任にでっち上げるにちがいない。

それはそれとして、国井由香がフィアンセの死というこれ以上はなさそうなショックから立ち直って、もう未来のことを思い描いていることには感心する。それと同時に、戸村と同じ男である浅見としては、女性のうつろいやすい心を垣間見て、いささか複雑な思いでもあった。

翌日、浅見は成田空港で由香を見送ることになった。西原親子も一緒だ。皇奈子だけは都合がつかなかった。

フライトの時刻が迫って、由香はマヤと肩を抱き合って別れの挨拶をしてから、搭乗ゲートへと向かいかけて、急に振り向いて、浅見に両手を差し出した。浅見がその手を握り返そうとした瞬間、由香は外国ふうにハグしてきて、浅見の頬に口づけをした。由香の好みの香水なのか、胸元からわき上がるバラの香りが、フワーッと浅見を包んだ。それはまぎれもなく、事件の発端となったあの手紙の香りであった。

そういうのがフランス流なのだろうけれど、慣れない浅見は周囲の視線を感じて硬直してしまった。

「浅見さんも、パリへ来て下さいね」

由香は浅見を見上げ、囁《ささや》くように言うと、踵《きびす》を返した。姿が見えなくなる寸前、振り向いて手を振った。

浅見は青い鳥を取り逃がしてしまったような思いで、由香の消えたゲートをいつまでも見つめていた。

あとがき

いまから十一年前、浅見光彦倶楽部の会員用機関紙である「浅見ジャーナル」紙上で、『例《れい》幣使《へいし》街道殺人事件』というタイトルのリレーミステリーが始まった。年四回の発行で、各回原稿用紙にして八枚という制限の中で書かれた。冒頭の書きだしを僕が書いて、次を会員の応募原稿で続け、その次を僕が……というように、僕と会員が交互に執筆してゆくという仕組みである。必ずしも交互というわけにはいかず、時には僕が二回〜四回、連続して書く場合もあったが、なるべく応募原稿を採用するように心掛けた。

といっても、やはりアマチュアの書くことだから、文章をそのままは使えなかったり、ストーリーの方向性があまりにも突拍子もなかったりして、掲載するに当たっては、僕が手を入れることが多かった。

ともあれ、どうにかこうにか物語は進行した。突然、新たな登場人物が出現したり、予想もしていなかった展開に広がってしまったり、リレーミステリーならではの奇想天外が発生し、それはそれで面白かった。

その後、雑誌「野性時代」に転載する機会を得て、少しずつ、というよりかなり大幅に軌道修正を試みた。それでも不都合は解消しない。なまじ原型があるだけに、それを完全に無視してしまうわけにもいかないところが苦労の種になった。

さらに、これをまとめて単行本として世に出す段になって、いよいよえらいものに取りつかれた……と後悔した。粗筋ができているのだから、それをまとめればいい……ぐらいの軽い気持ちでいたのだが、とんでもなかった。無責任に継《つ》ぎ接《は》ぎして進めているぶんにはよかったのだが、通して読んでみると、これが箸《はし》にも棒にもかからないものであることが判明した。とにかく整合性に欠ける部分が数十カ所もあったのだ。

むしろ、何もないところから、いつものように書き進めてゆくほうが、どれほど楽な作業か分からない。

最初のゲラを受け取って、僕は「飛鳥II」という船で世界一周へ旅立った。横浜を出航して丸一カ月というもの、僕はゲラチェックどころか、ほとんど書き直しの作業に専念せざるを得なかった。豪華客船のスイートに納まって、日夜ワープロに向かっているのだから、これほど間抜けな話はない。「海を航《ゆ》くホテル」などと言うが、「海を航く書斎」状態であった。

それでも努力の甲斐《かい》あって（?）、五百枚をはるかに超える「新原稿」が完成した。

タイトルは当初の『例幣使街道殺人事件』から、雑誌転載時に『フローラの函《はこ》』に改題したが、それは「例幣使街道」の要素がきわめて希薄になったためである。ところが、さらに手を加えていくうちに『フローラの函』の「函」も消えてしまった。羊頭狗肉《くにく》、換骨奪胎もいいところである。

そして最後に到達したのが本書『幻香《げんか》』であった。

ひまのある方は最初の「浅見ジャーナル」と「野性時代」に掲載された「原文」と対比なさるとよろしい。冒頭こそ似たような内容だが、先へ進むにつれ、大筋も微細な部分もどんどん変化してゆくことがお分かりいただけると思う。まあ、とにかく僕の過去のどの作品より難産であったことは確かだ。

それだけの苦労が、曲がりなりにも実って『幻香』が誕生した。モチーフは香水。はたして香り高い作品に仕上がったかどうか、正直なところ、読者の反応が怖い。じつは、この「あとがき」を書いている現段階（カリブ海航行中）で、まだゲラに手を入れている。それほど手間のかかる「子」だけに、「親」としては行く末が心配なのである。

二〇〇七年六月

内田康夫

本書は、「例幣使《れいへいし》街道殺人事件」（「浅見ジャーナル」一九九六年四月号～二〇〇七年一月号）、「フローラの函《はこ》」（「野性時代」二〇〇六年一月号～二〇〇七年五月号）を大幅に改稿したものです。

この作品はフィクションであり、作中に登場する個人、団体などはすべて架空のものです。また、舞台となった土地、建造物などの描写には実際と相違する点があることをご了承下さい。

幻《げん》　香《か》

平成十九年七月三十一日　初版発行

著　者――内田《うちだ》康夫《やすお》

発行者――井上伸一郎

発行所――株式会社角川書店
東京都千代田区富士見二-一三-三
〒一〇二-八〇七八
電話／編集　〇三-三二三八-八五五五

発売元――株式会社角川グループパブリッシング
東京都千代田区富士見二-一三-三
〒一〇二-八一七七
電話／営業　〇三-三二三八-八五二一
http://www.kadokawa.co.jp/

印刷所――大日本印刷株式会社

製本所――本間製本株式会社

落丁・乱丁本は角川グループ受注センター読者係宛にお送りください。
送料は小社負担でお取り替えいたします。

ISBN978-4-04-873773-9　C0093

「浅見光彦の家」

検索

http://www.asami-mitsuhiko.co.jp/

最新情報満載！ ▶

「トピックス」&「ニュース」では、内田作品の新刊情報を始め、映像化情報やイベント情報など、最新ニュースをいち早くゲット！　時にはテレビドラマのロケ見学情報などもあるので要チェック!!

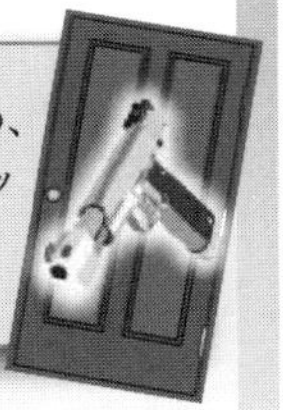

内田作品を徹底網羅！ ▶

「作品データベース」では、内田康夫著作を完全紹介。全ての作品について、出版形態・価格などをご案内しています。全作品を一覧できるのはもちろん、50音順、探偵別、刊行年代順などで検索もできる優れもの！　是非あなたも未読の作品を探してみて!!　また、早坂真紀作品や、浅見光彦倶楽部関連書籍も紹介。書店で見つけられないような作品も、ここでチェックしよう！

「浅見光彦倶楽部」について

「浅見光彦倶楽部」は、1993年、名探偵・浅見光彦を愛するファンのために、原作者の内田康夫先生自らが作ったファンクラブです。会報「浅見ジャーナル」（年4回刊）の発行や、軽井沢にある「浅見光彦倶楽部クラブハウス」でのイベントなど、さまざまな活動を通じて、ファン同士、そして軽井沢のセンセや浅見家の人たちとの交流の場を設けています。

《浅見光彦倶楽部入会方法》

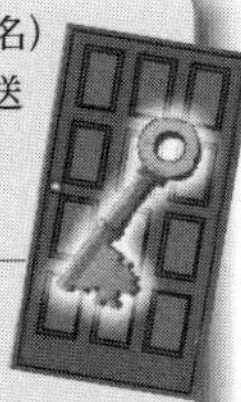

入会ご希望の方は80円切手を貼り、ご自身の宛名（住所・氏名）を明記した返信用封筒を同封の上、封書で下記の宛先へお送り下さい。折り返し「浅見光彦倶楽部」への入会方法など、詳細資料をお送りいたします。

【宛先】〒389-0111
長野県北佐久郡軽井沢町長倉504　浅見光彦倶楽部事務局

①センセや浅見さんのエッセイ掲載の会報「浅見ジャーナル」をお届けします！
②アサミストの聖地・軽井沢にある「クラブハウス」の入館料がいつでも無料！
③センセと行くツアーなど全国で行われる「倶楽部イベント」にご参加可能！
④'07年オープンの倶楽部会員専用宿泊施設「浅見光彦の家」にご宿泊頂けます！
⑤名前を登録すると、あなたの名前が内田作品に登場する「名前登録制度」も！
⑥森の素敵なお店「ティーサロン軽井沢の芽衣」の飲食代がいつでも2割引きに！
⑦公式サイト「浅見光彦の家」会員専用ページを閲覧できるパスワードを発行！

――他にも、浅見光彦シリーズテレビドラマのロケ見学ができたり、センセの取材同行などで内田作品に携われることがあります！　また、通信販売や会報へのご投稿・毎年の更新で素敵なプレゼントがGet!できるなど、さまざまな特典をご用意しております。

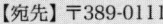